Kurt Lanthaler

Azzurro

Ein
Tschonnie-Tschenett-Roman

Diogenes

Lizenzausgabe mit
freundlicher Genehmigung
des Haymon-Verlags, Innsbruck

Die Arbeit an dem Roman wurde unterstützt
durch das ›Alfred-Döblin-Stipendium‹
der Akademie der Künste, Berlin
Mit einem GLOSSAR im Anhang
Umschlagillustration von
Peter Kaser

*Dank an W. K. für ausdauernd
seemännischen Beistand*

Veröffentlicht als Diogenes Taschenbuch, 2001

Diogenes Verlag AG Zürich
www.diogenes.ch
80/01/43/1
ISBN 3 257 23271 3

Was ist schon Schwimmen? Keine Kunst. Ertrinken!

An A. T., aus Ouranoupoli

I

Uarda lu mari comu si sta confia,
sta rriva la burrascka.

Die *Uranus* lief bei schwerer See und Windstärke zehn aus Nordwest einen Westkurs auf Grönland, als ich über Bord ging.

Eben hatte ich noch das Fanggeschirr festgezurrt. Wir wären es sonst innerhalb der nächsten Minuten losgeworden. Ich war froh, gleich wieder unter Deck gehen zu können, als mich ein Brecher von den Füßen holte. Ich fiel, und im Fallen schrie ich um Hilfe. Zum ersten Mal in meinem Leben und deshalb so laut wie nie zuvor und in der Hoffnung, daß von dem Glück, das einem fürs Leben zugeteilt ist, noch ein möglichst großer Rest geblieben war.

Als ich auf das Wasser schlug und die schwarze See sich über mir schloß, war es urplötzlich still um mich herum. Kein pfeifender Wind mehr, keine tosenden Brecher, kein Ächzen von Metall und kein Stampfen der Maschine. Stille. Dann ein leises Rauschen in meinem Kopf. Wenn, dachte ich, wenn da keiner ist, sobald du auftauchst, wenn da kein Rettungsring ist, keine Leine, wenn keiner dich bemerkt hat, wenn niemand dich vermißt, dann sei froh, daß du niemals richtig schwimmen konntest. Und halt dich an die alte Seemannsregel: Lieber sofort absaufen und runtergehen wie ein Stein, als Stunden später jämmerlich erfrieren.

Aber ganz konnte ich das Leben doch nicht lassen. Also ließ ich mich mit emporreißen, schoß aus dem Wasser, holte hustend Luft und öffnete die Augen. Ich sah den Wasserberg vor mir, und mir kamen andere Berge in den Sinn, Jahre, daß ich sie nicht mehr gesehen hatte, glaubte dann einen roten Fleck entdeckt zu haben, irgendwo. Rot, das mußte Rettung sein. Eine Schwimmweste, ein Rettungsreifen. Aber der zweite Blick, der dritte, vierte, konnte kein Rot mehr finden, links nicht, vorneaus nicht, nirgendwo. Schwarz das Wasser, grau die Luft. Ich hatte mich geirrt. Und schluckte wieder Wasser. Da stieg die *Uranus* vor mir auf und rollte über. Und als ich schreien wollte, hörte ich den Schrei.

Es war nicht meiner. Ich redete mir ein: Das ist nicht deiner, das warst du nicht, nicht du. Da ist wer andrer. Nur war da keiner. Da war nur ich. Und Wasser. Und das Meer. Mehr nicht. Und wieder lag ich in dem tiefen Tal und ringsherum nur Wellen, hohe See. Ich nahm ein Maulvoll Wasser. Und…, dachte ich, adieu.

2

Die Brasse in Salz,
kalt bis ins Zahnfleisch hinein,
im Fischladen dort.
Matsuo Bashô

Schütteln. Jeder Zentimeter, jeder Muskel, jeder Knochen bewegt sich, zerrt, reißt, rüttelt am Körper, jeder in eine andere Richtung. Und stößt an eine Grenze, ist wie festgehalten. Schüttelt sich wieder.

Ein schwarzes, kaltes Loch. Frieren. Und heiß. Wasser. Ich ertrinke an heißem Wasser.

»Los, nimm schon.« Schmerzen. »Komm, mach hinne.«

Wieder Schmerzen. Kalt. Schütteln. Licht. Rechts oben, Licht.

Und dann sah ich in dem Licht einen grauen Umriß. Etwas, das sich bewegte. Und mir eine Ohrfeige gab. Wieder. Licht jetzt auch links oben. Ich hatte meine Augen geöffnet. Sehr viel mehr als verschwommene Flecken konnte ich aber nicht sehen.

»Wird auch langsam Zeit.«

Mir lief wieder heißes Wasser übers Gesicht. Ich schnappte nach Luft.

»Los, trink den Scheißtee, ich muß auf Wache.«

Die Stimme war mir fremd.

Als ich das nächste Mal zu mir kam, war es stockfinster um mich herum. Ich versuchte, mich zu orientieren, zu verstehen, wo ich war. Es gelang mir nicht. Außerdem hatte ich einen verzweifelten Durst, der Hals schmerzte, die Zunge klebte vertrocknet im Mund, und bei jedem Atemzug zog mir ein Stich durch die Brust. Ich zitterte am ganzen Körper vor Kälte, Schweiß rann mir in die Augen. Ich konnte meine Arme nicht bewegen, mich nicht aufrichten. Es war, als ob mich irgendwer zurückhielt. Ich versuchte es noch einmal, schaffte ein paar Zentimeter, hörte meinen rasselnden Atem, spürte das Pochen in meinem Kopf und ein Gewicht, das mir auf die Brust drückte. Mit letzter Kraft stemmte ich mich dagegen, aber mehr als ein paar Zentimeter Spielraum waren da nicht. Ich gab es auf und ließ mich, vor Schmerz stöhnend und völlig entkräftet, zurückfallen. Und fiel in nassen Gestank, ohne mich daraus befreien zu können. Ich versuchte zu begreifen, woher ich den Geruch kannte. Dann, als mir ein Würgen hochkam, verstand ich. Ich lag in Erbrochenem.

Noch etwas fiel mir auf. Ich bewegte mich, auch wenn ich mich nicht rührte. Und ich hörte ein Hämmern, das nicht das Hämmern in meinem Kopf war. Ein Pfeifen, das nicht aus meinen Ohren kam. Ein Surren, dessen Ton plötzlich anstieg, höher und lauter wurde, um dann schlagartig wieder in seinen monotonen Ausgang zurückzufallen. Und dann war mir, als ob ich zwei Worte gehört hätte. Zwei Worte, die mir nichts sagten. Aber bekannt vorkamen.

»Hiev up.«

Ich konnte mir auf das alles, sosehr ich mich auch anstrengte und darüber nachdachte, keinen Reim machen.

Vielleicht muß es so sein, dachte ich und blieb still liegen. Vielleicht ist das immer so.

Ich wurde von einem Geräusch wach.

Es war immer noch völlig dunkel, nur kurz war etwas graues Licht in einem Spalt sichtbar geworden. Durch das Hämmern und Surren und Pfeifen hörte ich rechts von mir etwas, ohne zu wissen, was es war. Dann ein Quietschen über mir.

»Ha...«

Das mußte meine Stimme gewesen sein. Ich wußte zwar nicht, wie sie sich anhörte, aber ich hatte sie gespürt.

»Hall...«

Dann kam mir ein Husten hoch, die Schmerzen in meiner Brust wurden unerträglich, ich wollte mit den Händen danach greifen, aber sie lagen wie festgebunden links und rechts an meinem Körper, der sich schüttelte.

Als ich endlich wieder bei Atem war, flach schnaufend, um den Schmerzen zu entgehen, versuchte ich es noch einmal.

»Hallo...«

So also hörte ich mich an. Ich erkannte mich nicht wieder.

»He.«

Ich hatte, über mir, wieder etwas gehört, ein Geräusch, das ich nicht identifizieren konnte. Ich wollte endlich wissen, was los war.

»Ist da jemand?« sagte ich, und für das letzte Wort hatte ich den Rest meiner Atemluft hergeben müssen, was zur Folge hatte, daß mich wieder ein Husten anfiel. Ich würde mir also in Zukunft jedes Wort genau überlegen müssen. Es tat zu weh.

Ich erhielt keine Antwort. Hörte auch nichts mehr, weder rechts von mir noch über mir. Nur das Hämmern und Surren und Pfeifen.

Müde legte ich meinen Kopf zur Seite. Und fuhr sofort wieder hoch. Das Erbrochene.

Später dann, wieviel später wußte ich nicht zu sagen, entdeckte ich ein neues Geräusch. Anders als alle anderen. Gleichmäßig erst, lauter werdend, dann wieder leise, setzte es manchmal für Augenblicke aus, begann von neuem, fehlte dann so lange, daß ich die Hoffnung, ich würde irgendwann verstehen, um was es sich dabei handelte, schon aufgegeben hatte, als es urplötzlich und laut von neuem einsetzte, um langsam wieder leiser zu werden.

Schließlich begriff ich. Irgendwo in meinem Kopf hatte sich ein Gedanke geformt, vorsichtig, und war langsam nach vorne gewandert, mit zaghaften Schritten, zaudernd war er nach vorne gekommen und hatte da gesagt: »Schnarchen.«

Es stimmte. Über mir mußte etwas liegen, das schnarchte.

Gut, Gedanke, dachte ich, denk weiter: Was kann das sein?

Der Gedanke machte sich wieder auf den Weg, ich spürte, wie er auf und ab schritt, hin und her, ich fühlte, wie er meinem Kopf weh tat, aber ich erlaubte es ihm.

»Mach weiter«, sagte ich zu ihm, zu tun gab es sonst nichts, also konnte mein Gedanke ja erst einmal das Rätsel lösen.

»Also«, sagte der Gedanke, und ich war überrascht, daß

er sprach, ohne nach vorne gekommen zu sein, eigentlich war das unhöflich, man schaut ihm doch ins Gesicht, wenn man mit einem Menschen...

»Richtig«, sagte der Gedanke, »ein Mensch schnarcht. Meistens Männer. Es wird ein Mann sein.«

»Gut, Gedanke«, sagte ich, »und jetzt setz dich bitte wieder hin, es tut doch ziemlich weh.«

Ich schloß die Augen.

»Auf, Mann, gleich drei Glasen.«

Die Stimme kannte ich. Ich öffnete die Augen. Und schloß sie sofort wieder. Viel zu hell.

»Stell dich nicht tot, Jung, es wird nicht besser.«

Wieso mußte er so schreien?

Langsam, Millimeter um Millimeter, öffnete ich die Augen. Rechts neben und über mir stand ein großer, breiter Kerl und hielt eine Flasche in der Hand.

»Hier«, sagte er, »such's dir aus, wie du wieder auf die Beine kommen willst. Schnaps aus der Bordapotheke oder Penicillin.«

Ich versuchte mich aufzurichten. Ging nicht. Etwas hielt mich fest. Immer noch.

»Ich schick dir gleich den anderen Itaker«, sagte der Mann, »der soll dich losmachen. Bist uns in deinem Delirium dreimal aus der Koje gefallen, haben wir dich festgezurrt. War bei der hochgehenden See sowieso das beste. Also, der Itaker macht die Kotze weg. Und du kommst am besten heute noch auf die Füße. An Deck gibt's jede Menge zu tun, wir stehen mitten im Kabeljau, der Alte ist ganz scharf darauf, die Brecher kommen über, als ob sie sich den

Fisch wieder holen möchten. Und hör zu, mein Jung: Kotz nicht wieder alles voll wie auf Landgang, ja? Verstanden, alte Leiche? Ich muß mich hier nämlich irgendwann noch für'n halbes Stündchen aufs Ohr hauen.«

Er legte die Flasche und das Penicillin neben mich. Dann ging er.

Am offenen Schott drehte er sich noch einmal um.

»Weißt du, wie du heißt?«

Darüber hatte ich auch schon nachgedacht.

»Nein«, sagte ich.

»Johann? Hans? Jonny?« sagte er und grinste.

Was gibt es da zu grinsen, dachte ich und schüttelte verneinend den Kopf.

»Wie wär's mit Tschonnie Tschenett?«

»Sagt mir nichts.« Sagte mir wirklich nichts. Obwohl...

»Willst du wissen, wo du bist?«

Ich versuchte zu nicken. Es fiel mir schwer, weil mein ganzer Körper wieder einmal in Bewegung war.

»Die *Uranus*«, sagte er.

»Was ist das?«

Er sah mich einen Augenblick lang erstaunt an.

»Was das ist?«

Dann schüttelte er lachend den Kopf. Blinzelte mich kurz an, als ob er mir nicht traute. Schaute sich um.

»Das«, sagte er und hieb mit seiner großen Pranke auf das Schott ein, »das ist unser Fischdampfer. Liegt zur Zeit auf der Dohrn-Bank, hundert Seemeilen östlich Grönland. Und ziemlich gut im Fisch.«

»Aha«, sagte ich, aber da war der große, breite Mann schon verschwunden.

Unmöglich. Unmöglich, daß ich so einen komischen Namen hatte.

Ich lag ungeduldig da und wartete. Mein Bett bewegte sich, ich konnte es immer noch nicht. Hoffentlich kommt der Itaker bald, dachte ich, was auch immer das ist.

Ich wachte auf, als jemand an meiner Schulter rüttelte. Vor mir stand ein Mann, deutlich kleiner als der Große. Schmal, dünn, einen wilden schwarzen Schnauzbart im Gesicht. Er sagte nichts und sah mich nicht an, als er die Gurte löste, die über meiner Decke festgezurrt waren.

»Danke«, sagte ich.

Als ich mich aufrichten wollte, wurde mir schwarz vor Augen.

»Trinka!«

Der kleine Mann hatte meinen Oberkörper hochgezogen, ohne daß ich es bemerkt hatte. Er hielt mir eine Tasse hin. Ich lehnte mich an die Wand und nahm mit zittrigen Händen die Tasse. Die Hälfte verschüttete ich. Der kleine Mann griff mit spitzen Fingern nach meinem vollgekotzten Kopfkissen und warf es in Richtung Schott. Dann reichte er mir ein nasses Tuch. Ich schaute zuerst auf das Tuch, dann auf ihn. Es dauerte, bis ich verstand. Dann reinigte ich mich, so gut es ging. Und stellte dabei erstaunt fest, wie heiß meine Stirn war und wie wohltuend ein kühles Tuch darauf.

Der kleine Mann hatte mir zugeschaut, aus kleinen, dunklen, böse dreinschauenden Augen. Er schien etwas gegen mich zu haben. Ich konnte es ihm nicht verdenken, bei meinem Zustand. Ich hob die Tasse an die Nase und roch, konnte aber nichts erkennen, außer daß die Flüssigkeit, die drin war, leicht dampfte und hin und her schwappte.

Wird schon guttun, dachte ich und trank die Tasse in einem Zug aus. Der kleine Mann stand immer noch vor mir und sah mir bei jeder meiner Bewegungen zu.

»Danke«, sagte ich.

Er antwortete nicht, aber einen Augenblick lang hatte ich geglaubt, etwas in seinen Augen aufblitzen zu sehen. Etwas, das mir keine Freude machte. Dann warf er mir eine Decke hin und zeigte auf das Bettlaken.

»Pulisci«, sagte er, nahm eine Jacke von dem Haken neben dem Schott und ging.

Ich saß da, den nassen Lappen in der einen, die Bettdecke in der anderen Hand, zitterte am ganzen Körper und fragte mich, wo ich das Wort schon einmal gehört hatte. *Itaker* sagte mir nichts, *Uranus* auch nicht, aber *pulisci.* Das kennst du, dachte ich, eigentlich kennst du das. Dann legte ich die Decke zur Seite und wischte das Kopfende meines Lakens sauber. So sauber wie möglich. *Pulisco,* dachte ich, *io pulisco, tu pulisci, lui pulisce.* Natürlich. Das hieß saubermachen, putzen. Pulizia – *Sauberkeit* – fiel mir ein, und dann *Polizia.* Erschöpft setzte ich mich wieder hin, versuchte, Luft zu bekommen, rettete mich gerade noch an einem Hustenanfall vorbei.

»Und *Polizia* ist Polizei«, sagte ich und lauschte erstaunt meinen Worten hinterher.

Plötzlich hatte ich einen Teil meiner Erinnerung wieder, plötzlich waren da zwei Sprachen in meinem Kopf, die eine und die andere, gleichzeitig, nebeneinanderher.

Du hast zwei Sprachen im Kopf und weißt nicht, wie du heißt, dachte ich. Was sagt dir das? Nichts, erst einmal. Ich brauchte noch Zeit, beschloß ich.

Also breitete ich die Decke über das nasse Laken, griff mir Penicillin und Schnaps und legte mich hin.

»Schon genommen?« sagte der große Mann.

Ich schüttelte verwirrt den Kopf. Ich war wieder eingeschlafen, mit der Flasche in der Hand.

»Dann aber dalli.«

»Was soll ich?« sagte ich.

»Das Penicillin runterschlucken. Oder den Schnaps. Oder beides. Ist mir egal.«

Er warf sich in die Koje an der Wand gegenüber. Eineinhalb Armlängen entfernt.

»Nicht egal ist mir, daß wir da oben jetzt die Arbeit von euch zwei mitmachen dürfen, verstanden? Also stell dich so schnell wie's geht wieder aufrecht hin. Und bis wir einlaufen, wirst du für euch beide ranmüssen. Für dich und für den Schwarzen, den du auf dem Gewissen hast. Alles klar?«

»Nein«, sagte ich.

Ich hatte kein Wort verstanden.

»Soll mir auch recht sein«, sagte er und drehte sich zur Wand. »Du wirst es schon noch früh genug begreifen.«

»Aber ich…«

»Schnauze«, sagte er. »Muß in drei Stunden wieder an Deck sein. Also halt's Maul.«

Ich sah stumm auf seinen breiten Rücken und dachte nach. Da drehte er sich noch einmal um.

»Und damit das auch klar ist: Die hier ist mein«, er zeigte auf die Koje, auf der er lag, und dann auf die Koje über ihm, »und die vom Schwarzen, jetzt, wo er sie nicht mehr braucht, auch.«

Dann grinste er mich an, schneuzte in seinen Hemdärmel, drehte sich zur Wand und rollte sich ein.

Ich richtete mich auf, versuchte, das Stöhnen zu unterdrücken, als das Stechen in meiner Brust wieder begann, nahm zwei der Tabletten und spülte sie mit einem Schluck aus der Flasche hinunter.

Schweißgebadet wurde ich wach. Ich richtete mich langsam auf, suchte nach meinen Medikamenten und schluckte je eine Einheit.

Ich war auf einem Schiff, soviel hatte ich inzwischen verstanden und soviel wußte ich noch von meinen letzten Ratespielen her. Mein Zustand war nicht gerade der beste, das spürte ich. Man war nicht sonderlich freundlich zu mir, auch das hatte ich mitbekommen. Und man wollte von mir, daß ich bald wieder auf die Füße käme. Das wollte ich auch. Allein schon, um mich umsehen zu können, um endlich durchzublicken. Das einzige, was ich zur Zeit dafür tun konnte, war, fleißig meine Medizin zu nehmen. Also nahm ich noch eine Pille und noch einen Schluck. Rum, sagte etwas in mir.

Kabeljau, dachte ich, das könnte ein Fisch sein. Nur, was tat ich auf einem Fischdampfer?

Dann ging das Schott auf, und der kleine Schwarze stand in der Kammer, schüttelte Eis aus seinem Schnauzer und trocknete sich mit einem Tuch die tropfend nassen Haare.

Gut, dachte ich, hier kommt die Antwort auf alle deine Fragen.

»Wenn ich jetzt noch wüßte, wie du heißt«, sagte ich, und meine Stimme war mit jedem Wort fester geworden, »dann könnt ich mich bedanken.«

Der kleine Schwarze hörte schlagartig mit dem Schrubben auf.

»Bedanke?« sagte er und sah mich mit einem dermaßen bösen Blick an, daß ich mich fragte, wieso ich überhaupt etwas gesagt hatte.

Dann siegte meine Neugier. »Ja«, sagte ich. »Ich glaube, du hast mir geholfen.«

»No«, sagte er.

»Sicher?«

»A te? Mai, assassino!«

Mörder! Er hatte es herausgeschrien. Riß sich jetzt die Jacke vom Leib, kam wutentbrannt auf mich zu, hielt kurz inne und stieg dann in die Koje über mir.

»Non parlarmi mai più. Se no ti ammazzo subito.«

Der Reihe nach, dachte ich. Ich hatte verstanden, was er gesagt hatte, ich mußte es nur noch aneinanderfügen. *Helfen, dir?* hatte er gesagt, und dann: *Sprich mich nie mehr an. Sonst bring ich dich sofort um.*

Das war eine etwas heikle Situation: Einerseits wollte ich nicht umgebracht werden, ich hatte, woher auch immer, den Eindruck, gerade überlebt zu haben. Andererseits würde mich mein ganzes Grübeln nicht weiterbringen, wenn mir nicht jemand weiterhalf. Und dieser Jemand lag in der Koje über mir. Aber er wollte mich töten, wenn ich ihn noch einmal ansprach. Wobei mich eines beruhigte: Wenn ich ihn richtig verstanden hatte, wollte er mir früher oder später sowieso an den Hals. *Subito,* gleich also, nur unter der Voraussetzung, daß ich ihn noch einmal anquatschte. Wieso also nicht gleich. Mir ging es zur Zeit eh nicht besonders gut, da würde mir das Sterben weniger ausmachen.

»Senti«, sagte ich und hörte mir verwundert zu, hörte erstaunt auf diese anders klingenden Worte, »senti«, sagte ich und ließ mich nicht drausbringen, jetzt wollte ich es wissen, das mit den Worten und das mit dem Sterben, »perchè mi vuoi ammazzare?« War immerhin gutes Recht auf allen christlichen Weltmeeren: zu wissen, wieso man zu hängen hat.

Keine Antwort.

»So einfach geht das nicht«, sagte ich.

Plötzlich war da wieder diese andere Sprache. Und immer noch keine Antwort von oben.

»Allora, dai, dimmelo.« Ich wollte es wissen.

Mit einem katzengleichen Satz sprang er aus seiner Koje, sah mich funkelnden Auges an, zuckte mit der rechten Hand mehrmals nach vorne, hielt sie dann aber doch zurück.

»Che vuoi sapere?« Was ich wissen wollte?

Wie er hieß. »Come ti chiami, nient' altro. Tanto per iniziare.«

»Girolamo.«

Er hatte zweimal Atem holen müssen, um seinen Namen herauszudrücken.

»Girolamo, bene«, sagte ich, »e io sono ...« Und jetzt kam mir mein Name wieder nicht in den Sinn.

»Scènet«, sagte er.

»Tschenètt …« Gut, wenn es so sein sollte. »Bene, che altro sai di me?«

Diese eine unschuldige Frage dachte ich mir noch erlauben zu können. Was er von mir wußte, wollte ich wissen.

»Che sei un assassino. E che sei già morto. Lo giuro sulla tomba di mia madre.«

Jetzt wurde es schwierig. Er hatte behauptet, von mir zu wissen, daß ich so gut wie tot sei. Und er hatte es geschworen, auf das Grab seiner Mutter.

Ich ließ mich auf die Matratze fallen. Mein Körper tat mir weh, ich hatte eben erfahren, wie ich hieß, und vor mir stand einer, der mich auf jeden Fall umbringen wollte. Weil er in mir einen Mörder sah. Das war zuviel.

»Ma stai tranquillo, finchè soffri di polmonite non ti farò niente«, sagte Girolamo da, mitten in meine Verzweiflung hinein, »anzi, ti curerò. Voglio uccidere un uomo che si regge in piedi.«

Ich übersetzte mir das, was er gesagt hatte, langsam, Wort für Wort. Er sah mich derweil ungerührt an.

Keine Angst, hatte er, wenn ich ihn richtig verstanden hatte, gesagt, keine Angst, solange du noch an der Lungenentzündung leidest, werde ich dir nichts tun. Das war nett von ihm. Noch netter war, daß er dann gesagt hatte, er werde mich gesund pflegen. Weil er nur einen Mann töten will, der auf seinen Beinen stehen kann.

Ich versuchte es. Schmiß die Decke beiseite, drückte mich mühsam aus der Koje hoch, hielt die Luft an und griff nach dem Rohr zu meiner Rechten, klemmte mich daran fest und zog mich, Millimeter für Millimeter und heftig keuchend, daran hoch. Schließlich stand ich. Nicht freiwillig, nicht aufrecht und freihändig auch nicht. Aber ich stand.

»Sono quà«, sagte ich. Hier bin ich.

3

Du kannst nicht alles
im Abgrund deiner Augen verbergen.
Rexhep Qosja

Ich zog mir langsam meine Strümpfe, die Hose, den Pullover an. In der Zwischenzeit hatte ich gelernt. Wußte, wo mein Spind stand. Wußte, daß es auf Deck naß und eiskalt war. Wußte, weshalb ich hier war.

Gestatten: Tschonnie Tschenett, bürgerlich Johann, 1952, also vor fünfundzwanzig Jahren geboren, vor neun Jahren den Carabinieri, den Bleichen Bergen und der Lehre eines Sargkranzschleifenbeschrifters entflohen, geflüchtet aus Hamburg, weil mich ein Wiener dort nicht besonders mochte, ich aber seine Gnädigste um so mehr, 1970 in die Seefahrt gegangen, die christliche, auf Frachter und Fänger zwischen Tunis und Reykjavík, zur Zeit Leichtmatrose auf dem Fischdampfer *Uranus,* einem Seitenfänger auf der Dohrn-Bank, einem der ergiebigsten Fanggebiete unter Grönland, die schlimmsten Brecher überstanden, in der Hoffnung, die Laderäume vollzubekommen mit dem Kabeljau, der uns zu leidlich reichen Männern macht, auch wenn wir traurig sind.

Soviel hatte ich inzwischen verstanden. Auch, daß ich bei schwerster See über Bord gegangen war und, wider Erwarten und menschliche Erfahrung, überlebt hatte.

Jetzt mußte ich nur noch zusehen, daß ich es auch noch

lebend an Land schaffte. Aber da gab es wenig Anlaß zur Hoffnung.

Als mich der Alte, unser Kapitän, in der Kammer besucht hatte, zwei Tage zuvor, war er knapp angebunden gewesen. Aber freundlich. Tschenett, hatte er gesagt, ich denke, morgen können wir dich an Deck holen. Drei Tage Koje müssen reichen, auch bei einer Lungenentzündung. Nimmste einfach das Penicillin weiter, davon hamwer noch reichlich. Sind kein Sanatorium hier, brauchen jeden Arm, endlich läuft uns der Fisch ins Netz, der muß weg und das Netz wieder raus. Ich hatte genickt. Und da stört das jetzt doppelt, hatte der Käptn gesagt, daß wir 'n Mann weniger an Bord ham, seit eurem Streit. Ich hatte ihn gespannt angesehen. Streit? Geht mich nichts an, was ihr miteinander habt, solang die Arbeit getan wird, hatte der Alte gesagt, hab ich immer so gehalten. Du und dieser andere Itaker werdet also für drei arbeiten. Dann bleiben wir Freunde. Und sobald wir an Land gehen, übergeb ich dich den Behörden. Sollen die dann sehen, ob's Mord oder Totschlag war. Ich will's nicht wissen. Ich will nur, daß der Zossen bis über die Speigatten voll mit Kabeljau liegt, wenn wir anlanden. Hatte der Alte gesagt und mir noch einen freundschaftlichen Klaps auf die Schulter gegeben. Wird schon, Jung, hatte er gesagt, und dann war er gegangen.

Tschenett, der Alte hat recht, sagte ich mir, als ich in das Ölzeug stieg, das wird schon. Du bist zwar noch etwas wakkelig auf den Beinen, die *Uranus* stampft und rollt und du hörst die Schraube aus dem Wasser kommen, was mindestens Windstärke neun bedeutet, und das heißt, der Job da oben ist lebensgefährlich, und sie wollen, daß du für zwei arbeitest; und falls du das überlebst und den Schwur auf das Grab der Mutter Girolamos auch noch, werden sie dich der Polizei übergeben, als Mörder. Das wird schon.

Girolamo hatte seit vorgestern kein Wort mehr gesagt, mich nicht einmal angeblickt. Wie er sich jetzt in der engen Kammer neben mir mit seinem Ölzeug abkämpfte, fragte ich mich, wann er mich für kräftig genug halten würde, um mich töten zu können. Und wie er das anstellen wollte. Immerhin war er eineinhalb Kopf kleiner als ich und ziemlich schmal gebaut. Aber er war zäh. Und der stumme Zorn in seinen Augen war nicht weniger geworden.

Ich wußte inzwischen, wer der Tote war. Ein stiller Mann, der in der Koje über dem Großen gelegen hatte. Der immer mit Girolamo zusammengewesen war. Einer, dem wie mir und Girolamo und den drei Portugiesen die Drecksarbeit an Bord zugefallen war. Der sie klaglos getan hatte. Einer, der nie jemanden auch nur schief angesehen hatte. Ich hatte ihn getötet. Sagte man. Ich hatte keinen Grund, es nicht zu glauben. Solange ich es nicht besser wußte.

Girolamo und ich wollten gerade die Kammer verlassen, als der Große plötzlich im Schott stand. »Platz da«, schnauzte er uns an, »und macht hinne, ihr Affen.«

Girolamo trat zwei Schritte zurück, um den Großen in die Kammer zu lassen.

»Sieh zu, daß du an Deck kommst«, schrie der Große und hatte Girolamo schon am Kragen, drosch mit seinen Riesenfäusten auf ihn ein, »wirst dich doch nicht unter Deck verkrümeln wollen, du Scheißitaker, Spaghettischwanz, afrikanischer.«

Ich ging dazwischen, warf mich dem Großen in die Arme, bevor er Girolamo totprügelte. Die Folge war, daß ich einen Schwinger in den Magen bekam und ächzend und luftleer zu Boden ging.

»Raus hier«, schrie der Große und schubste Girolamo von sich weg. »Und nimm den anderen Itaker auch mit. Der eine ein Messerstecher und der andere ein Totschläger! Ersaufen hätte man dich lassen sollen, Tschenett. Scheißpack. Landratten, verdammiche.«

Was mich am meisten schmerzte, war, daß er mich Landratte genannt hatte. Und mein Magen natürlich, als ich mich bewegen wollte.

Girolamo half mir auf die Beine, und wir kämpften uns, einander stützend, den Aufgang an Deck hoch.

Das Netz war auszubringen. Bei einem Seegang wie dem, der zur Zeit herrschte, war das eine Arbeit, bei der sich jeder hundertprozentig auf den anderen verlassen können mußte, bei der jeder Handgriff zu sitzen hatte und jeder Tritt. Der kalte Wind fegte uns die Gischt ins Gesicht, das Deck war vereist, die Kurrleinen und die Winden mußten am Laufen gehalten werden, und der Alte hatte nicht vor, aus dem Wind zu drehen.

»Wir bleiben auf Kurs, Leute, da kann die Hölle sich auftun. Ich kann ihn riechen, den Kabeljau, da vornaus ist er. Und ich werd ihn mir holen. Also geht ran, daß die Spanten krachen.«

Es war eigentlich unmöglich, das ablaufende Netz klar zu halten. Aber es gelang. Wir hatten es ausgebracht. An Ruhe oder auch nur Atemholen war trotzdem nicht zu denken. Der letzte Hol war ergiebig gewesen und mußte so schnell wie möglich verarbeitet und auf Eis gebracht werden. Schnell genug, um für den nächsten Hol Platz zu schaffen. Wenn der Käptn den Kabeljau roch, dann war da auch einer. Und nicht zu wenig. Was ein volles Netz bedeutete.

»Schmeißt euch auf ihn, Leute, in zwei Stunden will ich keine Schuppe von dem Scheißfisch mehr sehen auf Deck!« schrie der Große.

Er war unser Sklaventreiber. Und, wie es zur Gewohnheit geworden war in den letzten zwei Wochen, antworteten wir alle im Chor.

»Ja, Großer, jawoll!«

Zuerst hatten wir uns einen Spaß daraus gemacht. Bis uns der Netzmacher, der schon mehrere Reisen auf der *Uranus* mitgemacht hatte, warnte. »Der versteht keinen Spaß. Wenn es ihm gefällt, wird er es jede gottverdammte Wache und jeden lieben neuen Tag hören wollen.«

Es hatte ihm gefallen, dem Großen.

Ich beeilte mich, an den Fisch zu kommen. Da rutschte ich auf den vereisten Planken aus, verlor das Gleichgewicht und konnte mich gerade noch an einem Tampen festhalten. Beinahe wäre ich über Bord gegangen. Kam mir irgendwie bekannt vor.

»Nix da, Totschläger«, schrie der Große, »bis wir einlaufen, wirst du hier noch gebraucht. Versuch ja nicht, dich zu verdünnisieren.«

Und dann standen wir bis zu den Hüften in Kabeljau und Blut und machten uns mit unseren Messern über den Fisch her. Acht Mann und ein Meer von Fischen. Achtzig Korb waren es gewesen, hatte der Große geschätzt. Und der mußte es wissen. Er war unser Bestmann. Achtzig Korb, rechnete ich, sind vier Tonnen, sind tausend Fische.

Der Alte saß schon wieder auf seinem Jagdsitz auf der Brücke. Er schien nicht genug zu bekommen von dem Fisch. Der Große war mal hier, mal dort, tauchte plötzlich aus dem Nichts auf, schrie, trieb uns an, verfluchte uns und unsere Kindeskinder und verschwand wieder. Wir arbeiteten fieberhaft, verwünschten den Fisch und verneigten uns vor ihm. Seinetwegen waren wir hier, seinetwegen waren wir ausgelaufen, um ihn drehte sich alles. Unsere Gedanken, unsere Hoffnungen, unsere Alpträume. Er konnte uns reich machen und er konnte uns töten. Wobei das mit dem Reichmachen so eine Sache war: Es gab da eine ganz bestimmte Reihenfolge. Von seiner Heuer wird der Seemann nicht fett. Der Fisch bringt das Geld, je mehr, um so mehr. Dem Reeder brachte er knapp über 90 Prozent vom Erlös, dem Alten zweieinhalb, den zwei Steuerleuten knapp einen, dem Funker acht Zehntel, dem Koch sieben Zehntel Prozentpunkte, dem Bestmann, unserem Großen, munkelte man, knappe neun Zehntel, und uns einfachen Seeleuten einen Drittel Prozentpunkt. Dazu das Fischmehl und das Trangeld. Verglichen damit war die reine Heuer ein Trinkgeld. Falls man den Fisch fand. Und der Alte auf der *Uranus,* hatte man mir gesagt, als ich an Bord gekommen war, fand den Fisch immer. Um so mehr hatte ich mich gewundert, daß wir in den drei Wochen, die wir jetzt schon auf See waren, unsere Laderäume noch nicht gefüllt bekommen hatten.

Aber ich hatte andere Sorgen, zur Zeit. Mir tat jede Faser

meines Körpers weh, mein Kopf dröhnte, und ich bekam kaum Luft. Meine Lungen schmerzten. Girolamo, zwei Portugiesen und ich standen steuerbords und sortierten und schlachteten den Fisch. Langsam hatte ich mich in die ewiggleichen Handgriffe hineingearbeitet, griff, schnitt, schlitzte, warf, ein ums andere Mal. Und dann begann sich ein Gedanke breitzumachen, wieder einmal. Ich beobachtete ihn eine Zeitlang und wartete ab. Dann ließ ich mich überreden.

»Girolamo, senti«, rief ich zum Italiener neben mir, »wie hat er geheißen?«

Girolamo antwortete nicht.

»Wieso hab ich Streit mit ihm gehabt, me lo puoi dire?« sagte ich, »kannst du mir das sagen?«

»Ick nich wisse«, sagte er, ohne aufzusehen.

Aber ich mußte es wissen. »Wie hat er geheißen?«

Girolamo antwortete nicht. Arbeitete weiter, tat einen Handgriff nach dem anderen, mechanisch, immer gleich. Stach sein Messer in den Fisch und sah mich dann einen Augenblick lang an.

»Non ti ricordi nemmeno il nome dell'uomo che hai ammazzato?«

Ich schüttelte den Kopf. Nein, ich konnte mich an den Namen des Mannes, den ich getötet hatte, nicht erinnern.

»Si chiamava Hoxha. Vaso Hoxha.«

Jetzt, wo ich den Namen *Hodscha* gehört hatte, klang etwas mit, irgendwo in meinem Hirn.

»Hoxha...«, sagte ich. »Waren wir befreundet?«

Keine Antwort. Girolamo hatte sich längst schon wieder über den Kabeljau gebeugt.

»Eravamo amici? Waren wir Freunde?«

Girolamo drehte sich zu mir, das blutige und verschuppte Messer in der erhobenen rechten Hand. »Sì«, sagte er, »lo eravate.« Dann schaute er mir in die Augen und ließ meinen Blick nicht mehr los. »Sei un infame«, sagte er.

Ein niederträchtiger, verruchter Mörder war ich also, in seinen Augen, die in meinen lagen. Wenn ich mit Vaso befreundet gewesen war und wenn ich ihn getötet hatte, hatte Girolamo recht.

»Wenn du ihn abstechen willst, wart noch ein paar Tage, Itaker, capito? Dann helf ich dir, und hinterher mach ich dich fertig!«

Der Große stand hinter uns und brüllte so laut, daß er die Dieselmaschine und das Gekreische der Winden übertönte.

»Das wird mir sogar ziemlich großen Spaß machen. Und jetzt köpf den Kabeljau, oder ich vergeß mich, Kanak!«

Girolamo ließ das Messer sinken, stand noch einen Augenblick lang reglos da, mich immer noch fixierend. Dann drehte er sich weg.

»Wird's bald, Tschenett, ran an die fetten Vögel!«

Ich griff mir einen Fisch.

»Ja, Großer, jawoll«, sagte ich.

»Komm mir nicht frech, Tschenett«, sagte der Große und stand ein paar Zentimeter hinter meinem Ohr, »ich weiß, was gelaufen ist. Ihr beide habt ihn umgebracht, zusammen. Und soll ich dir was sagen? Ist mir scheißegal, wenn zwei Itaker einen dritten ins Messer laufen lassen. Ist mir sogar recht. Ihr zwei könnt euch auch noch gegenseitig an die Gurgel. Aber nicht hier. Nicht jetzt. Und wieso, Tschenett?«

»Weil der Kabeljau zu gut steht«, sagte ich.

»Richtig«, sagte der Große, »und so lange tun wir mit unseren Messern nur eines... Was?«

»Kabeljau wegarbeiten!« sagten gleichzeitig acht Männer und lachten.

Ich lachte mit. Mehr hatte ich mit dem Messer auch nicht vor. Solange er mir nicht an die Kehle wollte, der Große.

Und dann köpfte ich den nächsten Kabeljau.

Meine Unterarme spürte ich längst schon nicht mehr, die Füße genausowenig, mein Gesicht war blutverschmiert, Schweiß lief mir in den Kragen. Aber ich fühlte mich mit jedem Handgriff, den ich tat, wohler.

Langsam fand ich ins Leben zurück, langsam erinnerte ich mich wieder daran, was mit einem Kabeljau zu tun war, bevor man ihn ins Eis legen konnte. Messer ansetzen. Leber raus, auf einen Haufen. Gammel raus, anderer Haufen. Nach backbord werfen, wo der Fisch von zwei Portugiesen gespült und gesäubert wurde. Dann ging er über die Rutschen nach unten und wurde schichtweise in Eis gepackt. So lange, bis die Laderäume voll waren.

Jede Minute, die verging, bewies mir, daß ich schon einmal gelebt hatte, daß ich meine Arbeit beherrschte, daß ich wußte, wie man sich bei schwerer See hinzustellen hat, merkte, daß ich mich zurechtgefunden hatte in der Welt. Es gab also Hoffnung.

Je mehr ich wieder in die Arbeit zurückfand, um so größeren Respekt bekam ich vor ihr. Es war keine einfache Sache, seinen Job zu tun und gleichzeitig unversehrt über die Runden zu kommen.

Der Winter war die beste Fangzeit, also fuhren die Fischdampfer direkt in die Stürme hinein. In Stürme, um die alle anderen, wenn sie konnten, einen weiten Bogen machten. In Stürme, in denen nur noch Beten half. Und Seeleute, die wußten, was sie taten.

Der Fischdampfer stampfte durch die Wogen, schlingerte und rollte. Zwischendurch kam ein Brecher über und stürzte auf das Fangdeck. Wir hielten uns fest, wo wir gerade konnten. *Eine Hand dem Mann, eine Hand dem Fisch* hieß die alte Regel. Das Fangdeck war in Hockenfächer aus eisernen Stützen und Brettern unterteilt, damit die Brecher nicht den Fisch wegspülen konnten. Der Seemann mußte selbst für sich sorgen. War der Brecher überstanden, konnte man sich auf dem schwankenden Deck bei der Arbeit im Fisch immer noch in Arm oder Bein stechen. Oder man geriet an die Kurrleinen, die übers Fangdeck liefen, an ihrem Ende die zentnerschweren Bomber und das Netz, das auf Grund abgelassen wurde. Mehr als einmal war eine der Kurrleinen, dieser kinderarmdicken Trossen aus Stahldraht, gerissen, war übers Deck gepeitscht und hatte einen Seemann umgebracht. Es genügte aber auch schon, wenn man mitten im Schlachten eine falsche Bewegung machte, an einer der Kurrleinen hängenblieb und mitgerissen wurde. Hatte man das alles überlebt und noch eine Hand und ein Auge übrig gehabt für den Fisch, der zu verarbeiten war, konnte einem nur mehr der Rotbarsch gefährlich werden.

Er war mein Lieblingsfisch. Ging uns manchmal zusammen mit dem Kabeljau ins Netz. Lebte tief unten am dunklen Meeresgrund, mit großen Augen und stacheligen, giftigen Rückenflossen. Wenn wir ihn mit unseren Netzen nach oben holten, zerriß es ihn von innen heraus. An das Gewicht des Wassers angepaßt, das in 600 oder 800 Meter Tiefe auf ihm lag, quollen ihm an Deck die Augen aus den Höhlen und die Schwimmblase wurde nach außen gedrückt. Wer sich vom Rotbarsch stechen ließ, dem schwoll die Hand zur Pranke. Wieso sollte es uns besser gehen als ihm.

Es gab Bratkartoffeln. Berge von Bratkartoffeln und Kasseler. Zu sechst saßen wir an der Back in der Mannschaftsmesse, Ellbogen an Ellbogen, und schaufelten das Futter in uns hinein, das uns über den Rest des Tages und durch die halbe Nacht bringen sollte. Langsam kehrte etwas Wärme in meine Knochen zurück.

Keiner sagte ein Wort. Girolamo hing so tief über seinem Teller, daß man sein Gesicht nicht sehen konnte. Die anderen vier, Bert, Hans, Olli und Hein, schwiegen, aßen, kauten und warfen mir zwischen einer und der anderen Gabel einen abwartenden Blick zu. Ich werde nichts sagen, Jungs, dachte ich, nicht, solange ich nichts weiß.

Hein, der Älteste an der Back, hatte seinen Teller leer gegessen, schlug zweimal mit der Gabel dagegen und hielt ihn hoch. Während der Kochsmaat ihm den Nachschlag auf den Teller schaufelte, ließ Hein mich nicht aus den Augen.

»Mach bloß einen Bogen um uns«, sagte er dann und machte sich wieder über die Bratkartoffeln her.

Da wußte ich wieder, wie ich an Bord der *Uranus* gekommen war.

Ich war in das Büro der *Deutschen See AG* gegangen, um mich auf einem Frachter anheuern zu lassen. Zwei Monate Nichtstun lagen hinter mir, die letzten Wochen war es eng geworden mit meinen finanziellen Reserven, seit drei Tagen war ich endgültig pleite. Einerseits. Andererseits hatte ich genug von Fisch und Wind und Eis und rauher See, meine letzte Fahrt hatte mir gereicht, mir war nach ein paar ruhigen Wochen in südlicheren Gewässern. Also bot sich ein Frachter an.

Vor mir war ein stämmiger Norddeutscher an der Reihe, der ganz offensichtlich nicht zufrieden war mit dem, was ihm angeboten wurde.

»Nö«, sagte er, »da bleib ich lieber an Land. Ich will einen Heckfänger, so'n alter Seitenfänger kann mir gestohlen bleiben mit seinem Gerackere. Und auf die *Uranus* geh ich sowieso nicht noch einmal. Begriffen?«

War schon richtig. Seit die Heckfänger in Betrieb gegangen waren, war die Arbeit für die Seeleute etwas einfacher geworden. Die Motorwinde holte den Steert über die Heckaufschleppe an Deck, man stand bei der Arbeit nicht mehr mitten im Sturm, sondern in den Arbeitsräumen unter dem Fangdeck. Aber noch gab es Seitenfänger, und noch wurden Seeleute dafür gesucht.

Der Stämmige griff sich seine Papiere und ging. »Jungs, macht bloß einen Bogen um die *Uranus*«, sagte er im Hinausgehen.

Und hatte mich gemeint und die zwei, die stumm hinter mir standen. Ich kramte meine Papiere und mein Seefahrtsbuch heraus und stellte mich an den Tresen.

»Ich suche einen Frachter für Afrika«, sagte ich, »kann ruhig morgen schon gehen.«

»Morgen hab ich was«, sagte der Mann hinter dem Tresen, »geht aber nicht nach Afrika.«

»Wohin dann?«

»Grönland. Eismeer.«

»Kein Fänger«, sagte ich, »Frachter.«

»Hab ich nicht«, sagte der Büromensch und war mir schon unsympathisch geworden, »entweder morgen, oder in zwei Wochen.«

Zwei Wochen hielt ich finanziell nicht mehr durch. In vier Reedereien war ich schon gewesen, langsam wurde es eng.

»Also...?« sagte der Büromensch, »...auch gut. Der nächste.« Und scheuchte mich mit einem kleinen Wink der rechten Hand von seinem Tresen weg.

»Ich überleg's mir«, sagte ich.

»Dann überlegen Se mal 'n paar Schritt weiter hinten«, sagte er, »und überlegen Se nich zu lange, sons ist *der* Dampfer auch wech.«

Ich nahm meine Papiere und machte den beiden hinter mir Platz.

Es sprach alles dagegen. Es war kein Frachter. Das Eismeer. Und der Stämmige. Macht bloß einen Bogen um die *Uranus,* hatte er gesagt.

An Bord gab es eine Koje für mich, ich würde nicht verhungern, und Geld war auch zu verdienen. Das sprach dafür.

Ich hatte meinen Kampf noch nicht ausgefochten, als sich der Büromensch wieder meldete.

»He, du da«, rief er, und nach dem zweiten Mal hatte ich verstanden, wer gemeint war. »Nu komm schon, du hast mir doch eben einen italienischen Paß gezeigt, oder? Die Kollegas hier haben Probleme.«

Ich drehte mich um.

»Drei Wochen, 600 Mark Heuer, 0,35 Prozent auf Fisch und Tran und Mehl«, sagte der Büromensch, »sag ihnen das.«

»Tre settimane«, sagte ich, »seicento marchi più il zerovirgolatrentacinque per cento sul pesce, l'olio e la farina di pesce.«

»Tu ci vai?« sagte der Kleinere, Schmächtigere von beiden.

Gute Frage.

»Ci sto pensando«, sagte ich, und, mit einem Blick auf den Büromenschen, »ich bin noch am Überlegen.«

Der Schmächtige besprach sich mit seinem Freund, einem Dunklen mit einem beeindruckenden Schnauzbart. Allerdings verstand ich nur Teile dessen, was er sagte. Der Rest war eine Sprache, die ich noch nie gehört hatte, die südlich klang und manchmal italienisch, aber mir trotzdem unverständlich war.

»Ich mache euch einen Vorschlag«, sagte der Büromensch, »geht doch alle drei zusammen auf die *Uranus*, drei Stück genau brauch ich noch. Ich kann den Dampfer abhaken, und ihr bleibt zusammen.«

Der Schnauzbärtige sah mich an, dann den Schmächtigen. Dann drehte er sich zum Büromenschen. »Isse gutte«, sagte er.

Der Büromensch griff sich, noch ehe ich reagieren konnte, meine Papiere, ließ sich die der beiden anderen geben und lächelte glücklich. Wird schon so sein müssen, dachte ich. Wenigstens mußte ich mich nicht mehr entscheiden.

»Von mir aus«, sagte ich.

Der Schmächtige hielt mir die Hand hin. »Mi chiamo Girolamo«, sagte er.

»E io Vaso«, sagte der andere.

»Vaso?«

War ein eigenartiger Name für einen Italiener, ließ sich nur mit Vase übersetzen.

»È un nome arbëresh«, sagte er.

Während der Büromensch mit unseren Papieren werkelte und seine ausfüllte, erfuhr ich mehr. Vaso stammte aus einem kleinen Dorf in Apulien, das seit Jahrhunderten von Albanern bewohnt wird. *Arbëresh* ist ihre Sprache, ein altertümliches, mit Italienisch gemischtes Albanisch. Und Girolamo kam aus einer Stadt bei Brindisi mit Namen Ostuni.

»La città bianca«, sagte er, »die *Weiße Stadt.* Bellissima.«

Die beiden waren vor einem guten halben Jahr aus Süditalien nach Norddeutschland gekommen. Auf den Schiffen hier war bei gleich harter Arbeit mehr Geld zu verdienen als zu Hause.

»E tu?« sagte Girolamo.

»Bolzano«, sagte ich, »vengo da Bolzano. Aus den Bergen.«

Das überraschte die beiden dann doch, in mehrfacher Hinsicht.

Wie ein Bergler es zum Seemann bringen konnte, und daß dieses Bolzano, von dem sie nur wegen der Terroristen und Bombenanschläge gehört hatten, ihnen einen Italiener nach Hamburg geschickt haben sollte.

»Sei italiano?« sagte Girolamo.

Das war allerdings die Frage, die ich am liebsten hörte. Was ich denn nun sei. Italiener. Oder Deutscher. Oder was. Normalerweise antwortete ich: Rätoromane. Himmel, was sollte man auf diese Nationenfrage antworten? Welches

Glaubensbekenntnis zu welchem Staat sollte man ablegen, wenn man in drei Sprachen aufgewachsen war, ohne das für eine Strafe Gottes und die verwerfliche Spätfolge ungezügelter Promiskuität zu halten? Aber vor die Wahl gestellt, ob ich Deutscher sei oder Italiener, war die Antwort klar.

»Italiano«, sagte ich, »tifoso azzurro.«

Hein hatte mir ungewollt einen Riesendienst erwiesen. Ich erinnerte mich wieder an unseren letzten Abend an Land, an die Stunden, die wir in einer Hamburger Kneipe gesessen, uns unterhalten und angefreundet hatten. Und ich hatte mich wieder daran erinnert, was der Stämmige im Büro der *Deutschen See AG* zu uns gesagt hatte. Jungs, hatte er gesagt, macht bloß einen Bogen um die *Uranus*.

Jetzt war einer von uns dreien tot, der zweite wollte mich umbringen, und der dritte, ich, hatte einen Mord am Hals und einen Alten, der ihn an Land sofort der Polizei übergeben wollte. Der Stämmige war ein Hellseher gewesen. Oder klüger als wir.

»Hiev up!«

»Jo«, brummte Hein, »schon klar.«

Wir sprangen auf. Ließen unser Essen stehen. Aufgang hoch. Alles an Deck.

»Hiev up!«

Der Ruf ging durch den Dampfer, von Kammer zu Kammer, von der Messe in den Maschinenraum. Gekommen war er vom Alten, der auf der Brücke auf seinem Jagdsitz saß und das Netz und den Fisch darin im Auge hatte. Jetzt mußten beide nur noch an Bord geholt werden.

Der Große und der Netzmacher standen an den beiden Winden, die Kurrleinen liefen über die ächzenden Fischgalgen und die Spillköpfe. Erst wurden die Scherbretter an Bord gehievt, dann das Grundgeschirr.

»Beeilung, Männer«, rief der Alte aus dem Brückenfenster.

Wir beeilten uns, verstauten die Scherbretter, legten die schweren Eisenrollen, die wir Bomber nannten, und die hölzernen Zwischenrollen am Schanzkleid ab.

»Alle Mann an Steuerbord.«

Jetzt kam der anstrengendste Teil. Das Netz mußte von Hand an den Dampfer herangezogen werden. Zu zwölft standen wir eng gedrängt nebeneinander, griffen auf Kommando in die Maschen und zogen, was das Zeug hielt. »Hiev up! Hiev up!« Zentimeterweise zerrten wir das Netz über das Schanzkleid, rissen an ihm, stöhnten und fluchten. Es war, als ob die See es nicht hergeben wollte. Wie immer. Hiev up!

Endlich. Endlich lag der Steert, das fischgefüllte Netzende, längsseits. Prall. Hein legte den Stropp an und befestigte ihn am Steertbaum. Die Winde hob den Steert an und zog ihn aus der See. Dann war die Stunde des Großen gekommen. Unser Bestmann war für den heiklen Knoten verantwortlich, mit dem das offene Ende des Steerts beim Schleppen verschlossen war. Und jetzt, kaum hing der Steert über dem Fangdeck, kroch der Große darunter, griff danach und öffnete mit einem Ruck den Codleinenknoten. Achtzig Korb Fisch ergossen sich auf das Deck.

»Gut, Männer.«

Der Alte war zufrieden.

»Und weiter. Weg mit dem Fisch. Verstanden?«
Und hatte es immer noch eilig.

Achtzehn Stunden standen wir inzwischen auf den Beinen. Ich hatte fleißig mein Penicillin weitergeschluckt, auf den Schnaps aber verzichtet. Schnaps gab es nur für todkranke Seeleute oder beim Landgang. Bei der Arbeit machten wir alle einen weiten Bogen darum. Sie war so schon gefährlich genug.

Die See ging inzwischen etwas ruhiger, um so schneller würde der Alte uns also wieder mit frischem Kabeljau zuschütten. Es war ein Kampf gegen die Zeit, den Fisch und unsere Müdigkeit. Tschenett, dachte ich, während ich wieder Kabeljau schlachtete, mit eingespielten Bewegungen, Tschenett, du hattest ganz vergessen, wie hart das Leben ist. Und eine Sekunde lang sehnte ich mich in meine Koje zurück. Dann überlegte ich es mir doch anders. Erstens hätte ich dazu wieder über Bord gehen müssen, und so einen Tauchgang überlebt man normalerweise schon beim ersten Mal nicht. Zweitens war ich heilfroh, daß meine Lungen wieder leidlich funktionierten. Und drittens hätte ich, auf der Matratze liegend, nichts zu meiner Rettung tun können. Wie mir das allerdings hier, mitten im Kabeljau stehend, gelingen sollte, war mir auch nicht klar.

Dann war der Fisch endlich verstaut und das Deck an der Reihe. Der Große hatte sich wieder einmal einen von uns vorgenommen, schrie und tobte. Es ging ihm alles zu langsam.

»Verdammte Landratten, ersäufen sollte man euch, wer hat so was wie euch bloß an Bord geholt?«

Wenn er sauer war, gab es außer dem Alten, dem Netzmacher und dem Steuermann nur noch einen Seemann an Bord: ihn, den Großen. Wir, der erbärmliche Rest, waren widerliche Schlickrutscher, windelweiche Freizeitmatrosen im Tümpelwasser, die leckgeschlagen aus dem Ruder liefen und verloren durch die offene See drifteten, den sicheren Tod vor Augen. Wenn *er* nicht dagewesen wäre. Der Große.

Girolamo putzte das Netz und sah kurz zu dem schreienden Großen hinüber. Seinem Gesicht war keine Reaktion abzulesen, nicht, wenn man ihn nicht genauer kannte. Was ich ja tat, wie ich inzwischen wußte. Ich bildete mir ein, ein kleines Zucken in seinen Gesichtsmuskeln gesehen zu haben. Immerhin, Girolamo war ein halbes Leben lang schon Seemann, und offensichtlich hatte er sich an den nordischen Ton noch nicht ganz gewöhnt. Als der Große auf ihn zuging, versteifte sich Girolamos Rücken, wölbte sich leicht, so als ob er sich über sich selbst beugen würde.

Genauso hatte Vaso dagestanden. Hatte dagestanden, sich im letzten Augenblick, kurz bevor der Große sich direkt vor ihm aufgebaut hatte, zu voller Größe aufgerichtet auf dem rollenden Schiff. Und dann hatte Vaso den Großen angesprochen, und dabei mit seiner Rechten nach unten gezeigt. Der Große war erstaunt einen halben Schritt zurückgetreten. Vaso hatte ihn noch nie von sich aus angesprochen. Es war das erste Mal, daß ich so was gesehen hatte. In der brüllenden See hatte ich die beiden nicht verstehen können, ich hatte mich zu dem Fanggeschirr hinuntergebeugt, um es noch einmal festzuzurren, bei den Brechern, die die *Uranus* übernahm, war das notwendig, und als ich hochgekommen war, hatten Vaso und der Große immer noch dagestanden, und dann war dieser gewaltige Brecher übergekommen und hatte mich von Deck gespült.

Eineinhalb Stunden Schlaf hatte uns der Alte genehmigt, dann wollte er wieder hieven lassen. Wir hatten uns sofort in unsere Kojen geschmissen, eineinhalb Stunden waren besser als gar nichts, und wer wußte, ob er es sich nicht noch anders überlegen würde.

Ich lag hellwach auf der Matratze, Girolamo drehte sich schwer atmend hin und her, der Große war noch an Deck.

»Girolamo...«, sagte ich.

Keine Antwort.

»Girolamo, senti, mi è venuto in mente come sono finito nell'aqua.«

Schweigen.

»Ich werde es dir trotzdem erzählen«, sagte ich, »dann kannst du hinterher immer noch entscheiden, ob du mir zugehört hast oder nicht.«

Ich erzählte, wie ich über Bord gegangen war. Und an was ich mich sonst noch erinnerte. An Vaso und den Großen. Und daß Vaso etwas von dem Großen gewollt hatte. Daß ich dann in die See gespült worden war. Daß ich einen Schrei gehört hatte.

Ich holte Luft. Bis hierher war mir alles klar. Dann wurde es schwierig, verworren, unentzifferbar. Vielleicht half es, laut nachzudenken. Ich redete also weiter. Girolamo gab mit nichts zu verstehen, ob er mir zuhörte oder nicht. War jetzt auch schon egal.

»Also«, sagte ich, »wir sind gemeinsam an Bord gekommen. Wir waren die drei Itaker. Zwei Süditaliener, der eine spricht *brindisinu,* der andere *arbëresh,* und ein Norditaliener, der deutsch spricht. Wir waren so was wie befreundet. Gut. Mich spült's in den Bach. Dann komme ich in dieser Koje wieder zu mir. Und alle halten mich für den Mörder, glauben, daß ich den Vaso ins Wasser geschmissen hab. Wieso sollte ich?«

Keine Antwort.

»Nächste Frage: Wer hat das zuerst behauptet?«

Kein Antwort.

»Letzte Frage: Wer hat mich gerettet?«

Wieder nichts. Da lag ich also, im Dunkeln, mit nichts als Fragen und ohne Antworten, lauschte dem Stampfen des Schiffsdiesels und dem Geräusch der Schraube. Mehr konnte ich zur Zeit nicht tun. Meine Fragerei hatte mich nicht weitergebracht. Sie klaute mir nur das bißchen Schlaf, das ich diese Nacht bekommen konnte.

»Der Große.«

Ich traute meinen Ohren nicht. »Come?«

»Der Große.«

Girolamo hatte den Mund aufgetan.

»Was ist mit dem Großen?« sagte ich.

»È lui quello che ti ha tirato fuori dal mare. Ed è lui quello che ha detto di avverti visto littigare con Vaso poco prima del fatto disgraziato.«

Das mußte ich erst einmal verdauen. Also der Reihe nach. Girolamo hatte eben behauptet, der Große sei der gewesen, der mich aus der See gezogen hatte. So weit, so gut. Hätte ich ihm nicht zugetraut, aber möglich ist vieles. Sogar, daß so einer wie der Große ein Herz für Schlickrutscher wie mich hat. Auch wenn ihm nur an meiner Arbeitskraft liegt. Bis hierher also alles klar. Aber dann. Girolamo hatte auch noch gesagt, der Große hätte behauptet, gesehen zu haben, wie Vaso und ich gestritten hätten, kurz bevor wir beide über Bord gingen.

Ich hatte zwar Schwierigkeiten mit meinem Gedächtnis gehabt, war mir aber ziemlich sicher, daß ich mich an einen Streit mit Vaso erinnert hätte. Außerdem waren meine Erinnerungen an meinen Abgang von Bord ziemlich detailliert bebildert und genau. Das Fanggeschirr, das Festzurren, der Brecher, der Schrei.

Der Schrei. Ich hatte ihn gehört, nachdem ich mich wieder aus dem Wasser freigekämpft hatte. Also ein paar Sekunden, nachdem ich selbst über Bord gegangen war. Was war in den Sekunden geschehen? Wer hatte geschrien? Und wieso? Und weshalb sollte der Große Geschichten erzählen?

»Non ci capisco più niente«, sagte ich, »ich geb's auf. Ich blick nicht durch.«

Vielleicht bekam ich ja doch noch eine Mütze voll Schlaf ab. Würde mir helfen, den nächsten Tag zu überstehen. Und den Kabeljau.

»Dormi, Girolamo«, sagte ich, »schlaf.«

»Ti riccordi Tálknafjördur?« Plötzlich schien Girolamo hellwach zu sein.

»Sì«, sagte ich.

Natürlich konnte ich mich an Tálknafjördur erinnern.

»Eine der Winden hat einen Schaden am Lager, der muß repariert werden, bevor's schlimmer wird«, hatte der Alte schulterzuckend gesagt, »wir müssen einlaufen, halber Tag, ein Tag, wenn's hoch kommt, ihr geht in der Zwischenzeit an Land.«

Uns war's recht gewesen, nach drei Wochen härtester Arbeit hatten wir nichts gegen ein paar Stunden erzwungenen Landgang, ich schon gar nicht, und außerdem war uns ja bis jetzt ordentlich Fisch ins Netz gelaufen.

»Leute«, hatte der Alte gesagt, als wir in den verschneiten Fjord eingelaufen waren, »ist zwar nur ein Gammelhafen, aber ihr werdet euch schon nicht langweilen.«

Tálknafjördur war wirklich ein kleiner, vergessener Hafen an Islands Westküste, knapp unterm Polarkreis. Eine schmale, halbverrottete Holzmole, an der drei einheimische Kutter dümpelten, ein paar alte, windschiefe Häuser, dahinter weiße Berge im Nordlicht. Schnee, Wind und subpolare Finsternis.

»Nehmt die vier Kartons mit, gebt drei dem Wirt mit schönem Gruß von mir, der vierte ist für euch. Und macht mir keine Dummheiten«, hatte der Alte gesagt.

Selten generös von ihm, vor allem wenn man davon ausging, daß in den Kartons nicht Fruchtsaft war.

Die Kneipe war bald gefunden. Es war das einzige Haus im Fjord, das beleuchtet war. Außer den Hallen an der Mole, die man roch, bevor man sie sah. Mußte eine Fischfabrik sein. Wir hatten die Kartons abgeliefert, der Wirt hatte sie augenzwinkernd unter der Theke verstaut. Als wir den unseren öffneten, kam Wodka zum Vorschein. War Gold wert, hier im Land der verbotenen Schnapspreise. Unser Alter schien ein Schmuggler zu sein.

»Auf die *Uranus*!« rief der Netzmacher und setzte die Flasche an.

Minuten später war die Kneipe am Feiern. Der größte Teil unserer Mannschaft, ein paar einheimische Fischer und eine Dame mittleren Alters, die plötzlich aufgetaucht war. Als hätte sie Kundschaft gerochen. Der Wirt hatte Bratkartoffeln und Fisch aufgefahren und einen alten Plattenspieler in Marsch gesetzt. Hein teilte seinen Schnaps mit der Dame.

Wir hatten es uns gutgehen lassen, gefeiert und getrunken. Unsere Müdigkeit war jetzt vergessen und vorbei, wir waren Seeleute auf Landgang, schlafen konnten wir immer noch.

Dann, nach Stunden, war Vaso aufgestanden. »Ich gehe«, hatte er gesagt, und als ich ihn fragte, wieso er denn in Dreiteufelsnamen ausgerechnet jetzt auf die *Uranus* zurückkehren wolle, hatte er gesagt: »Ramadan«.

»Verarsch mich nicht«, hatte ich gesagt. Und hatte ihm unterstellt, daß er irgendwo eine Isländerin versteckt hatte, die er nicht mit uns teilen wollte.

Vaso hatte leise gelächelt und sich dann neben mich gesetzt, mit dem halben Hintern auf die Ecke eines Stuhles, schon mehr fort als noch da. Und hatte mir erzählt, daß er Moslem sei. Kein besonders gläubiger, womit er recht hatte, Schweinefleisch hatte ich ihn schon essen sehen, und einen Riesenbogen hatte er die letzten Tage um den Alkohol auch nicht gemacht. Schon richtig, hatte er gesagt, aber morgen fängt Ramadan an, die islamische Fastenzeit. Und die halte ich.

Ich hatte es ihm immer noch nicht glauben wollen. In Italien gibt es doch kaum Moslems, hatte ich gesagt. Stimmt schon, hatte er gesagt, viele sind wir nicht, aber ein paar von uns *arbëresh,* ein paar wenige der über zwei Handvoll süditalienischer Dörfer verteilten Albaner sind in Erinnerung an die seit Jahrhunderten vergangenen Zeiten ein paar alten Gewohnheiten treu geblieben. Dazu gehörte das muslimische Fasten. Und deswegen wollte Vaso zurück an Bord. Fasten kann ich in meiner Koje besser, hatte er gesagt. Das hatte sogar ich verstanden.

»Vai con dio, ma vai«, hatte ich gesagt, »geh mit Gott, aber geh.«

Bevor er mir hier noch meine Trinkkumpane oder gar mich ansteckte mit seinem Ramadan. Und Vaso war gegangen.

»Girolamo, was ist mit Tálknafjördur?« sagte ich.

»Il giorno dopo siamo ripartiti«, sagte Girolamo.

»Richtig«, sagte ich.

Mitten in das flache Mittagslicht hinein, vor dem ich mich zu schützen versucht hatte, indem ich den Kopf zwischen meine Arme auf die Tischplatte gelegt hatte, mitten in das fahle Licht und meinen Kopfschmerz hinein hatte uns der Alte zurück auf den Dampfer befohlen.

»Wir haben keine Zeit mehr zu verlieren, Männer«, hatte der Alte gesagt, als wir uns an Bord schlichen, »ihr wollt sicher auch nach Hause zu Weib und Windel. Also holen wir uns noch was Fisch ins Boot, und dann ab nach Kassel.«

Ich hatte nur grinsen können. *Weib und Windel.* Das hatte mir gerade noch gefehlt.

»Che mi vuoi dire, Girolamo?« sagte ich, »los, sag schon, worauf willst du hinaus?«

»Hanno scaricato del pesce. Vaso me l'ha raccontato.«

Dem guten Vaso mußte die Fastenkur aufs Hirn geschlagen haben. Wieso sollte der Alte in Tálknafjördur Fisch gelöscht haben?

»Ha visto il Alte e il Große. C'erano degli uomini, che hanno scaricato il nostro pesce. Lo hanno portato in quella fabbrica.«

Vaso schien sich ziemlich sicher gewesen zu sein. Hatte behauptet, gesehen zu haben, wie unser Fisch in die Fischfabrik gebracht worden war. Und daß der Alte und der Große dabei zugesehen hätten.

Das gab keinen Sinn. Außer, natürlich...

Außer, der Alte und der Große hatten ihre Privatgeschäfte gemacht, während wir uns an Land hatten vollaufen lassen.

Dagegen sprach, daß solche Privatgeschäfte illegal waren. Und daß man als Kapitän der Christlichen Seefahrt so etwas nicht tat.

Dafür sprach, daß wir wegen eines Windenschadens in den Hafen gelaufen waren, den man genausogut hätte an Bord beheben können. Dafür sprach, daß die *Uranus* seit Tálknafjördur einen unersättlichen Bauch zu haben schien; ich hatte mich auch schon gewundert, wie viele Hols da unten noch Platz haben sollten. Dafür sprach, daß man uns drei Itaker und die Portugiesen anscheinend für dumm genug hielt, nichts zu merken. Dafür sprach, was uns der Kollege im Büro der *Deutschen See AG* über die *Uranus* gesagt hatte. Und dafür sprach, daß das Ganze ein gutes Geschäft war. Eine Art umgekehrtes Klondiken.

Der Begriff *Klondiken* war aufgekommen, als die Verarbeitungsschiffe dazu übergegangen waren, Fänge von einheimischen Fischdampfern aufzukaufen und an Bord zu verarbeiten. Daraus hatten sich Geschäfte aller Art entwikkelt, die manchmal an Goldrausch denken ließen.

Wenn ich richtig lag mit meinem Verdacht, lief das Geschäft hier, ungewöhnlich genug, in die Gegenrichtung. Man verkaufte einen Teil des Fanges privat, an eine kleine Fischfabrik in einem vergessenen isländischen Gammelhafen zum Beispiel, teilte unter den Wissenden und Beteiligten auf. Die Mannschaft schickte man an Land und gab ihr zu trinken. Die Itaker und Portugiesen mußten davon nichts erfahren. Dann lief man aus, fischte sich den Bauch wieder voll und kehrte nach Hause zurück. Tut uns leid, aber die ersten zwei Wochen lief's nicht so gut, war kein Kabeljau in Sicht, hat was länger gedauert, diesmal. Mußte ein lohnender Beifang für die Eingeweihten sein, so ein Fischzug.

Der Alte war auf einem Seitenfänger hängengeblieben. Auf einen der modernen Heckfänger würde er es nie mehr schaffen, wenn es bis jetzt nicht geklappt hatte. Seine guten Zeiten waren längst vorbei. Und es war absehbar, wann diese Seitenklatscher, wie sie inzwischen verächtlich genannt wurden, verschrottet würden. Die Fabrikschiffe waren im Kommen, große, vollmechanisierte Kolosse mit Verarbeitungsfließbändern im Bauch, praktische, vollklimatisierte Monster, die einen vergessen ließen, daß man Seemann war. Der Alte mußte wissen, daß sie ihn nicht mehr lange brauchen würden.

Es schien mir ziemlich wahrscheinlich, daß der Alte und der Große recht hatten: An Bord der *Uranus* lief ein Mörder herum.

Vaso war wegen des Ramadan vorzeitig an Bord zurückgekehrt, er hatte den Großen auf den umgeladenen Fisch angesprochen, höchstwahrscheinlich ohne zu wissen, auf was er sich dabei einließ, und als der Große mich über Bord gehen sah, hatte er erst Vaso hinterhergeschmissen und dann mich gerettet.

So waren sie einen Zeugen losgeworden und hatten sich gleichzeitig einen Mörder besorgt.

Es war der übliche Streit unter Itakern, Verzeihung, Euer Ehren, unter Italienern also, wieso, das werden wir nie verstehen, sind halt etwas anders als wir, Euer Ehren, ja, ich habe sie miteinander streiten gesehen, und trotz aller verzweifelten Versuche ist es uns nur mehr gelungen, den einen der beiden zu retten, Euer Ehren, um ihn seiner gerechten Strafe zuzuführen.

»Girolamo«, sagte ich, »ich weiß jetzt, wer Vaso umgebracht hat.«

»Allora«, sagte Girolamo, »dimmelo.«

»Also…«, sagte ich.

Und dann ging das Schott auf, und der Große stand stumm und breit in dem Licht, das aus dem Gang in unsere dunkle Kammer fiel.

4

Macht euch ja nicht mausig, ihr Saukerle!
Erich Kästner

»Na, Tschenett, hab ich's doch gesagt, die sieben Monate sitzt du auf einer Arschbacke ab.«

Unser Gummibärchen, Schließer Haribo, war witzig wie immer. »Morgen geht's raus. Bloß nicht vergessen.« Und grinste mich an, als wollte er sagen: Mal sehen, ob das klappt, du Trümmerhaufen.

»Das einzige, was ich vergessen will, bist du, Gummibärchen«, sagte ich und schmiß mich auf die Matratze. Eine Nacht noch. Eine lange, verdammte Nacht. Da fehlte mir dieses Schließergequatsche gerade noch.

»Und falls du das nächste Mal in einem anderen Knast landest und nicht hier, Tschenett«, der Scheißschließer konnte es nicht lassen, »sag den Kumpels, daß sie gut zu dir waren, die Hamburger von Santa Fu, ja?«

»Ich werd ihnen sagen, was Gummibärchen am liebsten mögen.«

»Wirst du? Was denn?«

Mich legst du nicht noch mal rein, Blödkopf, dachte ich. Gleich in den ersten Tagen hatte er mich mit seiner Stänkerei dazu gebracht, daß ich vorlaut geworden war. Es hatte mich zehn Extratage Knast gekostet. Noch einmal würde ich dem Arschloch nicht den Gefallen tun.

»Liebster Herr Justizvollzugsbeamter«, sagte ich, verschränkte die Hände hinter meinem Kopf, schloß die Augen und gähnte, »ich werde ihnen die Wahrheit sagen, versprochen. Ich werde ihnen sagen, daß Gummibärchen sich liebend gern vernaschen lassen. In Ordnung? Und jetzt hau ab. Ich brauch 'ne Mütze Schlaf. Wird anstrengend, morgen.«

»Ist noch lange hin, bis dahin«, sagte Gummibärchen, »nicht vergessen, Tschenett.«

Ich antwortete ihm nicht mehr. Ich wußte, er würde es versuchen. Und ich wußte auch, daß es ihm nicht gelingen würde. Ich betete darum. Nicht noch einen Tag in diesem Scheißloch, keine Sekunde mehr als unbedingt notwendig. Und das war morgen elf Uhr. Dann hatte ich meine sieben Monate abgesessen. Dann hatte ich bezahlt. Mehr würde dieser Staat von mir in meinem Leben nicht mehr bekommen. Gummibärchen war schlüsselrasselnd verschwunden.

»Er wird es schaffen«, sagte Emil.

Emil war mein Zellenkumpan. Hatte noch knappe fünf Jahre vor sich, acht hinter sich. Bewaffneter Raub mit Todesfolge, oder, wie es hier drin hieß: Ex und Hopp.

»Nö«, sagte ich.

»Wetten?«

»Und worum?«

»Drei Jahre lang Freßpakete, alle zwei Monate. Keine Scheiße, sondern das italienische Zeug, von dem du mir vorgeschwärmt hast.«

»Bressaola, cacciotta, focaccia, involtini, pan d'oro, strangolapreti, mortadella, carne salada, carciofi, luganeghe? Meinst du das?«

Ich konnte ihn, obwohl er über mir lag, lächeln sehen. Emil war ein begnadeter Esser. Das war die Basis, auf der wir uns verstanden hatten. Ich, der Zufalls-, und er, der Berufskriminelle.

»Richtig.«

»Drei mal sechs? Achtzehn?«

»Zwanzig«, sagte Emil, »sagen wir zwanzig Freßpakete. Dann müßte die gute Führung da sein, und ich bin raus. Nachsendeantrag aus'm Knast will ich nicht stellen.«

»Versteh ich«, sagte ich. »Gegenvorschlag. Das letzte Freßpaket kommt zum Jahresende 1999. Damit du den Jahrtausendwechsel mitfeiern kannst, wie's sich gehört. Dafür nur alle drei Monate.«

»Das sind, Augenblick, dreieinhalb mal vier, das sind…«

»Vierzehn Freßpakete. Vorher kommst du eh nicht raus. Die rechnen dich in die Jahrtausendamnestie rein.«

»Glaubst du?«

»Damit die Zahlen fetter werden. Gehen vorher eben weniger auf guter Führung raus.«

»Schweinebacken.«

»Naja, wenn du ihnen auch ihr Erspartes klaust.«

Das war Emils Stichwort. Ich wußte es, nach all diesen Monaten mit ihm in der Zelle. Aber ich tat ihm den Gefallen. Morgen ging ich ihm verloren.

»Erspartes«, sagte er und sprach es gewichtig wie beim ersten Mal, »Erspartes ist Geklautes.«

»Sag das mal der Oma«, sagte ich.

Das war Teil zwei unseres Spiels.

»Hab noch nie keine Oma nicht beklaut, junger Mann«, sagte Emil.

Wobei man wissen muß, daß Emil einundfünfzig war, also grade mal sechs Jahre älter als ich.

»Weil die zu schnell sind für dich«, sagte ich.

»Also gut«, sagte Emil, »die Jahrtausendvariante. Einverstanden.«

»Und womit hältst du dagegen?«

Wollte ich schon wissen, was mir das bißchen Selbstkontrolle bringen würde.

»Du siehst das falsch, Tschenett«, sagte Emil, »du denkst, du schaffst das. Wirst du aber nicht, ich kenn den Haribo. Der hat schon ganz andere geschafft, der ist ein Spezialist.«

»Dann kannst du ja völlig unbeschwert dagegenhalten gegen meine Freßpakete«, sagte ich. »Ich höre...«

»Leid kannst du einem tun. Denkt nach sieben Monaten, er weiß, wie's im Knast läuft.«

»Denk ich nicht«, sagte ich, »weiß ich. Morgen bin ich raus. *Das* läuft.«

Emil ließ lauthals Luft ab. Man konnte hören, wie verzweifelt er über meine Anfängerdummheit war.

»Jung, Jung«, sagte er.

Es war immer dasselbe mit ihm. Emil ließ sich Zeit, weil Emil Zeit hatte. Hatte von den letzten dreißig Jahren zwanzig im Knast verbracht. Für ihn war – er hätte es nie zugegeben, aber es war mir nach einer Woche klargeworden – draußen wie drinnen. Er fand sich hier nicht zurecht und dort nicht. Und er war da der King, und hier.

»Die Bücher«, sagte Emil. »Ich halte mit meinen Büchern dagegen.«

Es gab mir einen Stich in die Brust. Wenn Emil sogar mit seinen Büchern dagegenhielt, sah es verdammt schlecht für mich aus. Emil und seine Bücher, das war ein eigenes Kapitel.

Nicht, daß er viel gelesen hatte. Er blätterte nur immer wieder in den paar Büchern, die sich auf dem kleinen Tisch in der Zelle stapelten und die sein Heiligtum waren. Siebzehn Bände, ein Buch. Sechzehn verschiedene Übersetzungen von *Emil und die Detektive* und das Original.

Das Orginal hatte er vor Jahren bei einem Überfall auf einen Supermarkt dem Marktleiter vom Schreibtisch geklaut. Aus jugendlichem Übermut, und weil sein Name auf dem Titel stand. Dann hatte er darin geblättert. Und wieder. Und hatte Lust auf mehr *Emils* bekommen. Brieffreundschaften angefangen mit aller Welt, ungelenk Postkarten beschrieben mit Grüßen und Wünschen, hatte in zusammengeklauten fremden Wörtern von seinem Knastdasein erzählt und von seinem Traum, möglichst alle Übersetzungen des einen und einzigen Buches zu besitzen, und immer wieder waren Kindergärtnerinnen und pensionierte Lehrerinnen ganz hin und weg gewesen von dem Knacki, der sich nichts sehnlicher wünschte als *Emil und die Detektive* in einer fremden Sprache. Und sie hatten ihm den Gefallen getan und ihm das Buch zugeschickt, verbunden mit den besten Wünschen für eine erfolgreichere Zukunft und Ermahnungen an das Gute in ihm. Die Briefe hatte Emil sofort in kleinste Fetzen zerrissen und in die Zellenkloschüssel hinuntergespült, er hatte weder geantwortet noch sich für das Paket bedankt. Wenn es nach ihm ging, hatte er kraft seines Vornamens und seiner Laufbahn ganz einfach ein gottgewolltes Anrecht darauf, in den Besitz sämtlicher Übersetzungen des Buches zu kommen.

Dat je geld altijd per postwissel moet sturen, bromde grootmoeder en ze giechelde als een speeldoos. Emil hatte einen Lieblingssatz. Und er kannte ihn und seine Übersetzungen auswendig. *Pengar ska man alltid skicka per postanvisning, sa mormor och fnittrade ystert. – Tot el que passat ens ensenya que el diners s'han d'enviar sempre per gir postal, afirmà l'àvia, entre rialles. – Che i soldi bisogna mandarli per vaglia, disse la nonna scoppiando a ridere come una ragazzina. – Geld soll man immer nur per Postanweisung schicken, brummte die Großmutter und kicherte wie eine Spieldose.*

Und jetzt wollte Emil seine *Emils* verwetten.

»Das sieht nicht gut aus für mich«, sagte ich.

Emil lachte. »Was hast du gedacht, Jung?«

»Daß ich 'ne faire Chance habe.«

»Hast du«, sagte er, »es sind ja nur noch dreizehn Stunden. Und das meiste davon ist Nacht.«

Ich stand auf und stellte mich vor ihn hin. »Komm schon, Alter«, sagte ich, »was ist der Trick dabei?«

»Der Trick«, sagte er und drehte mir weiter seinen von der Anstaltsdecke bedeckten Rücken zu, »der Trick dabei ist, daß keiner dabei ist.«

»Sag mir schon, was hat der Haribo vor?«

»Ehrlich«, sagte Emil, »ich weiß es nicht.«

Ich setzte mich auf meine Matratze.

»Leg dich hin«, sagte Emil, »sonst bekommst du Ärger. Und das möchte ich nicht. Soll ja fair zugehen, nicht?«

»O.k.«, sagte ich dann, »die Wette gilt.«

Das wirst du doch noch schaffen, Tschenett, dachte ich, einen halben Tag lang dem Ärger aus dem Weg zu gehen.

»Das klingt so, als wärst du dir sicher«, sagte Emil.

»Nicht ganz«, sagte ich, »aber ich kann's ja versuchen.«

»Tu das«, sagte Emil. »Also die Freßkörbe gegen die Bücher, ja?«

»Ja«, sagte ich.

»O.k.«, sagte Emil, »eingeschlagen wird morgen. Aber die Wette gilt?«

»Gilt.«

Und dann zog ich mir die Decke über den Kopf und versuchte zu schlafen.

Sieben Monate. Sieben Monate, Tage und Nächte, Stunden um Stunden, Minuten, Sekunden. Eine Ewigkeit lang hatten sie mich in dieses Loch gesperrt. Eine halbe Ewigkeit noch, und ich würde wieder frei herumlaufen. Würde ihnen den Rücken zudrehen und den Arsch, würde sie hinter mir lassen, weit hinter mir, und tun, was ich mir die letzten Monate Nacht für Nacht nur hatte ausmalen können.

Und ich würde versuchen, das zu vergessen, woran ich immer wieder in diesen langen Tagen und Nächten gedacht hatte. Ich würde versuchen, die *Uranus* zu vergessen. Und das eine Bier, das mich in den Knast gebracht hatte. Dann schlief ich ein.

Und wurde von einem Schrei wach.

»Ruhig, Junge, ruhig. Ist bloß 'n Traum.«

Emil stand an meiner Pritsche und hielt meine Hand.

»Geht schon wieder«, sagte ich.

»Hol erst mal Luft«, sagte Emil. »Und dann erzähl.«

»Nö«, sagte ich. Ich hatte bis jetzt noch keinem erzählt,

wieso ich hier war. Ich würde in dieser letzten Nacht auch nicht damit anfangen.

»Erzähl«, sagte Emil, »dann bist du's los.«

»Ich will nichts loswerden.«

»Glaub ich dir, mein Jung.«

»Also laß mich.«

»Besser du erzählst es mir als dem Gummibärchen.«

Ich fuhr hoch. »Was hast du ihm gesagt?«

»Nichts«, sagte Emil und drückte mich wieder auf die Matratze zurück, »und schrei nicht so. Nichts. Aber der Hund hat einen verdammt guten Riecher. Wenn du eine schwache Stelle hast ... er findet sie.«

»Es ist zwanzig Jahre her«, sagte ich.

»Das ist ihm egal. Er ist ein altes Trüffelschwein.«

»Ich will mich nicht mehr daran erinnern.«

»Du träumst davon«, sagte Emil. »Jeden zweiten Tag. Ich hab's gehört.«

»Was hast du gehört?«

»Daß es dich nicht schlafen läßt.«

»Ist meine Angelegenheit.«

»Naja, wachgeworden bin ich auch.«

»Scusa. Ich mein: Sorry.«

»Erzähl.«

»Ungern.«

»Es hilft.«

»Nein.«

»Doch. Mir und *meinen* Einschlafschwierigkeiten.«

Und damit hatte er mich am Schlafittchen. Ich war es ihm schuldig. Auch wenn ich kaum glauben konnte, daß die Geschichte ihm in den Schlaf verhelfen würde.

»In Ordnung«, sagte ich, »du bekommst deine Gute-Nacht-Geschichte.«

Emil kletterte in der Dunkelheit auf seine Matratze und rollte sich ein. »In Ordnung«, sagte er dann, »ich bin soweit.«

Und ich erzählte ihm die Geschichte der *Uranus*. Wie ich über Bord gegangen war. Vom überlebenden Tschenett und vom toten Vaso. Und daß sogar ich selbst eine Zeitlang geglaubt hatte, ein Mörder zu sein.

Emil lag still über mir. Ich erzählte weiter. Wie ich in den Bruchstücken meiner Erinnerung gekramt hatte, um zu verstehen. Was Girolamo von Vaso erfahren hatte. Unser Verdacht. Und daß wir schließlich sicher gewesen waren, daß der Große der Mörder war.

»Wir wußten: Wenn das stimmte, war Vaso für nichts und wieder nichts gestorben«, sagte ich, »wegen einiger Kisten Kabeljau und für ein paar tausend Märker.«

»Das ist genug, um zu sterben«, sagte Emil aus der Finsternis heraus, »glaub's mir, ich weiß das.«

»War eine Scheißsituation«, sagte ich, »die perfekte Falle. Sobald wir anlegen würden, wollten sie mich der Polizei übergeben. Und bis dahin durften wir uns nichts anmerken lassen, Girolamo und ich. Wir wären genauso geendet wie Vaso. Außerdem wußten wir nicht, wem an Bord der *Uranus* zu trauen war und wem nicht.«

»Am besten, man traut nicht einmal sich selbst, sag ich immer«, sagte Emil.

Sieben Tage war das so gegangen. Girolamo und ich, wir hatten uns, so gut es ging, gegenseitig den Rücken gedeckt.

Dann kam der Tag, als der Alte Vollschiff meldete und Heimatkurs befahl. Ich wußte, daß meine Tage gezählt waren. Und wußte immer noch nicht, wie ich aus der Sache rauskommen sollte. Wir hatten keine Beweise. Die anderen hatten alles. Das Sagen und einen guten Grund, mich ans Messer zu liefern.

Wir liefen Hamburgs Fischereihafen an. Nächtelang hatte ich gekopft. Wie ich unbemerkt und sicher an Land kommen sollte. Wir liefen die Elbe hoch, langsam bei ablaufender Strömung. Viel Zeit blieb mir nicht mehr. Und noch immer keine rettende Lösung in Sicht. Ich stand am Schanzkleid und schaute auf das Elbufer.

Dann sah ich in der Ferne den Mast der Begrüßungsanlage auftauchen und wußte plötzlich, wie es gehen würde. *Willkomm Höft*, Tschenett, dachte ich, das ist es.

Die Schiffsbegrüßungsanlage am Schulauer Fährhaus, an der Stadtgrenze Hamburgs. Es war Sonntag nachmittag. Die Terrasse würde voller Ausflügler sein, die gebannt auf die Elbe schauten. Bei sovielen Zeugen konnte mir nicht viel passieren.

Das *Willkomm Höft* war in den 50er Jahren in Betrieb genommen worden. Begrüßte jedes aus- oder einlaufende Schiff über 500 Bruttoregistertonnen mit einer gedippten Hamburger Flagge. Gleichzeitig wurde über Lautsprecher eine Kassette mit einer Begrüßung oder Verabschiedung in der Landessprache des Schiffes samt Hymne abgespielt. Das Schiff dippte zurück. Und das Ganze unter den Augen und Ohren Hunderter verzückter Ausflügler.

Willkommen in Hamburg, wir freuen uns, daß Sie unseren Hafen begrüßen können.

Girolamo wollte mitkommen.

»Laß das«, sagte ich, »dir können sie nichts anhängen. Hol dir wenigstens deine Heuer ab.«

Dann war ich auf die Poop gestiegen, hatte Anlauf genommen und war gesprungen. Möglichst weit von der Schraube weg. Hundertfünfzig Meter hatte ich zu schwimmen. Genau zwei Meter lang hatte ich Zeit, es zu lernen. Auf den letzten Metern hörte ich, wie sie die deutsche Nationalhymne spielten.

»Italia«, rief ich, »Italia!«

Dann schleppte ich mich am *Willkomm Höft* schnaubend und prustend an Land. Die Sonntagsausflügler waren von ihrem Kuchen aufgestanden und klatschten. Irgend jemand hatte mein Flehen erhört, aus den Lautsprechern klang blechern *Italia, Italia.*

»Meine Damen und Herren«, sagte dann der Sprecher, »Sie sehen einen Seemann, der nach Wochen auf See schnellstmöglich zu seiner Braut will.«

Beifall. Bravorufe. Ich flüchtete und schlug mich in die Büsche.

Es war mein letzter Tag als Seemann.

Am nächsten Abend las ich in der Zeitung, daß ein italienischer Matrose beim Anlegen im Hamburger Fischereihafen in einen Unfall verwickelt worden war und im Koma im Krankenhaus lag. Man vermute einen Zusammenhang mit dem Verschwinden zweier weiterer Italiener.

»Aber deswegen bist du jetzt nicht hier«, sagte Emil, »richtig?«

»Nein«, sagte ich. »Schwere Körperverletzung, deswegen.«

»Ich höre«, sagte Emil.

Erzählst du sie eben zu Ende, deine Scheißgeschichte, Tschenett, dachte ich.

Nach der Fahrt auf der *Uranus* war ich von der Christlichen Seefahrt auf die Autobahnen Europas gewechselt. Aushilfs-LKW-Fahrer. Allerhand erlebt dabei.

Im Juni letzten Jahres hatte ich eine Fuhre in den Hamburger Containerhafen. Lade das Zeug ab und geh in Ruhe einen trinken. Stell mich in eine Kneipe, lehn mich an den Tresen und mach Feierabend. Und dann steht da der Typ neben mir, ein Schrank von Mensch, und wie ich ihn reden höre, weiß ich: Er ist es. Der Große. Fetter geworden, aber nicht kleiner. Ich ging mit allem, was ich in die Hände bekommen konnte, auf ihn los. Gläser, Stühle, Aschenbecher, abgeschlagener Flaschenhals. Am Ende lag er wie eine Sau blutend und schreiend am Boden. Ich ließ mich abführen.

»Der Prozeß hat keine halbe Stunde gedauert. Sieben Monate. Und sie reuen mich nicht. Er hat es verdient.«

»Siehst du«, sagte Emil, »und schon kann ich besser schlafen. Das Gute siegt.«

»Ist auch nur ein anderes Wort für Dummheit«, sagte ich.

»O.k.«, sagte Emil, »kann sein. Und jetzt versuch zu schlafen.«

Ich drehte mich zur Seite. War vielleicht gar nicht falsch, eine Mütze Schlaf zu nehmen, bevor ich wieder ins Leben raus mußte.

»Und denk an die Wette«, sagte Emil.

»Los, Emil, auf!« In der Tür stand Haribo, das Gummibärchen, und rasselte mit seinen Schlüsseln.

Ich rieb mir die Augen. Draußen war es noch nicht richtig hell geworden. Emil brummte nur.

Das Gummibärchen kam in die Zelle und zog Emil die Decke von der Schulter. »Auf, Kollege, Umzug.«

Ich konnte nicht glauben, was ich da gehört hatte. Emil lag seit Jahren auf dieser Zelle, hatte sich so wohnlich wie möglich und erlaubt eingerichtet. Wozu sollte er jetzt verlegt werden?

»Laß ihn doch in Ruhe, Gummibärchen«, sagte ich, während ich mich langsam aus der Matratze quälte, »die paar Jahre könnt ihr ihn ja noch hier liegenlassen.«

Gummibärchen zerrte weiter an der Decke, Emil hielt sie am Zipfel und mit den Füßen fest, undefinierbare Geräusche von sich gebend.

»Raus hier, Alter, sag ich, aber dalli«, Haribo hatte sich den verschärften Schließerton zugelegt, es schien ihm ernst zu sein, »und du, Tschenett, haust dich wieder auf die Matratze und hältst das Maul, bis allgemeines Wecken angesagt ist. Begriffen?«

Dieser Scheißknastbulle ging mir jetzt so richtig an den Keks. Endgültig. Reine Schikane, was er da vorhatte. Ich wollte gerade etwas deutlicher werden, als Emil dazwischenging.

»Leg dich hin, Tschenett«, sagte er. Dann stieg er vom Bett und griff sich seine paar Habseligkeiten. »Vergiß unser Geschäft nicht.«

Er sah mich kurz an und drehte sich zu seiner Buchsammlung.

»Soll ich sie hier lassen?«

»Sie gehören schon so gut wie mir«, sagte ich.

»Wir sehen uns noch«, sagte Gummibärchen, als er hinter Emil die Zelle verließ. Und dann grinste er mich an.

»Wir sehen uns noch«, sagte ich.

Da drehte sich Emil zu mir um, zwinkerte mir zu, und ich hielt mein vorlautes Maul.

»Wird klappen, Emil, versprochen«, rief ich ihm hinterher.

Ich legte mich hin und schwor mir, daß ich ihn nicht enttäuschen würde.

Eine halbe Stunde später öffnete sich die Zellentür wieder.

»Besuch, Tschenett.« Haribo grinste mich an. Schon wieder.

Ruhe, Tschenett. Halt dich zurück. Denk an die Wette.

»Immer reinspaziert.«

Irgend etwas schien dem Gummibärchen eine besondere Freude zu machen.

Und dann betrat ein Mann mit Sack und Pack die Zelle, sah sich ruckartig um, inspizierte jede Ecke, stellte sich vor mir auf und zeigte auf meine Matratze. »Hier«, sagte er.

Kahlgeschorener, massiger Schädel. Koteletten, spitz nach vorne zulaufend rasiert. Rotunterlaufene Augen. Mundgeruch, der an Dill oder so was erinnerte. Modischer schwarzer Anzug. Anfang dreißig.

Ich sah ihn still an. Hatte ihn hier drin noch nicht gesehen. Das gab es nicht, daß ein Neuer sich seinen Schlafplatz aussuchte. Wollte sich mit mir anlegen. Oder war einfach nur völlig durchgedreht.

»Hier«, sagte der Kahlkopf.

Sachte, Tschenett, dachte ich.

»Was *hier?*« sagte ich.

»Hier«, sagte er und zeigte wieder auf meine Matratze.

In der Zellentür stand immer noch das Gummibärchen und sah sich das Spektakel erwartungsfroh an.

Nicht mit mir, Schweinsauge, dachte ich und stand langsam auf.

»Hau dich rein, Glatze«, sagte ich.

Der Kahlkopf sah mich an, von oben bis unten, und kam mir dabei Zentimeter um Zentimeter näher.

»Gestatten, Dr. Glowacz«, sagte er und schlug die Hakken zusammen, »aus Polen, Sie verstehen, ostpreußisches Blut.«

Haribo hatte mir einen Irren auf Zelle gelegt. In der Hoffnung, ich würde ausflippen und ihm einen Grund geben, Meldung zu machen und mich noch ein paar Tage dazubehalten.

»Erfreut«, sagte ich und hielt dem Kahlkopf die Hand hin, »Tschenett, versiffter Itakerschwanz.«

Der Kahlkopf sah irritiert auf meine Hand. Und dann ließ er sich auf das Bett fallen.

»Es ist sinnlos«, sagte er leise, und dann schrie er. »Es ist sinnlos!«

Haribo zog mit verknittertem Gesicht ab.

»Schön Tag noch«, rief ich ihm hinterher, »bis gleich.«

Es ging im Schloßrasseln unter.

Ich kletterte auf das obere Bett und legte mich hin. Das

hast du geschafft, Tschenett, weiter so. Vier Stunden noch, und du bist hier raus.

Drei Stunden noch, und sie können dich, der Kahlköpfige und das Gummibärchen.

»Wenn Sie Probleme haben, kommen Sie zu mir«, sagte da der Kahlköpfige, es waren die einzigen halbwegs verständlichen Worte in einer langen Wurst von Sätzen, die er aus sich herausstieß, »ich bin Psychiater.«

Das glaubte ich ihm allerdings aufs Wort.

»Danke«, sagte ich, »ich merk's mir.«

Und dann zog ich mir die Decke über den Kopf. Das hältst du durch, Tschenett, mit so einem bekloppten Doktor kriegt er dich nicht, der Haribo.

»Gestatten, ich habe drei Menschen umgebracht.«

»Ist gut«, sagte ich, »sehr gut. Und jetzt beruhigen Sie sich erst mal.«

Ohne es zu merken, war ich in den herabgeneigten Ton der Ärzteschaft verfallen. Es schien zu wirken. Doktor Kahlkopf beruhigte sich. Und das heißt, er brabbelte nur mehr halblaut vor sich hin.

»Bist du sicher, daß du rauswillst, Tschenett?« Haribo schien seine Hoffnung noch nicht aufgegeben zu haben.

»Ja, Herr Schließer«, sagte ich, »möchte ich, wenn ich dürfte, schon mögen wollen.«

»Alles Zeitverschwendung«, sagte Haribo, »spätestens in einer Woche bist du wieder hier. Ich kenn so Typen wie dich. Immer das große Maul. Und nix im Hirn.«

Heiliger *Emil und die Detektive,* steh mir bei, ich reiß dem Kerl den Kopf ab.

Janz ruhig, hörte ich Emil sagen, von oben herunter, janz ruhig, et läuft.

Doktor Kahlkopf war immer noch bei seinem *Es ist sinnlos, es ist sinnlos.*

Raus hier, Tschenett, dachte ich, langsam und sachte, aber raus, sonst drehst du wirklich noch durch.

»Los, dreh dich um und sag: Bis demnächst«, sagte Haribo, als ich in der Zellentür stand.

Er stand jetzt neben mir, keine zehn Zentimeter, grinste mich von unten her an, aus seinen zu Schlitzen verengten Augen.

Kleine, blöde, sadistische Sau. Nicht mit mir.

»Liebe Zelle«, sagte ich, »sei nicht traurig, daß du mich nicht mehr sehen wirst, Oberschließer Haribo kommt dich dafür bis ans Ende seines Beamtenlebens jeden Tag besuchen.«

Das letzte, was ich von der Zelle sah, war Dr. Kahlkopf, der sich auf die Matratze kniete und zu beten begann.

Das Gummibärchen verpaßte mir einen Tritt, das letzte, was ihm noch geblieben war. Aber es war zu spät. Ich war schon draußen. Ich war keiner mehr, dem er etwas antun konnte. Ein paar hundert Schritte noch, ein paar Minuten, und der Knast war Vergangenheit.

Dann sah ich Emil. Am Ende eines langen Seitenganges wischte er, langsam und gründlich, den Boden.

»Danke«, rief ich, »Pakete kommen. Und die *Emils* liegen in der Zelle.«

Emil hatte alles auf eine Karte gesetzt. Auf *Emil und die Detektive.* Und er hatte gewonnen. Würde ich ihm nicht vergessen.

5

Quäl dich, du Sau!
Udo Bölts, Tour de France 1997

Wie oft hatte ich es geschworen. Oft aus einer Laune heraus. Häufig mit gutem Grund. Und die letzten beiden Male, vor fünf Jahren, im todheiligsten Ernst. Nie mehr über diesen Paß. Kein Halt mehr dort, knapp hinterm Brenner.

Und jetzt ging ich auf diese Bar gleich hinter der italienischen Grenze zu. Zugegeben, nicht freiwillig. Immerhin hatte mich ein Polizist, ein *ispettore* der *Polizia di Stato,* vom Beifahrersitz eines spanischen LKW's mit gezückter Dienstwaffe heruntergeholt und hierher entführt.

»Venga un pò, faccia da delinquente«, hatte er gesagt.

Kommen Sie, Sie Verbrecherfresse. So hatte schon lange keiner mehr mit mir gesprochen. Ich folgte kommentar- und widerstandslos.

»Lei sa che ho ordine di ucciderLa al momento che passa questa frontiera?«

Da ging er mit seiner Pistole hinter mir her und fragte mich, ob ich wüßte, daß er Befehl habe, mich sofort zu erschießen, sobald ich die Grenze überquerte.

»No«, sagte ich, »weiß ich nicht.«

»Ma se è stato Lei a darmi quel ordine, deficente.«

War wohl wahr. Ich selbst hatte ihm diesen Befehl gegeben, vor Jahren, als wir uns verabschiedet hatten.

»Totò Giurato«, hatte ich gesagt, »ich hau ab. Und wenn du mich wieder einmal siehst, hier in der Gegend, egal wann, in fünf, in zehn, in fünfzig Jahren: Nimm deine Dienstwaffe, wenn sie dir dann noch eine geben, und erschieß mich. Knall mich ab wie einen räudigen Hund. Oder einen illegalen Grenzgänger. Versprochen?«

»Promesso«, hatte Totò gesagt, »versprochen.«

Und jetzt saßen wir in der *Bar Terminus,* keine drei Meter auf italienischem Staatsgebiet, und tranken unseren Espresso.

»Was soll das, Freund«, sagte Totò und rührte in seiner Tasse, ohne hochzusehen, »war das wieder eines deiner üblichen Versprechen? Eines von denen, auf die geschissen ist, sobald du dich umdrehst? Los, dimmelo.«

Totò war nicht eben bester Laune.

»Du hättest mich nur durchwinken müssen«, sagte ich, »und wir würden jetzt nicht hier sitzen.«

»Ho capito«, sagte Totò, »ich verstehe. Du denkst, du kannst einfach unter meinen Augen über die Grenze, ich werfe einen Blick in deinen Paß, va bene signore, ich salutiere, du lächelst mit deinem Urlaubergrinsen zurück und haust in den Süden ab. Und ich, Totò Giurato, steh mir hier oben weiter die Füße in den Bauch, in Schnee und Regen und in Bertas Bar, hör mir ihre Sorgen an, *was wird er diesmal angestellt haben, zwei Jahre kein Wort mehr von ihm, nicht einmal eine Postkarte oder ein Bettelbrief, diesmal ist er sicher im Gefängnis gelandet, der kindische Laggl.*«

»Womit sie nicht einmal unrecht hatte, die gute Berta«, sagte ich.

Berta war, wie soll ich sagen, ein paar Jahre lang meine Lebensversicherung gewesen. Und ich ihr täglicher Kummer. Berta, inzwischen mußte sie Anfang Siebzig sein, war nach einer in der Tribulaun-Südwand tödlich verunglückten Verlobung ledig geblieben. Und seitdem ihr Bruder in den siebziger Jahren in die Fundamente des neuen Sesselliftes, der Touristen bringen sollte und ihm den Tod, einbetoniert worden war, sorgte sie alleine für sich und ihre Hühner. Und manchmal für so eine verlorene Seele, wie ich es war. Berta betrieb in einem sehr kleinen Seitental ein paar Kilometer hinterm Brenner eine noch viel kleinere Bar, ohne behördliche Genehmigung, aber unter den dankbaren Blicken ihrer Handvoll Stammgäste, denen sie streng und unerbittlich den Heimweg wies, wenn es genug war und sie selbst es nicht mehr merkten.

Ich war Bertas *Laggl*, ein durch nichts mehr geradezubiegender alternder Kindskopf, einer, dem man regelmäßig die Ohren langziehen mußte. Was sie gerne getan hatte, die Berta. Dafür gab es dann bei Bedarf Fleischsuppe mit rohen Eiern, die mich die Mühen der Nacht vergessen ließ. Die gute Berta. Ich hatte mir geschworen, sie nie mehr zu belästigen. Was hatte ich ihr nicht schon alles ins Haus gebracht: eine minderjährige Junkiebraut, vietnamesische Zigarettenschmuggler auf der Flucht, diverse aufgebrachte Damen, und... Und den Massenmörder ihrer Hennen.

»Womit hatte sie nicht unrecht, die Berta?« sagte Totò.

»Das Gefängnis«, sagte ich.

Berta, das mußte man ihr lassen, hatte seit je schon eine äußerst feine Nase für die Schwierigkeiten, in denen ich mich wieder einmal befand. Sie schien auch nach Jahren und über tausend Kilometer und den eisbedeckten Tribulaun hinweg bestens zu funktionieren.

»Was ist damit?« sagte Totò.

»Das werde ich grad einem Bullen auf die Nase binden.«

»Und einem Freund?«

Ich sah ihn mir genauer an, meinen Totò. Sah gar nicht gut aus, schmal war er geworden. Sorgen. Oder sein Vater, der Maresciallo der Carabinieri in Pension, war dahintergekommen, daß Mutter Giurato dem enterbten, mißratenen Sohn, der bei der verhaßten *Polizia di Stato* gelandet war, regelmäßig Freßpakete aus Apulien zukommen ließ, und hatte es unterbunden.

»Cosa c'è che non va?« sagte ich, »hast du Probleme?«

»Nicht ablenken, Tschenett«, sagte Totò, »der Trick funktioniert bei mir nicht. Hat er nie. Vielleicht erinnerst du dich noch.«

Richtig. Totò konnte äußerst hartnäckig sein.

»Sieben Monate«, sagte ich, »ich habe sieben Monate gesessen. Hamburg-Fuhlsbüttel. Schwere Körperverletzung. Unbedingt, wegen meiner Vergangenheit. War notwendig, ist abgesessen und damit vergessen und vorbei.«

»Notwendig?«

»Ja«, sagte ich, »unbedingt. Vielleicht erzähl ich dir die Geschichte irgendwann einmal. Aber nicht heute.«

Dann saßen wir minutenlang schweigend da und sahen durch das Fenster hinaus auf die Autos, die sich an der Grenzkontrolle stauten.

»Immer dasselbe hier, ja?« sagte ich.

»Nein«, sagte Totò. »Lang schon nicht mehr. Es geht alles den Bach runter. Die ganze Gegend hier. Die Leute werden langsam verrückt. Es wird jeden Tag schlimmer. Das Schengener Abkommen. In einem Jahr ist die Grenze weg.«

»Gut«, sagte ich.

»Attenzione«, sagte Totò, »täusch dich nicht. Kontrolliert wird dann schärfer als jetzt. Schau dir die Bayern an. Vor einer Woche haben die Österreicher die Zollbeamten abgezogen und die Gendarmerie geschickt. In Kampfanzügen.«

»Und du?«

»Antrag auf Versetzung gestellt, più di un anno fa«, sagte Totò, »vor über einem Jahr. Bis jetzt keine Antwort.«

»Wird schon«, sagte ich.

»Wird schon?« sagte Totò, und langsam stieg ihm der Zorn rot in die Ohrläppchen, »weißt du, was ich hier tue, normalerweise, lo sai? Vuoi che te lo dico? Soll ich's dir sagen?«

Ich nickte. Raus damit, Totò, komm schon.

»Der *ispettore di polizia* winkt LKW's durch, zwei Schichten pro Woche. Das tut er. Den Rest der Zeit sitzt er in einem ehemaligen Heizungskeller in der Polizeistation, an der Tür hängt ein Zettel, da steht *Ufficio ispett. Giurato* drauf und darunter *Lasciate ogni speranza, voi che entrate,* hat irgendein Witzbold hingehängt, und da sitzt dein *ispettore* und dreht bezahlte Däumchen. Ecco cosa faccio. Ci siamo capiti? Hast du begriffen?«

Sie hatten ihn definitiv kaltgestellt.

Das, was seine Chefs unter einem vorbildlichen Bullen verstanden, war er nie gewesen. Vielleicht war er wirklich nur zur *Polizia di Stato* gegangen, um seinen Vater zu ärgern. Totòs Vorgesetzte hatten keine rechte Freude gehabt an ihm, die Jahre über. Dazu war er zu wenig unterwürfig, dazu hatte er zu wenig Lust daran, Menschen zu quälen. Und dazu lebte er zu gerne gut. Uns beide hatte das zusammengebracht, ihn und die *Polizia di Stato* hatte das immer weiter voneinander entfernt.

»Schmeiß hin«, sagte ich. »Wechsle den Job.«

»Ah sì?« sagte Totò, »ja? Und was soll ich dann tun, deiner Meinung nach, Schlauberger? Ich habe nichts gelernt außer Polizist.«

»Privatdetektiv?«

»Come? Verarsch wen anderen«, sagte Totò, und es schien ihm ernst zu sein, »was soll denn das sein, Privatdetektiv? Hältst du mich für einen pubertierenden Dreizehnjährigen?«

»Schon gut, war ja nur eine Idee.«

»Aber was für eine.«

Sah nicht gut aus, für Totò. Und er hatte es längst begriffen.

»Vergiß es«, sagte er, »ich werde am Brenner hängenbleiben, bis sie mich entlassen. Und dann sehen wir weiter.«

Hier half nur mehr eines. Ein gutes Glas Rotwein.

»Los«, sagte ich, »auf.«

»Due teroldeghi.«

Der *dopolavoro ferroviario.* Hatte mir gefehlt, die letzten Jahre.

Genauso wie der *Teroldego rotaliano,* Schwesterrebe und Bruderwein des Lagrein Dunkel, erdiger im Geschmack und mindestens genauso tiefblaurot, Geschenk der Götter an das Trentino, von diesem flaschenweise an die Menschheit verhökert.

Und Ruhm und Ehre der italienischen Eisenbahnergewerkschaft für diesen *dopolavoro ferroviario.* Hier konnte man in der Bar rund um die Uhr seinen Espresso trinken oder das ein und andere Glas Wein. Im Selbstbedienungsrestaurant sehr anständig und immer noch ziemlich billig essen. Und sich in der *sala giochi* bei Billard, Videogames und Kartenspielen entspannen. Das Lokal war rund um die Uhr gut besucht, vor allem von den im Übermaß vorhandenen Ordnungshütern: *Guardia di Finanza, Carabinieri, Polizia di Stato, Polizia Stradale.* Und Spitzel, Trucker, Speditionsbedienstete. Und Eisenbahner, natürlich.

»Caro«, sagte Totò, »allora: Was treibt dich in diese Gegend?«

Der Ortswechsel hatte ihn gesprächiger gemacht. Sollte mir recht sein. Solang es nicht um mich und meine Zukunftspläne ging.

»Nichts«, sagte ich. »Ich habe ganz einfach geglaubt, mit dem spanischen LKW einen guten Griff getan zu haben. Wollte nach Cádiz.«

So hatte ich mir das vorgestellt. Zu einem Kollegen auf die Zugmaschine steigen, Abfahrt, Süden. Und dann sehen, was sich ergibt. Ende. Aus. Meine gesammelten Besitztümer, inklusive Wertpapiere und Schatzscheine, beliefen sich auf zweihundertfünfundzwanzig Märker und dreiundvierzigtausend Lire, stark zerknautscht. Plus Hartgeld, eine halbe Hosentasche voll. Außerdem, natürlich, meine unbezahlbare Lebenserfahrung. Und mein natürlicher Charme.

Ich hoffte, das würde zum Überleben reichen. Wenigstens für ein paar Monate. Dann konnte ich immer noch ein vollkommen neues Leben anfangen. Häuschen, Garage, Gartengrundstück. Frau, Kinder, Haustiere. Gehaltskonto, Lebensversicherung. Grabstein in Marmor poliert.

»Um nach Cádiz zu fahren, muß man nicht über den Brenner«, sagte Totò. Wie recht er hatte.

»Bloody right«, sagte ich, »mußt du einem alten LKWler auch nicht erklären. Ich hab mich in die Schlafkoje gehauen. Wie ich wieder aufwache, stehen wir in Kiefersfelden. Mußte in Parma noch was zuladen, der Kollege. Hat er mir aber nicht gesagt. Gut, hab ich mir gedacht, duckst du dich also, am Brenner oben, und schaust nicht einmal raus. Hätte auch geklappt, wenn da nicht der Bulle gewesen wäre. Mein Freund und Helfer.«

Totò sah mich gequält an.

»Beruhige dich«, sagte ich, »ich trinke mein Glas leer, und mit dem nächsten LKW bin ich über alle Berge. Versprochen. Wenn du mir auch etwas versprichst.«

»Cosa? Was denn?«

»Der Berta nicht zu sagen, daß du mich gesehen hast.«

»Wozu soll das gut sein?«

»Sie macht sich sonst Sorgen.«

»Macht sie sich sowieso.«

»Gut. Weil sie mir sonst böse ist, daß ich sie nicht besucht habe.«

»E be«, sagte Totò, lehnte sich nach vorne und sah mir in die Augen, als würde er da die Antwort auf eine Frage finden, die er nicht stellen wollte, »ich könnte sie verstehen, die Berta. Zuerst läßt du dich jahrelang von ihr reanimieren. Und dann gehst du ihr verloren.«

»Es ist besser so«, sagte ich.

»Wie du meinst.«

Totò sah auf die Uhr. Das zweite Mal in zehn Minuten.

»Termin?« sagte ich.

»Wir machen ein Geschäft«, sagte Totò, »ich verrate der Berta nichts, dafür begleitest du mich.«

»Wohin?«

»Amtlich«, sagte Totò.

»Als *viceappuntato aggiunto*?« sagte ich, »darf ich die Hilfspolizeikraft spielen?«

Totò lächelte ebenso nachgiebig wie resigniert. »Sì.«

Ich war der festen Überzeugung, daß er mich mit dem Trick nur davon abhalten wollte, auf den nächsten nach Süden fahrenden LKW zu springen

»Worum geht's?« sagte ich.

»Du mußt mir versprechen, nicht zu lachen.«

»Auch nicht in mich hinein, still und leise?«

»Neanche a pensarci«, sagte Totò, »denk gar nicht dran.«

»Vabbene. Abgemacht. Ich schwör's.«

Totò holte ein Blatt Papier aus seiner Uniform und legte es vor mich hin. »Leggi.«

Ich las. *An die italienischen Ordnungskräfte. Zur Eröffnung des internationalen Künstlerprojektes ›Niemandsland‹ am Brenner sind Sie herzlich eingeladen.* Und so weiter.

»Was soll das?« sagte ich.

»Ich habe den dienstlichen Auftrag, da hinzugehen. Es fängt in eineinhalb Stunden an.«

»Zu einem, wie war das, *Künstlerprojekt*? Spinnst du? Und was ist das überhaupt?«

Totò schüttelte langsam den Kopf.

»Dienstlich. Der *capitano* hat mir gestern den Befehl gegeben. Wir schicken Sie, *ispettore* Giurato, unseren besten Mann für so was. Sie werden da hingehen, als offizieller Vertreter der italienischen Polizeikräfte am Brenner. Und, hat er gesagt, La prego: in Zivil und nüchtern, bitte.«

Ich winkte dem *barista.*

»Due teroldeghi.«

Dann versuchte ich, möglichst unauffällig und ohne zu glucksen zu Luft zu kommen.

»Ich darf immer noch nicht, Totò?«

»Neanche per sogno, neanche un secondo«, sagte er, »nicht einmal im Traum.«

»Gut«, sagte ich, war froh, daß der *barista* den Wein gebracht hatte, und nahm einen tiefen Schluck.

»Sai come mi chiamano i colleghi?« sagte Totò, »weißt du, wie mich die Kollegen inzwischen nennen? *Agente speciale artistico.* Das Kunstsondereinsatzkommando.«

»Mach dir nichts draus.«

»Mach ich mir auch nicht. Bestia.«

Totò war aufgesprungen und hatte dabei den Tisch und unsere Weingläser gefährlich ins Wanken gebracht. Viel durfte nicht mehr passieren und er würde explodieren.

»Kein Problem«, sagte ich, »ich komme mit. *Internationales Künstlerprojekt Niemandsland am Brenner,* so schlecht klingt das doch gar nicht. Setz dich wieder, dai, siediti.«

Totò, folgsam und brav und zur Zeit ganz augenscheinlich nicht von dieser Welt, setzte sich.

»Sai«, sagte er dann, langsam und leise, zwischen einem

Schluck Wein und dem anderen, »weißt du, hier ist seit Monaten die Hölle los. Aber ich darf nicht rein. Non mi fanno entrare.«

Ich ließ ihm Zeit.

»Letzte Woche. Sonderaktion, großer Auflauf. Von Bozen bis hier alles alarmiert. Wer nicht? Wer hat Autos durchgewunken wie ein Idiot? Rate.«

Ich wagte gar nicht, ihn anzusehen.

»Eben. Und weißt du, was dann gelaufen ist? War eine Interpol-Aktion, eineinhalb Jahre Observierungsarbeit, Überprüfungen, Infiltration. Die Polizei halb Europas verfolgt einen LKW, der von Italien Richtung Norden fährt. Unauffällig beschatten, ist die Devise. Übergabe abwarten, an die Hintermänner rankommen. Was passiert? Die Kollegen Carabinieri stoppen den LKW, Autobahnraststätte Sterzing, Blaulicht, Durchsuchung. Statt Äpfel für den deutschen Markt waren siebenhundertachtzig Kilogramm Koks für den russischen geladen. Der LKW-Fahrer, arme Sau, wußte von nichts. Eineinhalb Jahre Arbeit für die Katz, die Bosse lachen sich einen und lassen zehn der Ihren umlegen, um sicherzugehen, daß der Informant dabei ist. Und die Carabinierestation Sterzing hat ihre Suchtmittelstatistik auf Jahrzehnte hinaus saniert. So läuft das. Alle verrückt.«

»Klingt allerdings ganz nach einem ziemlichen Sauhaufen.«

»Wenn's nur das wäre«, sagte Totò. »Aber es hat System. Andere Geschichte gefällig?«

»Gern«, sagte ich. Wozu hat man Freunde.

»Also. Einer, den sie den Chefideologen der hiesigen Schützen nennen, soll den früheren und im Streit geschiedenen Parteichef der Freiheitlichen ermordet haben. Nachdem er zuerst im Parteibüro in das neueste Buch des Jörg Haider geballert hat. Mehrmals. Schießt also ein Rechter zuerst auf die Heilige Schrift des Großen Oberbraunen und dann auf seinen nicht minder rechten Parteifreund, dem er bis dahin sämtliche Reden geschrieben hat. Und die Polizei findet ein Gewehr und reicht es auf einer Pressekonferenz als Tatwaffe herum, ohne einen einzigen Fingerabdruck genommen zu haben. Capito?«

»Haben eben in der Polizeischule nicht aufgepaßt«.

»Das Land hier ist inzwischen ein riesiger Sauhaufen. Das einzige, was sie haben, ist Geld. Und Berge. Sonst nichts.«

»Dann komm mit«, sagte ich.

»Non posso«, sagte Totò, »ich kann nicht.«

Frau und Kinder hielten ihn nicht, er hatte keine.

»Noch nicht«, sagte Totò, »ich will sehen, wie weit es kommt.«

Und dann stand er auf.

»Vabbene«, sagte er, »ich gehe in mein Büro, mache den Laden dicht und schmeiß mich in Zivil. In einer halben Stunde hol ich dich hier ab, und wir gehen zusammen zu dieser Zirkusveranstaltung.«

Ich nickte brav. »Certo, ispettore«, sagte ich, »sicher.«

In der Tür drehte sich Totò noch einmal um. »Und nicht weglaufen«, sagte er mit erhobenem Zeigefinger, »non scaparmi, eh?«

Ich hatte mir einen zwanzig Zentimeter hohen Stapel *tramezzini* in verschiedenster Belegung, die *Gazzetta dello*

Sport, die lokale Zeitung, die ich insgeheim immer *Meine Prawda* genannt hatte, eine Schachtel MS und eine Flasche *Teroldego* besorgt. So, und nur so, war die halbe Stunde zu überstehen.

Ich machte mir Sorgen um Totò. War in einem erbarmungswürdigen Zustand und wollte sich nicht helfen lassen. Ich kannte das. Von einem gewissen Tschonnie Tschenett her. Und deswegen wußte ich: Es mußte so sein.

Marco Pantani war von einem Auto angefahren worden, während er Trainingskilometer abspulte. Den *Giro d'Italia* konnte er vergessen, zur *Tour de France* würde es kaum mehr reichen. *Ein verlorenes Jahr,* sagte er im Interview, und *ich habe mich vierzigtausend Kilometer lang umsonst abgestrampelt. Vielleicht schmeiß ich das Rennrad in die Ecke. Magari la butto, la bici.*

No, Marco!!!, hatte die *Gazzetta* über die ganze Seite getitelt.

Dann hatte ich mich durch die *tramezzini* durchgegessen, den *Teroldego* auf halbe Höhe hinuntergetrunken und kannte jedes Gerücht aus der italienischen Sportwelt. Soweit alles in Ordnung. Bis auf Totò. Der ließ auf sich warten. War immerhin schon seit einer knappen Stunde überfällig.

Lieber Freund, dachte ich, was ist hier los? Hast du hingeschmissen, bist du abgehauen? Ohne mich mitzunehmen? Das wäre gar nicht schön von dir. Oder hat dich der *commissario* von deinem Sondereinsatz erlöst und auf eine Kreuzung gestellt, um den Verkehr zu dirigieren? Gib mir ein Zeichen, lieber Freund.

Es geschah, wie vorhersehbar, nichts. Weder tat sich der

Himmel auf, noch stieg Freund Totò von einer Wolke. Ich saß alleine, versetzt und verlassen da.

Froh um das Spektakel, das sich am Tresen anzubahnen schien. Vor zehn Minuten war ein etwa fünfzig Jahre alter Mann hereingekommen und hatte sich einen Schnaps bestellt. Dann noch einen. Ich hatte aus den Augenwinkeln heraus mitgezählt. Alte Kellnergewohnheit, die mich wohl für den Rest meines Lebens nicht mehr verlassen würde. Was andere getrunken oder gegessen hatten, wußte ich am Ende eines Abends immer. Nur was mich selbst betraf, war ich manchmal etwas unsicher.

»Nicht mit mir«, schrie der Schnapstrinker plötzlich und feuerte das leere Glas mit einer Handbewegung aus der Hüfte heraus in die Ecke, »mit mir machen sie das nicht.«

Dann beruhigte er sich urplötzlich wieder, lehnte sich an den Tresen und bestellte mit einem Kopfnicken ein neues Glas. Nur sein rechtes Bein schien er nicht unter Kontrolle zu bekommen. Es zitterte, schlenkerte vor und zurück.

Die restlichen Anwesenden, den *barista,* die zwei Zöllner und eine Handvoll Eisenbahner, hatten Schrei und Scherben kaltgelassen. Als ob das alles nichts Neues für sie gewesen wäre.

Totò scheint recht zu haben, dachte ich, die werden immer eigenartiger hier, die Leute. Sie sind fertig, und sie wissen es. Also feiern sie ihren Untergang, feucht und fröhlich.

Der Schnapstrinker begann zu singen. Zehn Minuten noch, Totò, dann bin ich weg.

»Ich komme gerade von zwei Leichen.« Totò lächelte mich entschuldigend an.

»Glück gehabt«, sagte ich, »ich hatte schon bezahlt. Bin sozusagen eigentlich nicht mehr da.«

»Du wärst einfach abgehauen?« Totò schien entsetzt zu sein.

»Selbstverständlich.«

»Ich hätte dich zur Fahndung ausschreiben lassen.«

»Das hat noch nie was gebracht.«

»Es ist wahr«, sagte Totò, »glaub mir.« Dann lehnte er sich in seinen Stuhl zurück und sah mich abwartend an. Schließlich gab ich nach.

»Zwei Leichen?«

Totò nickte langsam.

»Und?«

»Ermordet, natürlich.«

»Sicher?«

Er sah mich entsetzt an. »Mit wem sprichst du?« sagte er, »was glaubst du? Natürlich ermordet.«

»Wie natürlich?«

»Einmal stranguliert, einmal erstochen. Und weißt du, was das Schöne dran ist?«

Totò schien aufzublühen. Sollte ihm gegönnt sein.

»Sag's mir.«

»Ich bin der einzige Polizist, der davon weiß. Und: Ich glaube, ich bekomme auch den Mörder.«

Wenn das so war, war er zu Recht zufrieden mit sich.

»Dann los«, sagte ich, »schnappen wir ihn uns.«

Totò schüttelte verneinend den Kopf.

»No?«

»No. Wenn ich richtig liege, wird er sich melden.«

»Wieso sollte er?«

»Weil er etwas sagen will.«

Schien mir eine gewagte Hypothese zu sein, aber allem Anschein nach war Totò sich ziemlich sicher.

»Ich höre«, sagte ich. »Erzähl.«

»Das Künstlerprojekt, die Ausstellungseröffnung«, sagte er.

»Richtig, wir waren verabredet, ich erinnere mich.«

»Nicht mehr böse sein, du wirst es gleich begreifen. Ich habe mich im Büro umgezogen. Und eine Nachricht gefunden. In der *Bar Maxi* war ein Paket für mich abgegeben worden. Du weißt schon.«

»Mama.«

»Giusto. Bin ich also ins *Maxi*, bestell einen Espresso und lasse mir das Paket raussuchen. Da kommen zwei Männer aufgeregt ins Lokal und setzen sich zu einem dritten an den Tisch. Ich schau genauer hin und denk mir: Das sind die Künstler.«

»Natürlich«, sagte ich, »fünfzehn Jahre im Polizeidienst und man erkennt jeden Künstler auf hundert Meter Entfernung.«

»Nein«, sagte Totò. »Aber die bauen hier im Grenzbereich schon seit Wochen an ihren Kunstwerken herum, irgendwelche Installationen, sieben, acht verschiedene. Irgendwann kennt man sich.«

»Die Leichen…«, sagte ich.

»Kommen, nur nicht drängeln. Ich trinke also meinen Espresso und spitze die Ohren, was die so aufgeregt zu bereden haben…«

»Bulle.«

»Nein«, sagte Totò. »Fiuto. Nase.«

»Aha.«

»Höre ich also, wie der eine erzählt, sie haben im Postwaggon einen gefunden. Dachten zuerst, er sei von der Feier am Vorabend liegengeblieben. Dann haben sie genauer hingesehen.«

»Und?«

»Zum Glück bin ich nicht schlecht in Lippenlesen«, sagte Totò. »Bekomme also mit, wie der Künstler flüstert: Er ist tot. Da habe ich beschlossen, daß der Tschenett noch etwas auf mich warten wird müssen. Ich hoffe, du verzeihst mir.«

Ich schüttelte abwägend den Kopf. »Hängt ganz davon ab, wie's weitergeht.«

»Die drei stehen auf und sind wie der Blitz aus der Bar draußen. Ich hinterher, bis zu dem alten Postwaggon. Haben sich den Waggon aufs tote Gleis stellen lassen. Da drin, mußt du wissen, haben die ihr Hauptquartier, da soll auch die Eröffnung stattfinden. Davor hängen Fahnen mit der Aufschrift *Niemandsland.* Die drinnen also, ich draußen, und hör jedes Wort. In eineinhalb Stunden haben wir die Journalisten am Hals, sagt der eine. Halb so schlimm, sagt der andere, nichts gegen die Leiche, die haben wir jetzt schon am Hals, einen toten Kollegen noch dazu. Das ist das Ende für das Projekt, sagt er. Dann dauert es ein paar Sekunden, und da sagt der dritte: Das Ende – oder eine ziemlich hipe Werbung. Ich bin dafür, daß wir ihn verschwinden lassen, wenigstens bis heute abend, sagt der erste wieder. Nicht mit mir, Jungs, denke ich, und steige in den Postwaggon. Guten Tag, meine Herren, sage ich, buon giorno, und sehe mir den Körper, der da zwischen ihnen am Boden liegt, genauer an. Stelle fest, daß er erstens wirklich tot ist und zweitens stranguliert. Hatten Sie Streit mit dem Toten? frage ich die drei, die ziemlich verschreckt vor mir stehen. Nicht mehr als normal bei solchen Künstlerprojekten, sagt der eine. Gut, sage ich, das will ich Ihnen erst einmal glauben. Ich kenne mich nicht aus mit... Und suche nach dem richtigen Wort, und da hilft mir der eine aus und sagt: Kunst. Richtig, sage ich, mit Kunst also.«

»Nobel von dir, daß du so ehrlich bist«, sagte ich.

Totò ließ sich nicht drausbringen.

»Ich steh also da und überlege, wie's weiterzugehen hat, da schreit draußen einer. Sie reißen Hollywood ab, schreit er, sie reißen Hollywood ab! Ich denke noch: Ja, und?, da stürzen die drei Künstler an mir vorbei aus dem Postwaggon, der tote Kollege ist verblichen und vergessen, ich hinterher, schließ den Postwaggon ab, greife mir einen und frage: Was ist los mit Hollywood? Die Installation, drüben, in der Wiese über der Autobahngrenzstation, sagt er, und rennt los. Gut, denke ich, muß ich also auch laufen. Und wie ich ankomme...«

»... ziemlich außer Atem...« Er war mir in seiner Erzählung gar zu sportlich geworden, der Kollege Totò. Das durfte man erst gar nicht einreißen lassen.

»... Richtig«, sagte Totò, gütig lächelnd, »ziemlich außer Atem, aber das tut hier nichts zur Sache, und wenn schon, muß man wissen, daß ich, obwohl als letzter von vieren losgelaufen, als zweiter da war, also. Und wie ich ankomme, stelle ich fest, daß ich mir die Lunge umsonst aus dem Leib gekeucht habe.«

»Bravo, Meister«, sagte ich.

»Abwarten. Auf jeden Fall: Hollywood, stelle ich fest,

ist kein kriminalistisches, sondern ein künstlerisches, höchstens ein ordnungspolitisches Problem. Einer der Künstler hatte meterhohe weiße Buchstaben in die abschüssige Wiese gelegt, als Kunstwerk. Die Arbeiter der Brennerautobahngesellschaft, sehe ich, mühen sich gerade mit dem Ypsilon ab, *wood* ist noch zu lesen. Gut, sage ich zu dem einen Künstler, ich gehe wieder zu unserer Leiche zurück, hier habe ich nichts verloren. Und wie ich losgehe, sehe ich auf der österreichischen Seite etwas aufblitzen und schaue genauer hin.«

»Nach der Nase jetzt auch das Auge«, sagte ich, »langsam wirst du mir unheimlich.«

»Lach du nur«, sagte Totò.

Die zwei Leichen stimmten ihn gnädig. Oder die Erwartung, mir und seinen Bossen bald den Täter präsentieren zu können. Woran ich allerdings noch immer zweifelte. Und Totòs Chefs wußten noch gar nichts von ihrem und seinem Glück.

»Der Künstler erklärt mir, daß das Blitzen auch zu ihrem Projekt gehört. Eine Spiegeltür, die sich im Wind dreht, die ein Kollege ein paar Meter auf österreichischer Seite in die Wiese gestellt hat. Auf einer Seite verspiegelt? frage ich. Auf beiden, sagt der Kollege. Ich laufe los.

»Schon wieder?«

»Das Messer steckt noch im Rücken der Leiche. Man hat sie mit Kletterseilen an die Spiegeltür gebunden, die sich langsam im Wind dreht. Noch ein toter Künstler. Gut, sage ich, das hier ist Sache der österreichischen Kollegen. Aber sehr wahrscheinlich derselbe Täter. Und der gehört mir.«

Totò atmete einmal tief durch.

»Da bist du dir sicher?« sagte ich.

»Naja«, sagte Totò, »was ist schon sicher? Aber ich habe gute Chancen.«

»Und wieso?«

»Weil da jemand etwas ganz laut herausschreit. Ich muß nur noch dahinterkommen, was es ist.«

»Und wenn's doch einer dieser Künstler war? Neid, Eifersucht, was weiß ich?«

»Non credo«, sagte Totò, »glaube ich nicht. Die Toten werden jetzt berühmter sein als die Lebenden. Kein Journalist fragt mehr nach denen, die noch schnaufen. In einer halben Stunde ist Eröffnung und Pressekonferenz. Es wäre ein Eigentor.«

»Und jetzt?« sagte ich.

»Abwarten.«

»Und das funktioniert?«

»Wir werden es bald wissen«, sagte Totò und blinzelte durchs Lokal. »Was trinkst du?«

»Naja«, sagte ich, »zur Feier des Tages...«

»Noch eine Flasche?«

»Noch eine, in Ordnung.«

Totò winkte dem *barista*, hob die leere Flasche hoch.

Zwei Minuten später kam der *Teroldego*, und mit ihm der Schnapstrinker von vorher.

»Ispettore«, sagte er und setzte sich, ohne eine Einladung abzuwarten, an unseren Tisch, »die geht auf meine Rechnung, *ispettore.*«

Totò nickte und lächelte leicht. »Grazie«, sagte er, »aber nur, wenn du auch einen Schluck mittrinkst.«

Der Schnapstrinker zauberte ein Weinglas aus seiner Jakkettasche und grinste uns stolz und zufrieden an.

»Und du bist...«, sagte er zu mir.

»Der Tschenett«, sagte ich.

»Und das ist der Speckbacher«, sagte Totò, »arbeitet drüben im Speditionsbüro.«

»Noch«, sagte Speckbacher.

»Wie wir alle«, sagte Totò, »noch. In ein paar Jahren wird der Brenner nicht wiederzuerkennen sein.«

»Zwanzig Jahre, zum Wohl«, sagte Speckbacher, »zwanzig Jahre Fachmann für Spedition und Grenzabfertigung. Carnets, Zollvorschriften, Gesetze, EG-Bestimmungen, Quoten, Artenschutzabkommen: Ich kenne alles und kann jede Zeile auswendig. Ich weiß, was wie rein und wo raus darf. Ist keiner besser als ich. Und das war kein einfacher Job, jede Woche neue Bestimmungen, Transporte durch vier Länder, fünf Währungen, acht Durchschläge. Das soll mir einer nachmachen.«

»Und was machst du jetzt?«

»Wie, jetzt?«

Speckbacher hatte auf Totòs Frage ziemlich wirsch reagiert.

»Naja, Grenzabbau, freier Warenaustausch, du weißt schon.«

»Ich häng mich auf«, sagte Speckbacher.

Dann sprang er auf und schmiß sein Weinglas an die Wand. Der blaurote *Teroldego* rann langsam über die graue Tapete.

»Willst du *das* hören? Wollt ihr hören, wie ich sage: Ich häng mich auf?« schrie er. »Werdet ihr nicht. Nie. Eher...«

»Setz dich«, sagte Totò ruhig.

Speckbacher beruhigte sich augenblicklich und folgte.

»Eher... was?« sagte Totò.

Speckbacher sah ihm einen Augenblick lang ins Gesicht, dann senkte er den Kopf. »Nichts«, sagte er.

»Der Brenner stirbt aus«, sagte Totò, »die Grenze ist weg, so wie es war, wird's nicht mehr sein, Speckbacher. Wir gehen, und andere kommen. So ist das im Leben.«

»Zum Beispiel diese komischen Künstler«, sagte Speckbacher und wurde lauter, »kommen aus aller Herren Länder hier an und machen sich auch noch einen Jux daraus.«

»Ja«, sagte Totò.

»Auf der einen und der anderen Seite der Grenze, als ob nichts wäre, als ob sie nie dagewesen wäre, turnen herum und stellen ihre Dinger auf, wochenlang.«

»Ja«, sagte Totò.

Speckbacher starrte auf die beige Tischplatte. »Keine Achtung vor der Grenze, keine Ahnung vom Niemandsland«, sagte er, »keinen Respekt.«

»Ich verstehe«, sagte Totò und legte ihm die Hand auf die Schulter, »ich kann's verstehen.«

Speckbacher sah ihn an, dann stand er langsam auf. »Dann ist gut.«

Totò stand auch auf. »Komm, Speckbacher«, sagte er, und seine Stimme war müde geworden, »gehen wir, und nehmen wir das Protokoll auf.«

6

Es hat wenig Sinn zu weinen,
wenn die Würfel gefallen sind.
Humphrey Bogart

Mir war erbärmlich kalt. Der Nacken schmerzte, die Seite, der Kopf. Jemand hielt mich an den Füßen fest. Ich versuchte ihn abzuschütteln. Ohne Erfolg. Ich schüttelte wieder, und stärker, und fiel.

Als ich es endlich geschafft hatte, die Augenlider aufzustemmen, begriff ich, was sie mir so schwer gemacht hatte. Das Sonnenlicht, in dem ich lag. Und dann sah ich das spinnverwebte Holzbein, entdeckte, daß es dem blauen Sofa gehörte, vor dem ich lag. Ich arbeitete mich mühsam hoch und sah mich um. Das mußte Totòs Wohnzimmer sein. Wenn ich mich nach all den Jahren und der letzten Nacht noch richtig erinnerte. Zwei Fenster waren sperrangelweit geöffnet, von draußen war ein gleichmäßiges Brummen zu hören. Ich tat die paar Schritte ans Fenster. Richtig, die Autobahn. Und dann begriff ich auch, wer meine Füße festgehalten und sich nicht abschütteln hatte lassen. Es waren meine Schuhe, die sich schon viel zu lange um meine geschwollenen Füße schraubten. Ich streifte sie ächzend ab. War schon besser. Jetzt noch ein Schluck Kaffee und zwei Tropfen Wasser ins Gesicht, und ich sollte so weit sein, mir die Frage beantworten zu können, was gewesen war.

Als der Kaffee schäumend das Druckrohr der Espressomaschine hochstieg, war ich mit mir im reinen. Wir hatten Totòs Alkoholreserven leergetrunken, er und ich, nachdem er mich nach Stunden im *dopolavoro ferroviario* abgeholt hatte. Totò hatte alles, was trink- und greifbar war, in sein Wohnzimmer geschleppt, ohne ein Wort zu sagen, Flasche um Flasche, hatte sie auf dem Couchtisch aufgereiht, eine seiner hundsscharfen süditalienischen Salamis und ein Messer danebengelegt, die Fenster bis zum Anschlag aufgerissen, das Licht bis auf eine kleine Lampe ausgeschaltet und sich dann seufzend, aber immer noch, ohne ein Wort zu sagen, vor seinem Polstersessel auf den Boden gesetzt und der ersten Flasche den Korken gezogen. Und gleich noch einer. Dann hatte er mich per Fingerzeig auf das Sofa dirigiert und mir die eine Flasche rübergeschoben. Hatte die zweite Flasche genommen und hochgehoben. Und dann hatte er die einzigen Worte gesagt, die er in dieser langen Nacht sprechen sollte.

»Alla tua salute«, hatte er gesagt, »auf dein Wohl.«

»Alla tua«, hatte ich geantwortet.

Er hatte ein stummes und eckiges Nein geschüttelt.

So war das gewesen, gestern abend. So hatte der Abend angefangen, so war er weitergegangen, und so hatte er aufgehört. Totò stumm, eine Flasche in der Hand, trinkend. Ich, stumm, eine Flasche in der Hand, ab und zu ein Rad von der scharfen Salami abschneidend, trinkend. Dann mußte ich eingeschlafen sein.

Der Kaffee war fertig.

»Totò«, rief ich, »vieni, che è pronto il caffè!«

Keine Antwort.

»Caffè, Totò!«

Normalerweise, und wir kannten uns jetzt seit 1988, also seit neun Jahren, hatte der Lockruf auf Totò immer gewirkt. Selbst wenn er tot gewesen war. Sobald es frisch gebrühten, stumpfschwarzen Espresso gab, war Totò zur Stelle.

Nichts rührte sich.

Ruhig, Tschenett, dachte ich, nicht gleich in Panik verfallen, es gibt für alles eine vernünftige Erklärung. Vielleicht hat er dich nicht gehört. Oder er hat etwas Wichtiges im Bad zu tun.

Ich machte mich auf die Suche. Totòs Schlafzimmer war, wie im übrigen der Rest seiner Wohnung, in einem selbst für seine Verhältnisse äußerst verwahrlosten Zustand. Und er war nicht da. Auch nicht im Bad. Womit ich alle Räume seiner Wohnung durch war.

Ich sah mich um. Vielleicht war er Brot holen gegangen und hatte mir irgendwo eine Nachricht hinterlassen.

War natürlich purer Stumpfsinn, die Annahme mit dem Weg zum Bäcker. Das tut ein Italiener nicht. Wozu auch? Er frühstückt mit einem Espresso und einer Zigarette. Italiener, die morgens nach Brötchen laufen, sind Schwaben, die in Berlin-Schöneberg einen noblen italienischen Feinkostladen betreiben, in dem sie vergammelte Mortadella zu verbotenen Preisen an verbiesterte..., naja, Schwamm drüber.

Totò war nicht da. Wo war Totò?

Ich wollte es mir nicht eingestehen, aber ich machte mir so langsam Sorgen. Durchsuchte das gesamte verdammte *Haus Waldfrieden.* Und stolperte über meine eigene Vergangenheit, eingetretene Wohnungstüren, das Skelett eines Kleintieres, kurz: über alles, nur nicht über Freund Totò.

Haus Waldfrieden war nicht ganz unschuldig an meiner Sorge. Kein Wunder, bei seiner Geschichte, bei dem, was ich darin erlebt hatte, und seinem jetzigen Zustand. Als ich, vor Jahren und vorübergehend, in die Gegend zurückkehrte, war ich auf dubiosen Wegen zu einer Wohnung im dritten Stock dieses Hauses gekommen. Plötzlich war sie dagewesen, zu einem vernünftigen Preis. Und das in Zeiten, wo kaum Wohnungen zu finden gewesen waren, und wenn, dann nur zu halsabschneiderischen Bedingungen. Ich hatte aus Bequemlichkeit und strategischen Gründen zwei Sekunden an ein Wunder geglaubt, war eingezogen und hatte feststellen müssen, daß ich der einzige zivile Mieter war. Außer mir, dem Aushilfs-LKW-Fahrer, wohnten im Waldfrieden nur Polizisten, Carabinieri und Zöllner. Vor allem solche, die mit ihren jungen Familien für ein paar Jahre in den Norden versetzt worden waren. Als nächstes bekam ich gerüchteweise zu hören, wie das Haus in die Hände des Staates gefallen war: Man hatte es in den sechziger Jahren einem der Tiroler Bombenanschläge Verdächtigten zur Dekkung der mutmaßlich von ihm an italienischen Grenzanlagen verursachten Schäden per Gerichtsbeschluß abgenommen. Den in Braun und deutscher Fraktur an die Hauswand gemalten Namen *Waldfrieden* beibehalten und an die eigenen Leute vermietet. Und an mich. Was mich betraf, hatte ich mir das erst erklären können, nachdem ich mit Totò, dem Bullen, der unter mir wohnte, überraschend in engere Freundschaftsbande eingetreten war. Vorsichtig zuerst und mißtrauisch, und dann aus vollem Herzen. Totò hatte mir von einem Dossier der *Digos,* der politischen Polizei, erzählt, auf das er einen Blick hatte werfen können. Darin war in meinem Zusammenhang völlig unsinnigerweise die Rede von Kontakten zum bulgarischen Geheimdienst und, nicht nur unsinnig, sondern geradezu lächerlich, von irgendwelchen BND-Beziehungen. Die üblichen Albernheiten von Staatsschützern eben. Jeder, der mich kannte, wußte, daß es sich nur um blöde Zufälle handeln konnte. Aber sie kannten mich nicht. Und mußten sich wohl gedacht haben, daß ich am besten zu kontrollieren war, wenn sie mich mit den Ihren in eines ihrer Häuser einquartierten. Mir war es zuerst, bis auf die unangenehme Begleiterscheinung, mit drei diversen Gattungen Bullen zusammenzuwohnen und deswegen im örtlichen Gasthaus nur unter erhöhtem Aufwand ein Glas Rotwein zu bekommen, nur recht gewesen. *Haus Waldfrieden* lag idyllisch ruhig am Waldrand, wenn man von der nahegelegenen Autobahn samt Mautstelle und Speditionslager absah. Dafür legten die mit ihren rosa Scheinwerfern nachts ein betörendes Licht über die feuchten Talwiesen. Es war die einzige Attraktion, die ich meinen spärlichen Damenbesuchen vorzuweisen hatte. Frau Dr. Thomsen und, na, wie hatte die Kleine geheißen? Sabrina. Dann war da der Brand gewesen, der in Totòs und meiner Wohnung gelegt worden war, der Ansturm der Sonderkommandos und der Feuerwehr. Unsere gemeinsamen, ausschweifenden, nächtelangen Essen. Der Holerbusch hinterm Haus, die Hesamandln, der verstorbene Freund. Und die Freude, sobald man aus seiner Wohnungstür trat, über einen Ordnungshüter in rosaroten Badelatschen zu stolpern.

Oder polizeiinterne Familiendramen lautstark mitzubekommen.

Nichts von alledem heute.

Ich war das ganze Haus abgegangen. In keiner der Wohnungen wohnte noch jemand. Die meisten Türen waren aus den Angeln gerissen, in einem Raum lag der mumifizierte Kadaver einer Katze, in den Fluren hatten die Kiddies Spraywettbewerbe veranstaltet. Junkies hatten sich im Parterre ihr Spritzstübchen eingerichtet und die Ecken vollgeschissen, neben die dunkelroten Flecken im Treppenhaus hatte jemand mit dem Rauch einer Kerze die Worte *mors* und *tenebrae* gekrakelt und ein Bild des amtierenden katholischen Oberhauptes an die Wand genagelt, Stahl mitten durchs Hirn.

Totò wohnte in einem Abbruchhaus. Wenn man die Sache wohlwollend interpretierte. Sehr wohlwollend.

Was ist hier los? dachte ich. Was mit Totò, und was mit den Leuten?

Ich hatte mich auf den Treppenabsatz vor dem Haus gesetzt. Sah auf die Wiesen und dachte nach.

Und wenn es *Haus Waldfrieden* nie gegeben hatte? Und Totò? Und die letzte Nacht?

Dann bist du entweder schwer krank, Tschenett, oder noch nicht richtig wach.

Ich hatte das ganze Haus durchsucht. Er war nicht da. Ich war es aber. Er hätte mich, wenn der Abend so gelaufen war, wie ich ihn in Erinnerung hatte, nicht allein gelassen. Oder doch? Und mit gutem Grund?

Du gehst jetzt hinauf, Tschenett, dachte ich mir, und

trinkst erst einmal deinen Kaffee. Dann überlegst du weiter.

Weil mir nichts Besseres einfiel, folgte ich meiner Stimme und stemmte mich keuchend in die Höhe. Früher war man jünger gewesen. Früher war eine Nacht eine Nacht und eine durchfeierte Nacht eine durchfeierte. Und nicht ein neurochirurgischer Eingriff mit bleibenden Schäden.

Als ich mich die ersten Stufen hochquälte, hörte ich das Geräusch. Ein Miauen. Mir kam die Katze im vierten Stock in den Sinn.

»Komm schon, Muinz, wo bist du? Raus hier, oder willst du enden wie deine Kollegin?«

Ich ging dem Miauen nach. Und öffnete die Kellertür. Da saß sie, die Katze, ein junges, mageres, grauschwarzes Ding, und neben ihr lag Totò.

»Geht's?« sagte ich.

Totò saß am Küchentisch, über die Kaffeetasse gebeugt, und schlürfte Schluck für Schluck in sich hinein, mit großen Pausen dazwischen, in denen er vor sich hin starrte. Er nickte.

So sicher war ich mir da nicht. Totòs Zustand entsprach dem seiner Wohnung und des Hauses. Einer offensichtlich munter fortschreitenden Verwahrlosung.

»O.k.«, sagte ich, »vabbene. Senti, amico mio, hör zu: Wir trinken jetzt unseren Espresso, zur Not braue ich uns noch einen, und dann lassen wir hier alles liegen und stehen und hauen ab. Mit dem ersten LKW, der Richtung Süden fährt und der uns mitnimmt. Das wird hier nichts mehr.«

Totò reagierte nicht.

»Einverstanden?« sagte ich.

Nichts.

Gib dem Koffein noch ein paar Sekunden, Tschenett, bis es im Hirn angekommen ist. Laß ihm Zeit.

Gut, dachte ich, stand auf, füllte die Espressomaschine nach, stellte sie auf den Gasherd und machte mich dann auf die Suche nach einer Handvoll von Totòs Klamotten, um sie in meinen Seesack zu stecken. War nicht ganz so einfach, sofern man es darauf anlegte, ungetragene T-Shirts oder Hosen zu finden. Unter dem Fenster von Totòs Schlafzimmer fand ich schließlich einen Stapel, der Erfolg zu versprechen schien.

Da schrie jemand hinter mir, und ich sah meinen Seesack und dann die Klamotten durchs Fenster fliegen.

»Sparisci«, schrie Totò, »hau ab!« Dann drehte er sich um und ging, ohne ein Wort zu sagen, in die Küche.

Ich stellte mich ans Fenster und holte Luft.

Von hier oben aus gesehen mußte man den Eindruck haben, daß da unten, auf dem Pflaster, ein Körper lag, still und flach. Dabei war es nur mein Seesack und Totòs Hemd, das sich segelnd auf ihn gelegt hatte.

»Gut«, sagte ich, »ho capito, ich habe verstanden. Das heißt, eigentlich habe ich nichts verstanden. Du willst, daß ich gehe?«

Totò, der wieder vor seiner Tasse saß, nickte. Vom Herd her war der Espresso zu hören, wie er sich seinen Weg nach oben bahnte.

Ich ließ mich auf den Stuhl fallen.

»Sicuro?« sagte ich, »sicher?«

Und dann sah ich zu Totò hinüber und wußte schon, was kommen würde. Er nickte wieder. Und ohne aufzusehen.

Der Espresso war durchgelaufen. Wenn jetzt keiner von uns aufstand, um die Gasflamme auszumachen, würde die Maschine in die Luft fliegen. Im besten Fall war der Kaffee ungenießbar.

»Ich gehe«, sagte ich.

Vielleicht half das. Es half nicht. Totò blieb bewegungslos.

»Es lohnt nicht, hierzubleiben, Totò«, sagte ich. »Schau dich um.«

Totò hob langsam seinen Kopf.

Mach schon, Junge, los.

Langsam kam Totòs Kopf noch höher. Und dann sah er mir in die Augen. Still und ruhig.

»Vai, geh«, sagte er schließlich, nach Ewigkeiten.

Ich stand auf, drehte das Gas ab und ging.

7

You can't deny it
something is changed.
Shirley Brown

Ich hatte mir meinen Seesack über die Schulter geworfen und war losgegangen. Wie befohlen. Hatte mich nicht umgedreht.

Ging den Weg hinunter und dann quer durch die Wiese. Der Morgentau näßte mich bis über die Knie ein, und ich erwartete jeden Augenblick hinter mir einen wütenden und schreienden Bauern, der es sich verbat, daß ich ihm seine Wiese niedertrampelte. Nichts geschah. Es war wirklich nichts mehr, wie es einmal gewesen war.

Der Kollege hatte auf der Notspur angehalten und mich stumm auf die Zugmaschine gewinkt.

»Tag«, sagte ich.

Er nickte nur. War mir sehr recht. Klappe halten und Kilometer fressen. Keine Sekunde länger in dieser Gegend.

Mein Chauffeur drehte am Radio, fluchte stimmlos über den miserablen Empfang hier zwischen den Bergen und legte dann eine Kassette ein. Tammy Wynette sang *Stand by Your Man.* Gott hab dich selig, dachte ich.

In den schattigen Ecken der Felder lag schmutziggrauer Schnee, auf der Böschung ein ausgebranntes Fahrzeug über einem zertrümmerten Wohnwagen. Mittewald. Die leerstehende Pappefabrik, Mauerreste. Franzensfeste. Der Granit der Festungsanlage, dazwischen ein einsamer Soldat auf Wachgang. Klausen. Die Fahrbahn auf Stelzen schlangenlinig den Berghang entlang, Ritter, Tod und Teufel, Absturz und Fall.

Als ich wieder aufwachte, regnete es. Die Scheibenwischer hatten Mühe, das Wasser aus dem Weg zu schaufeln. Ich sah mich um. Eine Volvo-Zugmaschine. Eine Sekunde lang beinahe ein heimeliges Gefühl. Der Fahrer. Richtig. Einer, der nicht viel sagte. Bis jetzt noch gar nichts.

»Ich bin weggeschlafen«, sagte ich.

Mein Fahrer nickte.

»Wenn's stört, daß neben dir einer abkackt, während du fährst, sag's mir.«

Er schüttelte den Kopf.

Eigenartiger Typ. Holt sich einen neben sich auf den Bock – daß ich eigentlich einer aus seiner Gattung war, konnte er ja nicht riechen –, griff sich einen am Rand der Autobahn von der Notspur auf und wollte nicht unterhalten werden. Wollte nicht quatschen. Tat seinen Job und ließ mich schlafen. Und sinnieren. Ich war froh darüber.

Keine Ahnung, wohin er wollte oder mußte. Noch fuhren wir Richtung Süden. Und so lange war's gut für mich. Hauptsache weg. Wenn's geht, nicht in den Norden. Und vor allem: nicht zurück. Bitte. An keinen der Orte, von denen ich kam. Hinter mir war nichts, was gelohnt hätte, auch nur den Kopf umzudrehen. Naja, wenig.

Freund Totò machte mir Sorgen. Weil ich nicht verstand.

Was war los mit ihm? Müdigkeit, bloße Halsstarrigkeit, die ganz normale Altersdepression? Dann konnte ich mich auch darauf vorbereiten. Immerhin war ich drei Jahre älter als er. Und so ganz klar, wie das alles weitergehen sollte mit mir und dem Leben und der Welt, war es mir auch nicht. Um die Wahrheit zu sagen: ich hatte nicht die blasseste Ahnung. Ich wußte nur, daß mich meine Füße schon wieder schmerzten.

Ich öffnete die Knoten. Dann erinnerte ich mich daran, wo ich war. »Darf ich?« sagte ich und zeigte auf meine Füße, »sie tun weh. Alterserscheinung.«

Mein Chauffeur grinste. Kein Wunder. Noch war er mindestens zehn Jahre jünger als ich. Dann nickte er. Ich streifte mir die Klammern vom schmerzenden Fleisch. »Ahh«, sagte ich.

Himmel, Tschenett, wird doch nicht sein, daß du wirklich alt wirst? Älter, als du in den Witzen, die du über dich selbst machst, zugibst? Älter, als du es dir jemals hast träumen lassen?

Doch, Tschenett, dachte ich, du bist auf dem besten Weg dahin. Und dann schlief ich ein.

Als ich wieder aufwachte, hatte es aufgehört zu regnen. Und ich hatte immer noch keine Antwort auf meine Fragen. Zwanzig Jahre treibst du dich jetzt herum, Tschenett. Und wohin? Es war das erste Mal, daß ich mir diese Frage stellte. Deswegen erwartete ich mir auch nicht sofort eine Antwort.

Die Poebene. Nebel. Die rechte Spur voller LKW's. Elefantenrennen. Meter gewonnen. Wieder einreihen. Schnauze zwei Meter hinterm Vordermann. Vertreter mit Tempomat auf hundertfünfzig auf der linken Spur. Hunger. Schlaf. Ich entschied mich für Schlaf. Als ich wieder wach wurde, waren wir kurz vor Alessandria.

Alessandria, dachte ich, Tschenett, was sagt dir das? Warst du da mal zur Fahndung ausgeschrieben? Wie ist das mit Verflossenen? Und: irgendwo noch Schulden? Oder Schulden, die einzutreiben wären? Ich sagte viermal nein. In Ordnung, Alessandria, wir kommen.

Das Ganze war dann eher eine laue Veranstaltung, grau in grau, ein Autobahnabzweig, eine breite Straße über Land, weit vor der Stadt, *Grandi Magazzini,* Hallen, Schrottplätze, Reisfelder, Fabrikanlagen, ein Parkplatz. Und schließlich zwei Gabelstapler, die den Hänger entluden. Zeit für einen Kaffee in der *mensa aziendale.*

»Wohin geht's?« sagte ich zu meinem Chauffeur.

»Vicenza«, sagte er, und ich konnte feststellen, daß er eine tiefe, leise Stimme hatte, wenn er wollte.

Ich hob meine beiden Arme. »Vabbene, soll es Vicenza sein.«

Mein Chauffeur nickte. Ich war für die nächsten paar Stunden der Frage nach meiner Zukunft enthoben. War doch schon was.

»Andiamo«, sagte mein Chauffeur und stemmte sich aus dem orangen Plastiksessel hoch.

»Andiamo«, sagte ich, »was soll uns noch aufhalten?«

Wieder Nebel. Man hat immer die Aussicht, die man sich verdient hat.

Hatte mir mein Vater, o Gott, wie lange war das her?

Siebenunddreißig Jahre ... Hatte mir mein Vater gesagt, der gewesene Carabiniere-Brigadier wider Willen Johann Tschenett, hatte er gesagt, als wir, mitten in der Sommerhitze und als Reverenz an seine Ehefrau Rosalia, die vom Tal aus mit dem Fernglas zusah, auf einem der letzten Absätze des Grates zum *Piz da Peres* verschnauften und ich gemeint hatte, enttäuscht sein zu müssen darüber, daß nach so viel Schweiß hier oben auf dem Berggipfel auch nicht recht viel mehr zu sehen war von der Welt als vom Talboden aus. Und dann war er aufgestanden, der Carabiniere-Brigadier Tschenett, der mein Vater war, hatte seine Frau, die ihn und mich mit dem Fernglas beobachtete, durch ein Lüpfen seines Hutes gegrüßt, sich mit dem Oberarm über die schweißnasse Stirn gewischt und stöhnend den Rucksack auf die Schultern genommen. Gehen wir, hatte er gesagt, sonst ist kein Hausfrieden nicht die nächsten Tage. Ich stand sofort auf. Am Hausfrieden war ich auch interessiert. Er bewirkte, daß Mutter völlig konzentriert ihren *Totocalcio* spielte, Kreuzchen für Kreuzchen auf italienische Fußballmannschaften setzend, von denen sie nichts kannte außer den Namen. Aber sie wollte spielen. Um des Spielens willen. Während der Carabiniere-Brigadier und Ehemann ihr diese Marotte vor allem deswegen durchgehen ließ, weil er hoffte, daß sie eines Tages doch noch einen ernsthaften Geldgewinn einheimsen würde. So, hoffte er, würde er es eines Tages und auf seine alten Tage doch noch zu einem Hof bringen. Um dorthin zurückkehren zu können, woher er gekommen war, bevor er zuerst ins Tal hinaus in die Tagelöhnerei und dann in den italienischen Staatsdienst getreten war. Mir war das alles fremd und schleierhaft und unklar. Ich dachte direkter. Hausfrieden bedeutete für mich, daß ich mit meinen Privatvergnügen fortfahren konnte, ohne dabei gestört zu werden. Hausfrieden bedeutete freie Bahn, bedeutete: Man gab mir eher recht als meinen Lehrern, die sich über meine Unart beklagten. Weil, wie Rosalia zu sagen pflegte, man entweder zusammenhält oder auseinanderfällt. Und dann sang sie zwei Zeilen aus einem Lied ihres Vaters. *Na sëra sarëna dër bela de ma, defora la löna prësc colma co dá.*

Immer noch Nebel. Langsam wurde es dunkel. Ich war schon wieder eingeschlafen. Und wieder wach geworden.

»Sorry«, sagte ich und sah zu meinem Chauffeur hinüber.

Er hielt sich tapfer, nach all den Stunden. Er nickte bloß, griff hinter seinen Sitz und holte eine Thermoskanne hervor.

»Kannst du?« sagte er. »Kaffee machen?«

»Kann ich«, sagte ich.

Ich füllte die Espressomaschine, die in die Mittelkonsole eingelassen war. Als der Kaffee durchgelaufen war, zeigte mein Chauffeur mit einer Kopfbewegung auf die Thermoskanne. Ich verstand. Füllte den Kaffee in die Kanne, verschraubte sie wieder und setzte neuen auf. Mein Chauffeur schien davon auszugehen, daß ich bald wieder wegschlafen würde. Konnte ich ihm nicht verübeln, nach den Erfahrungen, die er den Tag über mit mir gemacht hatte.

Dreimal noch mußte ich die Espressomaschine nachfüllen, dann war er zufrieden. Nickte. Ich stellte die Kanne auf die Ablage. Der Nebel war noch dichter geworden. Wir fuhren in eine weiße Wand.

Johann Tschenett war vor langen Jahren gestorben, seine Frau Rosalia einige Jahre nach ihm. Diesen Winter werde ich ihm hinterhersterben, hatte sie auf einer Postkarte geschrieben, zwischen einem Gruß und der Ermahnung, auf meine Gesundheit zu achten. Als ich die Postkarte bekam, nach meiner Rückkehr von einer Fahrt auf einem Frachter, die mich bis in den Amazonas gebracht hatte, war sie schon seit zwei Monaten tot. Sie lagen beide auf einem Bergfriedhof, immer in der Gefahr, bei einem Murenabgang mit ins Tal hinuntergeschleift zu werden. Dorthin zurück, wo sie sich nie so richtig zu Hause gefühlt hatten. Einmal hatte ich den kleinen Bergfriedhof besucht, Jahre später. Seither nicht mehr. Ich wollte sie nicht stören, da oben in der hinter dem *Piz da Peres* untergehenden Sonne, die zahnlos an den Schneeverwehungen knabberte und kleine bizarre Eisskulpturen schuf. Und aufblitzende Lichter.

»Kann ich?« sagte ich und zeigte auf das Radio.

Es war mir plötzlich zu still geworden in der Zugmaschine. Als ob der Nebel die Ventile des Diesels in Watte gehüllt hätte. War ich eingenickt, hatte ich geträumt? War Zeit vergangen, Weg?

Die Thermoskanne stand nicht mehr da, wo ich sie abgestellt hatte.

Er hatte genickt. War nicht anders zu erwarten gewesen. Langsam glaubte ich, meinen Chauffeur zu durchschauen. Er war auf Unterhaltung der höheren Art aus. Nicht auf dieses einfache *Woher kommst du? Wohin willst du?*, nicht auf den üblichen Gesprächsstoff zwischen Tramper und Trucker. Mein stummer, ewig nickender, immer zufriedener und nie ungeduldiger Fahrer führte ein Experiment mit mir durch. Zum Beispiel zur Frage, wie lange es ein Mensch aushalten kann, in einer rundum gelösten Situation ohne Ansprache seines Gegenübers sein zu können. Oder irgend so einen Quatsch. Und er wartete nur darauf, daß ich explodierte. Oder von der Zugmaschine sprang.

Ich drehte das Radio an. Und suchte nach einem halbwegs vernünftigen Sender. Immerhin, war schon erlösend, daß italienisch gesprochen wurde. Klang musikalischer, auch wenn sie den größten Scheiß erzählten. Dann fand ich *Radio TIR*. Eine Sendung von Truckern für Trucker. Ziemlich einfach gestrickt. Kurz vor Mitternacht ging man auf Sendung, die Trucker riefen von ihren Maschinen herunter im Studio an, erzählten, woher sie kamen, wo sie gerade waren, wohin sie wollten oder sollten. Was sie an dem einzigen Tag der Woche, an dem sie ihre Frau beim Aufwachen neben sich im Bett vorfanden, für die nähere Familienzukunft geplant hatten. Redeten von Häuschen, die gebaut werden sollten, dem Truck, den sie sich früher oder später kaufen wollten, um auf eigene Rechnung zu fahren, erzählten von Kindern, die zur Schule gingen und seither eigenartig geworden waren inmitten anderer Kinder, deren Mütter ihre Männer beim Aufwachen regelmäßig neben sich vorfanden, ob sie wollten oder nicht. Erzählten von den verzweifelten Versuchen, an eineinhalb Tagen eine normale Woche nachzuspielen. Und davon, daß sie es aufgegeben hatten. Wir sind Trucker, sagte einer, das kann keiner verstehen, der nicht selbst einer ist. Unsere Frauen, vielleicht. Wenn wir Glück haben. Und sie. Aber schon für unsere Kinder ist es nicht mehr zu verstehen.

Musikwunsch. *Soul Train*, von *Sud Sound System*.

In partenza dal secondo binario treno 938 di 1a e 2a classe per Schaffhausen. Ferma a Brindisi, Ostuni, Fasano, Monopoli, Bari, Barletta, Foggia, San Severo, Termoli, Pescara, Ancona, Rimini, Bologna, Milano, Schaffhausen.

Eine Zugansage. Baßwummern. Beat.

Ehi, a ddu sta bbai, ahi su ddrhru trenu nu'nci a statu mai. Wohin gehst du, auf dem Zug bist du noch nie gewesen.

Drums. Hip hop.

He, du blasser Politiker, wo gehst du hin? Mit so einem Zug bist du noch nie gefahren, in der zweiten Klasse, voll mit Leuten, die fort von der Erde ihres Ursprungs fliehen, bitter und schwer wie Blei. In die Gefahr geschickt, dem Untergang geweiht, betrogen, beraubt, zerstört und mißbraucht. Dicu: vaggoni e treni carichi da Lecce, nella valigia lacrime e amarezze. Volle Waggons und Züge aus Lecce, im Koffer Tränen und Bitternis.

Väter und Großväter haben in ihren geschnürten Pappkoffern das Land verlassen, sangen sie in ihrem süditalienischen Dialekt.

Sta terra dello sole, sta terra del amore. Dieses Land der Sonne, dieses Land der Liebe. Vaggoni e treni carichi da Lecce, nella valigia lacrime e amarezze ... im Koffer Tränen und Bitternis. Ehi, a ddu sta bbai, ahi su ddrhru trenu nu'nci a statu mai. Wohin gehst du ...

Ich schraubte die Tasse von der Thermoskanne, zog den Stöpsel und goß mir einen Kaffee ein.

Vielleicht war es besser, wach zu bleiben. Langsam, aber sicher war ich in einen eigenartigen Zustand hineingerutscht zwischen Schlaf und Wachen, Wissen und Wollen.

Der Kaffee dampfte heiß, ich wechselte die Tasse von der

einen Hand in die andere und wartete darauf, daß er sich abkühlte. Nach ein paar Minuten war er genießbar, wenn ich vorsichtig schlürfte und kleine Wellen in die Oberfläche blies.

Die Tasse war leer getrunken, ich schüttelte die letzten Tropfen heraus, schraubte sie wieder auf die Thermoskanne, zog den Verschluß noch einmal ordentlich an, stellte die Kanne auf den Boden, legte die Füße auf die Ablage vor mir und lehnte mich zurück.

Ich wachte auf, weil mein Chauffeur schrie. Er schrie wie um sein Leben, mit großen, weit aufgerissenen, starr nach vorn gerichteten Augen, schrie röchelnd aus der Brust heraus, hielt krampfhaft das Lenkrad fest und versuchte aufzustehen. Der LKW kam bedrohlich ins Schlingern. Er schrie weiter. Ich griff nach dem Lenkrad, versuchte es zu übernehmen, da riß er es nach rechts. Die Abfahrt zu einer Raststätte. Er schrie immer noch, langsam leiser werdend, trat auf die Bremse, zog die Handbremse an, riß die Tür auf und sprang vom Bock. Draußen hüpfte er auf dem Parkplatz herum, öffnete den Reißverschluß seiner Hose, zog sie bis in die Knie.

Jetzt endlich hatte ich verstanden. Die Thermoskanne zwischen seinen Oberschenkeln, die dampfenden Jeans! Er hatte sich einen Kaffee einschenken wollen, die Kanne zwischen seinen Oberschenkeln festgeklemmt, an der Kappe gedreht. Und da war siedend heißer Kaffee auf ihn gelaufen. Ich hatte den Stöpsel nicht richtig aufgesetzt gehabt, die Kanne war umgefallen, der Kaffee in die gut festgeschraubte Kappe gelaufen. Und dann zwischen seine Schenkel. Und er hatte nichts tun können. Hatte den LKW auf der Spur halten müssen. Zum Glück war dann die Ausfahrt gekommen. Ich stieg vom Bock und ging auf ihn zu.

»Sorry«, sagte ich.

Da stand er, mitten auf einem nachtfinsteren, verlassenen Parkplatz, die immer noch dampfende Hose in den Kniekehlen, nach vorne gebeugt, hielt die Unterhose mit beiden Händen vom Körper weg und schaute in das dunkle Loch.

Dann drehte er den Kopf zu mir, ohne ihn aus seiner tiefen Lage zu holen, und fing an zu lachen. Lachte, beinahe so laut, wie er eben geschrien hatte, und hörte nicht mehr auf damit. Schließlich ließ er das Gummiband der Unterhose los, richtete seinen Oberkörper auf, zerrte seine Jeans vorsichtig nach oben und schloß sie. Dann kam er mit breitbeinigem Gang auf mich zu, legte mir eine Hand auf die Schulter. Und lachte immer noch.

Er hatte in der Autobahnraststätte eine Runde ausgegeben. Bier und Schnaps und einen Teller Spaghetti für sich, Kaffee und Wasser und ein Käsebrötchen für mich. Ich hatte ihn verwundert angeschaut. Er nickte mit dem Kopf, immer noch vor sich hin lachend.

»Hat schon seine Richtigkeit so«, sagte er. Die ersten Worte.

Ich senkte ergeben den Büßerkopf. »Strafe muß sein.«

»Ja, korrekt«, sagte er. »Bis nach Vicenza übernimmst du die Maschine. Um sechs Uhr früh müssen wir da sein.«

Ich schaufelte drei Löffel Zucker in meinen Espresso. Und rührte langsam um. Der Mann gab mir immer wieder neue Rätsel auf.

»Ich habe meinen Kopf darauf gewettet, daß du ein Kollege bist«, sagte er und sah mich gespannt an.

»Stimmt«, sagte ich.

»Also? Was ist?«

Wieso nicht. »Geht in Ordnung, ich steig auf den Bock«, sagte ich. »Immerhin habe ich was gutzumachen.«

»So schlimm war's gar nicht. Ich war kurz vorm Einschlafen in dem Scheißnebel da draußen. Immer dasselbe in der Poebene. Manchmal schlimmer als im deutschen Norden.«

Eine halbe Stunde später waren wir wieder auf der Strecke, eingereiht in die lange Schnur aufgefädelter LKW's, die durch Nacht und Nebel zogen wie eine Horde von Mammuts auf der Suche nach neuen grünsatten Weideplätzen.

Ich hatte erwartet, der Kollege würde es sich gemütlich machen und ein paar Stunden schlafen. Statt dessen hatte er ein kleines, blaues Heft, auf dessen Umschlag Mickey Mouse Schlittschuh lief, aus der Ablage geholt. Dann einen Bleistift und einen Spitzer. Drehte an dem Bleistift, begutachtete immer wieder die Spitze, befeuchtete sie mit seiner Zunge, fing an zu schreiben und hörte nicht mehr auf.

Als ich nach einer Viertelstunde kurz zu ihm hinübersah, weil ich immer noch nicht richtig begriffen hatte, was er tat, legte er das blaue Heft weg und spitzte seinen Bleistift nach.

»Wenn das was wird«, sagte er dann, »lese ich's dir vor.«

»Mußt du nicht«, sagte ich, »geht mich ja nichts an.«

»Stimmt schon«, sagte er und schrieb schon wieder weiter, »aber so oft habe ich ja nicht Publikum, hier oben.«

»Solltest du nicht schlafen?«

»Schlafen?« sagte er und sah mich ganz erstaunt an, »schlafen, jetzt? Jetzt habe ich zu tun.«

Eine Stunde lang schrieb er und strich wieder aus, murmelte vor sich hin, radierte, schrieb, schaute zum Seitenfenster raus, knabberte am Bleistift und kratzte sich am Kopf, schrieb weiter, radierte. Dann fluchte er und schmiß das Heft in die Ecke.

Diesmal sagst du besser nichts, Tschenett, dachte ich. Wer weiß, was jetzt wieder los ist. Mitten in Nacht und Nebel auf die Autobahn gesetzt zu werden, danach war mir zur Zeit nicht. Wenn du dich zurückhältst, ist dir ein warmes Dach überm Kopf bis Vicenza und morgen früh sicher. Also halt dich dran, Tschenett.

Ich hatte mich an einen Holländer gehängt, der abzüglich Windschatten exakt mein Tempo fuhr. Der Kollege neben mir hatte sich das blaue Heft gegriffen und weitergeschrieben.

»So«, sagte er dann und legte den Bleistift aus der Hand, »das war's.«

»Zufrieden?« sagte ich ins Blaue hinein.

»Ja«, sagte er, »eigentlich schon. Wenn's mir beim Mittagessen immer noch gefällt, lese ich's heute abend.«

»Lesen?« sagte ich.

»Wettlesen«, sagte der Kollege. »In der Kneipe. Wir treffen uns da einmal im Monat.«

»Und was ist das?« sagte ich und zeigte auf das Heft.

»Was?« sagte er und zeigte mir sein bisher erstauntestes Gesicht. »Na, Literatur natürlich.«

Literatur. Das war doch dieses geschriebene Zeug. Ich

konnte nicht schreiben. Nie gekonnt. Jedes geschriebene Wort war mir zuwider. Sie klebten so auf dem Papier fest. Geschriebenen Wörtern fehlt die Leichtigkeit des Gasthausgespräches. Die Flüchtigkeit, die dem Alkohol chemisch zu eigen ist. Und jetzt kam mir ein Kollege mit Literatur.

»Ich lese dir die Geschichte vor«, sagte er, »dann siehst du ja.«

Ich nickte stumm. Von mir aus. Geschichten erzählt zu bekommen war auch eine Art, etwas Neues zu erleben.

»Am Krautsand«, las der Kollege vor, laut genug, daß jedes Wort durch das Geräusch der Maschine drang, dann räusperte er sich und setzte noch einmal an. »Am Krautsand (vor dem Eindeichen, erzählt man mir, eine Insel bei Drochtersen, von Wewelsfleth oder Glückstadt aus gesehen auf der gegenüberliegenden Seite des Stromes) ging letzten Sommer ein Nicht-Schwimmer ins Wasser der Elbe. Nicht ein Mal, immer wieder. Die Elbe ist an dieser Stelle satte zwei Kilometer breit, zwölf Meter tief, wo nicht fünfzehn, und sie ahnt schon, daß sie demnächst in die Nordsee münden wird. Der Schwimmer war ein Nicht-Schwimmer und hatte sich in wochenlanger phantasie- und liebevoller Handarbeit wassertauglich gebastelt. Welches Material dem Mann den lebensnotwendigen Auftrieb verschaffte, verschwieg der Erzähler. Sagte später, er wisse es nicht, habe nur gesehen, daß der Mann immer wieder mit neuen, verbesserten Konstruktionen am Elbstrand aufgetaucht sei, ein von Schnüren, Drähten und Schläuchen umfangenes Wesen, dem man den Menschen kaum mehr ansah, wisse nur zum Beispiel von Holzpaddeln, die der Mann sich auf die Hände gebunden hatte, zwecks besseren Fortkommens. So weit fortgekommen sei der Mann, es *muß* fortgekommen heißen, sagte der Erzähler voller Verachtung, Flasch Holsten und 'n klein' Rum bestellend, *muß* es, weil von Schwimmen nicht die Rede sein konnte, so weit fortgekommen sei er mit Hilfe seiner Auftriebsmittel und der Paddel, daß die Wasserpolizei eingreifen mußte. Weil der Nicht-Schwimmer jedesmal wieder, einen Sommer lang, nachdem er sich zu Wasser gelassen hatte und fortgepaddelt war, munter auf die Mitte des Stromes zuhielt und damit in die Fahrrinne hinein, die Fahrrinne der Containerschiffe und Frachter, Länge über alles hundertvierzig Meter. Und er, der Schwimmer, der nicht schwimmen konnte, paddelte in der Fahrrinne, froh und fröhlich, jedesmal wurde er von besorgten Seglern angerufen und antwortete nicht und paddelte weiter, und jedesmal mußte ihn die Wasserpolizei aus der Fahrrinne holen. Das war letzten Sommer. Mal sehen, wie das dieses Jahr wird, mit dem Nicht-Schwimmer, sagte der Erzähler.«

Stille. Der Kollege legte das blaue Heft weg und sah gespannt in meine Richtung.

»Gut«, sagte ich.

»Sagen wir, nicht schlecht«, sagte er. »Es hat was, das schon. Und der Titel fehlt noch.«

»Titel?« sagte ich.

»Da muß noch ein Titel hin. Ein guter.«

»Der Nicht-Schwimmer?« sagte ich.

Er bewegte abwägend den Kopf.

»Der Elb-Schwimmer?«

»Vielleicht am besten einfach nur: Der Schwimmer«, sagte er nach einer Weile.

»Ist eine eigenartige Geschichte«, sagte ich. »Ziemlich traurig, eigentlich.«

»Kann sein«, sagte er, »aber darauf habe ich keinen Einfluß.«

Und dann stand ich mit meinem Seesack auf dem Parkplatz eines Gewerbegebietes und sah zu, wie der schreibende Kollege nach Schleswig-Holstein abfuhr, mit einer Fuhre italienischer Schuhe und einer kleinen Geschichte in einem kleinen, blauen Heft, auf dem Mickey Mouse Schlittschuh lief. Und was tat ich? Ich winkte ihm hinterher.

»Tschenett, langsam, aber sicher wirst du sentimental«, sagte ich, als ich den Seesack auf meine Schulter lud.

8

CHE FECE ... IL GRAN RIFIUTO
Für einige Menschen kommt ein Tag,
an dem sie das große Ja oder das große Nein
aussprechen müssen.
Konstantinos Kavafis

Vicenza hatte mir Glück, eine kleine Kammer unterm Dach und einen Job gebracht, der wenig Arbeit, etwas mehr Geld und ein paar schöne Tage eintrug.

Die Kammer unterm Dach gehörte zum *Hotel Vicenza* und kostete mich nichts. Kein Geld, will ich sagen.

Das *Hotel Vicenza* hatte seine guten Tage vor so langer Zeit gesehen, daß kaum mehr eine Erinnerung daran in seinen muffigen und grauen Mauern hing. Aber es hatte auch seine guten Seiten. Seine Besitzer, ein sehr altes Paar, das sich noch immer per Sie ansprach, waren noch nicht gestorben. Und sie hatten wenig Aussicht darauf, das Geld, das ein eventueller Verkauf ihnen gebracht hätte, in ihrem Leben jemals noch lustvoll ausgeben zu können. Also saßen sie in ihrem heruntergekommenen Etablissement, aus dem sie, wie Signora Belcanto mir bereits am zweiten Abend erzählt hatte, Bürgermeister, Verwandte und Notable der Stadt lieber heute als morgen vertrieben hätten, es auch versucht hatten mit Hilfe der Gerichte. Aber bisher ohne Erfolg, sie saßen in ihrem Hotel und sahen der Welt da draußen zu, wie sie sich verzweifelt abstrampelte.

Signor Bellocchio und Signora Belcanto, dieses seit beinah siebzig Jahren in geheimgehaltener Verlobung lebende Paar, waren glühende Verehrer der k.u.k. Marine verblichenen Angedenkens. Und mein Seesack hatte mich zu ihnen geführt. Mein Seesack, auf dem ich vor drei Tagen eines nebeligen Morgens auf dem Parkplatz einer Gewerbeansiedlung am Rande Vicenzas gesessen hatte, einerseits um mir den Hosenboden nicht naß zu machen, andererseits weil ich dachte, sitzend besser über meine Zukunft, die nähere wie die weitere, entscheiden zu können.

Dieser Seesack hatte Signor Bellocchio und Signora Belcanto zu mir geführt. Sie waren in ihrem alten *Fiat 1100* erst an mir vorbei, dann einmal um mich herumgefahren, hatten mich begutachtet, hatten schließlich angehalten, Signora Belcanto hatte ihr Seitenfenster heruntergekurbelt und mir weiß behandschuht gewunken. Ich war brav aufgestanden und näher getreten. Eine Viertelstunde später waren wir handelseins, ich hatte meinen Seesack in den Kofferraum gepackt, mich hinter das Steuer gesetzt und die beiden in ihr Hotel zurückgefahren, zusammen mit zwei Großpackungen Klopapier, die sie für ihren Betrieb eingekauft hatten.

Seither war ich das Mädchen für alles im *Hotel Vicenza* und durfte dafür täglich so viele warme Mahlzeiten wie nötig zu mir nehmen, vorausgesetzt, ich bereitete sie in der alten Hotelküche, die seit ewigen Zeiten keinen Koch mehr gesehen hatte, selbst zu. Zum Sozialleistungspaket der beiden gehörte außerdem das kleine Zimmer unterm Dach. Unser Zimmer für Verlobte, hatte Signora Belcanto gesagt und genüßlich geschmunzelt, wir sagen immer: für Verlobte, weil das Bett nur eineinhalb, Sie verstehen schon, breit ist. Ideal für Verlobte. Nicht zu schmal, und breiter brauchen sie es nicht.

»Ich bin nicht verlobt«, hatte ich gesagt.

»Macht nichts«, hatte Signor Bellocchio gesagt, »es haben auch schon lange keine Verlobten mehr in diesem Hotel übernachtet. Kein Fernseher auf dem Zimmer, Sie verstehen?«

»Nein«, hatte ich gesagt.

»Wir auch nicht«, hatte Signora Belcanto gesagt und verliebt zu ihrem Signore aufgesehen.

»E be«, hatte der gesagt, »das ist die Welt von heute. Il mondo moderno.«

Zur Entlohnung gehörte außerdem noch der Schlüssel zum Keller. Salami, Käse, Wein, Grappa in freier und unbegrenzter Auswahl. Und einhundertfünfzigtausend Lire pro Woche. Freitag abend war Zahltag.

Von mir erwarteten die beiden Verlobten, daß ich bei Bedarf Koffer schleppte oder sie in ihrem alten dunkelblauen *Fiat 1100* aufs Land fuhr, falls sie beschlossen hatten, das Hotel kurzfristig für einen halben Tag zu schließen. Und daß ich mir außerdem von ihnen in langen und ruhigen Nächten alles über die Marine der Donaumonarchie und ihren würdigsten Vertreter erzählen ließ. Koffer hatte ich seit meinem ersten Tag im *Hotel Vicenza* keine gesehen, geschweige denn geschleppt.

»Vor Ostern«, hatte Signora Belcanto gesagt, »kommen keine Kunden. Und zu Ostern auch nur, wenn hier in der Stadt alles andere längst ausgebucht und es schon zu spät ist zum Weiterfahren nach Venedig oder Cesenatico.«

Ostern war noch weit, noch lag an den langen Vormittagen der Winternebel über der norditalienischen Ebene.

Es waren angenehme und sehr ruhige Tage für mich. Am zweiten Tag hatte ich angeboten, Küche und Service zu übernehmen. Seither gab es einen geregelten Tagesablauf. Zum Frühstück, nie vor zehn Uhr, servierte ich den Verlobten *cappuccino, acqua naturale, brioche* und eine Flasche *Prosecco* aufs Schlafzimmer. Nicht ohne vorher laut und deutlich angeklopft und gewartet zu haben, bis das Gekichere hinter der Tür aufgehört hatte. Mittags, gegen vierzehn Uhr, trug ich ein Stück Käse, etwas Weißbrot, Obst und eine Flasche Weißwein aus den Colli Euganei auf. Abends, meist kurz nach einundzwanzig Uhr, servierte ich Salami, Weißbrot, Obst und eine Flasche piemontesischen Rotwein. Dann entließen mich Signora Belcanto und Signor Bellocchio in den wohlverdienten Feierabend. Bei mir nannte ich sie die *coniugi belli.* Das schöne Paar.

Ich hatte, gleich ums Eck und am ersten Abend schon, ein Lokal entdeckt, in dem es sich vorzüglich speisen ließ. Außerdem verfügte man über eine Auswahl von über sechzig verschiedenen *grappe.* Meine Abende und Nächte verbrachte ich in diesem Lokal, an einem kleinen Tisch, von dem aus sich das Treiben in der Küche wie hinter dem Tresen bestens beobachten ließ. Nach vier Tagen hatten wir uns stillschweigend darauf geeinigt, daß mir Adriana ohne lange nachzufragen auftischte, was Roberto in seiner Küche für empfehlenswert hielt. Nach einer Woche war es zur Gewohnheit geworden, daß Roberto und Adriana sich nach Feierabend zu mir setzten, nicht ohne jedesmal eine andere Flasche Grappa mitzubringen. Roberto wurde nach zwei Schnäpsen regelmäßig müde und sackte nach hinten, bis er von seinem ersten Schnarchlaut wach wurde, aufstand und ging. Adriana und ich gingen, wenn die Flasche leer war.

Das waren meine Abende. Meine Tage verbrachte ich meist im ehemaligen Restaurant des *Hotel Vicenza.* Signora Belcanto und Signor Bellocchio spielten eine um die andere Runde Karten, konnten sich diebisch freuen, wenn der eine dem anderen mal wieder eine Falle gestellt hatte, in die der andere dem einen liebend gern hineintappte. Und während sie um das Häufchen Lire-Münzen spielten, das von der einen zur anderen Tischseite und wieder zurück wanderte, las ich die Sportzeitung, die örtliche Zeitung und das große, angestaubte Mailänder Blatt.

In diesen Tagen setzte sich in mir langsam der Verdacht fest, daß ich einen Ort gefunden haben könnte, an dem es sich für eine gewisse Zeit sein ließe.

Wenn die Verlobten nicht Karten spielten, wenn wir nicht zu einem kurzen Ausflug aufs Land fuhren oder zum Einkauf in einen Supermarkt, dann erzählten Signora Belcanto und Signor Bellocchio mir Geschichten aus der großen Zeit der Marine der königlich-kaiserlichen Donaumonarchie. Von Maximilian, Charlotte und Miramar, dem Palast aus weißem Marmor am Mittelmeer.

»Er wäre der schönste der habsburgischen Kaiser geworden«, hatte Signora Belcanto gesagt, »und deswegen durfte er nicht.«

Dann stand sie auf, und Signor Bellocchio stand auf. Also

tat ich es auch. Signora Belcanto ging los, ihr Verlobter und ich hinter ihr her. Die Treppen hoch, den dunklen Gang entlang, bis zu Zimmer 11.

»Unser schönstes«, sagte Signora Belcanto. »Wir haben es, seit wir dieses Hotel führen, nicht vermietet. Seit fünfzig Jahren nicht. Es ist das Zimmer von Maximilian und Charlotte.«

Mehr wollte sie dazu nicht sagen, also wollte ich mehr auch nicht wissen. Sie führten mich durch das Zimmer, das, ganz im Unterschied zu den restlichen Zimmern des *Hotel Vicenza*, so aussah, als ob jederzeit jemand einziehen würde. Aufgeräumt, liebevoll herausgeputzt, vorsichtig dekoriert. Frische Blumen in der Vase. Und an den Wänden Bilder, Gemälde, Stiche. Maximilian, Erzherzog von Österreich. Charlotte, Prinzessin von Belgien. Maximilian, Begründer und Oberkommandant der österreichischen Marine. Maximilian als Korvettenkapitän. Maximilian, Generalgouverneur des Lombardisch-Venezianischen Königreiches. Arm in Arm mit seiner Frau vor *Miramar,* ihrem Schloß.

»Sind sie nicht schön?« sagte Signor Bellocchio.

Ich sah mir das Gemälde noch einmal an.

»Doch«, sagte ich, »sie sehen ziemlich zufrieden aus. Ist ja auch ein schönes Wochenendhäuschen.«

Signora Belcanto kniff mich in die Wange.

»Warum scherzen Sie immer, als ob Sie ein Siebzehnjähriger wären?« sagte sie dann und lachte.

»Ich kann's nicht besser«, sagte ich, »ehrlich.«

Signor Bellocchio nickte mit seinem weißen Kopf.

»Und ich glaube nicht, daß ich es noch lernen werde.«

»Für uns müssen Sie das nicht«, sagte Signor Bellocchio.

Dann erzählten sie mir die Geschichte von Maximilian und Charlotte.

Maximilian war der Bruder des Kaisers Franz Joseph und das, was man bei Hofe einen Schöngeist nannte. Damit der die kaiserlichen Geschäfte nicht störe, hatte man ihn in den Süden geschickt, auf Reisen durch Griechenland, Kleinasien, Spanien, Algerien, Palästina und Ägypten, hatte ihm erlaubt, seine Reiseskizzen, ein vierbändiges Manuskript, drucken zu lassen. Und man hatte ihm Geld gegeben, mit dem er eine österreichische Flotte aufbaute und Schloß Miramar. Der Hof zu Wien lachte über den kleinen Kapitän und war froh, sich seiner entledigt zu haben. Maximilian heiratete Charlotte.

»Sie bereisten Sizilien, Südspanien, Madeira und Brasilien«, sagte Signora Belcanto. »Maximilian schrieb Aphorismen, Charlotte züchtete Rosen. Und gemeinsam saßen sie auf der Terrasse von *Miramar* und sahen der Sonne dabei zu, wie sie ins Mittelmeer versank. Ewig hätten sie so leben können und ewig glücklich.«

»Maximilian war sehr beliebt«, sagte Signor Bellocchio. Er stand am Fenster und sah auf die Gasse hinunter. »Beim Volk, nicht bei Hofe, damit wir uns verstehen. Da traf es sich gut, daß gerade eine Gruppe mexikanischer Vornehmer, die vor der Revolution des Benito Juarez geflüchtet waren, an Europas Königshöfe reisten und um Hilfe baten. Ich mache es kurz, es ist eine jämmerliche Geschichte. Napoleon der Dritte versprach ihnen Truppen, französische Finanzkreise versprachen Geld. Es fehlte ihnen nur noch jemand, den sie zum Kaiser von Mexiko machen konnten.

Kaiser Franz Joseph sah seine Chance, den Bruder und seine Frau loszuwerden. Maximilian ließ sich überreden, gleichzeitig verzichtete er vertraglich für sich und alle seine Nachkommen auf das österreichische Thronfolgerecht.«

»Er hat gedacht, es sei ernstgemeint«, sagte Signora Belcanto. »Als Charlotte und er im April 1864 an Bord der Fregatte *Novara* nach Mexiko aufbrechen, weiß er nicht, daß er nur mehr drei Jahre zu leben hat. Und Charlotte ahnt nichts davon, daß sie nach seinem Tod noch genau sechzig Jahre leben wird, jeden Tag davon in geistiger Umnachtung.«

Signor Bellocchio stieß einen tiefen Seufzer aus. »Lassen Sie uns gehen«, sagte er. »Gehen wir.«

Er hatte sich von seinem Blick auf die Gasse losgerissen und ging in schnellen Schritten, die ich einem über Neunzigjährigen eigentlich gar nicht zugetraut hatte, wortlos und ohne zur Seite zu blicken aus dem Zimmer.

»Sie müssen uns verstehen«, sagte Signora Belcanto. »Es ist eine tragische Geschichte. Immer noch. Entschuldigen Sie uns.«

»Gerne«, sagte ich.

Dann ging sie auch.

Ich stand alleine im Zimmer, sah mich noch einmal um und begriff endlich, was mich bis jetzt etwas perplex gelassen hatte. Unter den Gemälden und Stichen in diesem Zimmer war kein einziges, das Maximilian und Charlotte als mexikanisches Kaiserehepaar zeigte. In diesem Zimmer existierten sie nur bis *Miramar.* Bis ich, im Hinausgehen, hinter dem rechten Flügel der Tür das Foto und die Reproduktion sah. Auf dem Foto war ein zerzauster Mann zu sehen, der mit hochgeschlossenem Kragen und Stiefeln in einem einfachen Holzsarg lag. Auf der Reproduktion sieben Soldaten, sechs davon exekutieren gerade drei Männer, auf der Mauer lehnen Kinder und schauen zu. *Edouard Manet, Die Erschießung Kaiser Maximilians von Mexiko,* las ich.

Maximilian hatte sich, glaubte man dem Maler, zur Feier des Tages einen Sombrero aufgesetzt.

Die beiden geheimen Verlobten kamen erst eine knappe Woche später wieder auf Maximilian und Charlotte zu sprechen. Indirekt.

»Sie werden sich denken, wir sind verrückt«, sagte Signor Bellocchio eines Nachmittags, als wir wieder im Restaurant saßen, die beiden mit ihren Karten, ich mit meiner Zeitung. »Und Sie wären damit nicht der erste und bei weitem nicht der einzige.«

»Viermal hat man versucht, uns gerichtlich entmündigen zu lassen«, sagte Signora Belcanto.

Und dann setzte sie ein dermaßen verschmitztes Lächeln auf, daß mir sofort klar war, daß die Herren Richter keine Chance gehabt hatten.

»Nein«, sagte ich, »auf die Idee bin ich nicht gekommen. Schon deshalb nicht, weil mir nicht ganz klar ist, was das sein soll: Verrücktsein.«

»Na ja«, sagte Signor Bellocchio, »in meinem Alter und bei dem, was wir schon erlebt haben, kann ich es ja sagen. Ich denke, jetzt haben Sie es sich zu einfach gemacht. Verrücktsein gibt es. Und wenn man es wirklich erlebt, um sich herum, dann weiß man auch, was es ist. Glauben Sie mir. Dann ist es ganz einfach, es zu erkennen. Ich rede von den richtigen Verrücktheiten. Die kleinen Spinnereien sind etwas anderes. Die gehören zu uns wie unsere Füße. Wir stolpern darüber, aber fallen deswegen noch lange nicht hin.«

»Wir beide sind inzwischen in einem Alter, in dem man täglich stolpert«, sagte Signora Belcanto. »Und es macht Spaß. Verstehen Sie?«

Nicht ganz. Aber das mußte ich den beiden Herrschaften ja nicht auf die Nase binden.

»Haben wir Sie gelangweilt mit Maximilian und Charlotte?«

»Nein«, sagte ich, »keineswegs. Ich würde nur gerne den Rest der Geschichte hören.«

»Den Rest?« Signor Bellocchio sah mich erstaunt an.

»Ja«, sagte ich. »Sie sind losgefahren nach Mexiko, drei Jahre später wird Maximilian hingerichtet und Charlotte wird wahnsinnig. Was war dazwischen?«

»Hingerichtet...«, sagte Signora Belcanto, »woher wissen Sie das?«

»Ich habe das Bild gesehen. Und das Foto.«

Die beiden sahen sich einen Augenblick lang still an.

Das hätte jetzt nicht sein müssen, Tschenett, dachte ich. Hättest bloß dein blödes Maul gehalten.

»Der Rest«, sagte Signor Bellocchio dann, »der Rest ist... verrückt. Der Rest ist Politik und Wirtschaft, Strategie und Taktik. Das ist der Rest. Verrat und Betrug.«

»Erzähl es ihm«, sagte Signora Belcanto.

»Wenn Sie nicht möchten...«

»Doch«, sagte Signor Bellocchio. »Es ist nur so... squallido, würde man in Italienisch sagen. Billig.«

Er schenkte sich etwas Weißwein nach, setzte eine Zigarette auf seine Filterspitze und zündete sie an.

»Maximilian und Charlotte waren kaum angekommen, da wird ihnen die Farce einer Volksbefragung vorgeführt. Sie adoptieren ein mexikanisches Kind. Wenig später kommt die Mutter und fordert ihr Kind zurück. Daß es noch eine Mutter hat, ist ihnen nicht gesagt worden. Der Krieg gegen Benito Juarez ist ohne Unterstützung nicht zu gewinnen. Charlotte fährt kreuz und quer durch Europa, vom Papst zu adeligen Verwandten, Königs- und Kaiserhäusern, zwecklos, sie bekommt keine Unterstützung. Maximilian überlegt, seinen Kaisertitel niederzulegen und nach Hause zurückzukehren. Zur gleichen Zeit ist die Popularität Franz Josephs in Österreich auf dem Nullpunkt angelangt. Die Schlacht von Königgrätz ist verlorengegangen, sogar Teile des Hochadels wollen Maximilian aus Mexiko zurückholen und auf den Thron setzen. Der ahnt von alledem nichts, läßt sich von österreichischen und belgischen Beratern dazu überreden, mit seinen lächerlichen Truppen gegen Juarez anzutreten, wird gefangengenommen, zum Tode verurteilt und am Morgen des 19. Juli 1867 hingerichtet. Er ist 35 Jahre alt.«

Ein zentimeterlanges Aschenstück fiel von Signor Belcocchios Zigarette auf den Teppichboden.

»Es waren keine Heiligen«, sagte Signora Belcanto. »Sie waren nur nicht für diese Welt gemacht.«

An diesem Abend fiel ich wie ein *scirocco* über Adrianas Grappa-Universum her, mit verheerenden Folgen für mein Weltbild, die bilateralen Beziehungen zu Adriana und zwei ihrer Kneipenstühle. Es war das erste Mal, daß ich in Vicenza allein nach Hause ging.

Diesmal brachten die *coniugi belli* mir den *cappuccino* ans Bett. Standen beide an meinem Verlobten-Bett *da una piazza e mezza* und sahen mir voller Mitleid ins triefende Auge.

»Trinken Sie«, sagte Signora Belcanto, »extra stark. Sie werden sehen, daß alles nur ein schlimmer Traum war.« Falls dem so war, bestand ich darauf, daß man mich sofort weckte.

»Mein Herz«, sagte ich. Es sprang, tat, was es wollte, setzte zur Unzeit aus, kam nicht wieder zurück, war verschwunden, meldete sich nicht mehr, klapperte dann plötzlich stoßartig wieder los, als ob es das Versäumte aufholen wollte, verschluckte sich, stolperte und kam endlich wieder auf die Beine. Bis das Ganze wieder von vorne losging.

»Kein Problem«, sagte ich. »Die Nacht war zu kurz und ich zu alt für sie.«

Die Verlobten lächelten. Ich konnte es ihnen nicht verargen. Um dahin zu kommen, wo sie jetzt waren, mußte ich noch fünfzig Jahre über den Erdball wandern. Falls ich heute überhaupt wieder auf die Beine kommen sollte.

Ich beschloß, den kalten Schweiß, das Geräusch in meinen Ohren und die zitternden Knie einfach zu vergessen. Und abzuwarten, daß es mir besserging. »Ich werde noch eine halbe Stunde schlafen«, sagte ich, »dann bin ich wieder an Bord.«

Signora Belcanto ging ans Fenster, zog die Vorhänge zu und rückte mein Federbett zurecht.

»Wir werden warten«, sagte sie.

»Ich war kein guter Angestellter, gestern«, sagte ich.

»Nein«, sagte Signora Belcanto, »das waren Sie nicht. Wir mußten aufstehen, um zu frühstücken.«

»Ich weiß.«

»Und haben uns unseren Käse und unsere Salami selbst holen müssen.«

»Ja.«

»Den Weißwein aus dem Keller.«

Ich nickte.

»Und keiner hat uns beim Kartenspiel zugeschaut.«

»Nein.«

»Mein Verlobter mußte zwei Koffer selbst in den dritten Stock hochtragen.«

»Nein«, sagte ich und war jetzt wirklich entsetzt.

»Nein«, sagte Signora Belcanto, »entschuldigen Sie, das war ein Scherz. Und mit kranken Menschen sollte man keine Scherze treiben.«

»Ich bin nicht krank.«

»Nein?«

»Alles vorbei«, sagte ich. »Die alte Frische und Blüte.«

»Gut«, sagte Signor Bellocchio, »das freut uns. Weil wir heute eigentlich eine kleine Ausfahrt unternehmen wollten.«

»Gerne«, sagte ich und dachte an den Restalkohol. Davon mußte ich noch für Wochen haben.

»Wir können«, sagte ich, »jederzeit.«

Und stand auf. Versuchte, das leise Pochen in meinem Schädel wegzudenken. Und aufrecht auszusehen.

Das war kein Leben mehr. Einmal über die Stränge schlagen und fürs Leben gezeichnet sein. Und das unter den Augen zweier über Neunzigjähriger, die sich tagtäglich ihren kichernden Orgien hingaben. Reiß dich zusammen, Tschenett.

»Ich fahr schon mal den Wagen vor«, sagte ich. »Wohin soll's denn gehen?«

Trieste. Alte Hafenstadt. Sonne und Marmor, Wellen und Wind.

Ich hatte gekämpft und war durchgekommen. Vierhundert Kilometer Autobahn mit dem alten Elfhunderter. Hatte ich ihm nicht zugetraut. Inzwischen war ich mir sogar sicher, daß er auch die Rückreise schaffen würde. Und hoffte, daß es mir auch gelingen würde.

Signora Belcanto und Signor Bellocchio, die beiden geheimen Verlobten, wollten von Trieste nur eines. *Miramar.* War über fünfzig Jahre her, daß die beiden das letzte Mal hier gewesen waren. Seither hatten sich ein paar Dinge geändert. Als wir angekommen waren, stiegen die beiden schweigend aus und gingen händchenhaltend auf das Schloß zu.

»Holen Sie uns in drei Stunden hier wieder ab«, sagte Signor Bellocchio. »Entschuldigen Sie, aber wir wären jetzt lieber allein.«

Ich verstand sie. Wäre ich frisch verliebt gewesen, mir wäre es genauso gegangen. So stand ich da, an den alten *Fiat* gelehnt, suchte in meinen Taschen nach Zigaretten und sah den beiden hinterher, bis sie hinter einem Busch knospender Magnolien verschwanden.

Ich hatte mich mit Mineralwasser versorgt und einer Handvoll *tramezzini.* Hatte mich auf die Haube des Elfhunderters gesetzt und nichts getan, als in die Welt zu schauen. Die Welt war, von hier oben aus gesehen, eine weite Bucht und eine Stadt, ganz links ein Hafen, in dem zwei nennenswerte Schiffe lagen, mehr nicht. Dazwischen, wie Motten ums Licht, die Segelyachten der Freizeitkapitäne.

Wie war das gewesen? Vor Jahren hatte die italienische Regierung in ihrem verzweifelten Versuch, die Reichen anteilig zum Steueraufkommen heranzuziehen, auf die Länge ihrer Yachten zurückgegriffen. Skandal! Je Zentimeter Yacht sollten hart arbeitende Menschen weiche Lire bezahlen. Das hätte im Extremfall, bei vorübergehend mangelhafter Inlandsliquidität, bedeuten können, daß sie einen wie auch immer geringen Teil ihrer Schweizer Gelder ins Land zurücktransferieren hätten müssen. Natürlich genauso legal, wie sie sie außer Landes gebracht hatten. Die landesweite Empörung, die schon nach wenigen Tagen die Ausmaße eines Volksaufstandes angenommen hatte, bewegte die Regierenden dazu, ihr schändliches Vorhaben noch einmal zu überdenken. *Tempi passati,* vergangene Zeiten, alte Hüte.

Modern war zur Zeit, ich hatte es dem Wirtschaftsteil der verstaubten Mailänder Großzeitung entnommen, modern war zur Zeit der sogenannte *tovagliometro.* Hatten sich doch die Steuerfahnder folgende Schikane ausgedacht: In besseren Restaurants, also dort, wo Steuerhinterziehung erst richtig Sinn und Spaß und Lust macht, wird jeder Tisch bei jedem Gast neu mit einem frischen Tischtuch bedeckt. Dachten sie. Und in der Mehrzahl der Fälle wäscht und bügelt diese Tischtücher nicht die Schwiegermutter, sondern ein damit beauftragter und spezialisierter Betrieb, um so mehr, als man diese Kosten in der Gewinn-und-Verlust-Rechnung zum Anschlag bringen kann. Gut, sagten die Blutsauger des Finanzministers, wir gehen also davon aus, daß jede der auf der Rechnung der Wäscherei ausgewiesenen Tischdecken von durchschnittlich zwei Kunden essend besessen wurde. Sagten das und verglichen die aus der Multiplikation der gewaschenen und in Rechnung gestellten Tischdecken mit dem Faktor zwei sich ergebenden Zahl mit der Anzahl der versteuerten Essen. Und siehe da, eine Furt tat sich auf, und Moses und die Seinen gingen trockenen Fußes durch das Schwarze Meer und waren um tausend Häupter mehr, als die Buchhaltungen der Betriebe behauptet hatten. Die Proteste der feinen italienischen Lokale liefen darauf hinaus, daß sie durch ihre Lohnschreiber in den Tageszeitungen, gemeinhin freie Journalisten genannt, darauf verweisen ließen, daß bei einem anständigen Essen mit anständigen Kunden bis zu achtmal die Tischdecken gewechselt würden. Einmal öfter also, als ein großes Menü Gänge hatte. Es war eine der tiefsten Krisen der italienischen Demokratie, und als sie überstanden war, fragte sich jeder, wie alles angefangen hatte.

Nichts von alledem war mehr wahr. Ich stand da und sah das Meer. Mehr nicht.

Die Rückfahrt nach Vicenza war, bis auf eine kurze Ausnahme, schweigend verlaufen. Die beiden Verlobten saßen auf der Rückbank und küßten sich. Ich wußte nicht, was ich dazu zu sagen gehabt hätte.

»Signor Tschenett«, hatte die Signora Belcanto gesagt, als

wir durch den Teil von Trieste fuhren, der nicht mehr zur Stadt und noch nicht zum Umland gehörte, »haben Sie das Meer gesehen?«

Hatte ich. Natürlich.

»Und?« sagte Signor Bellocchio.

»Meer«, sagte ich.

Keine Antwort.

»Es sieht überall gleich aus«, sagte ich.

»Ja?« sagte Signora Belcanto.

Natürlich nicht. Es war überall das Meer, aber es war nie dasselbe.

»Wissen Sie«, sagte Signor Bellocchio, »aus der Zeit, als meine Verlobte«, sie küßten sich, und ich verfolgte es im Rückspiegel, »aus der Zeit, als meine Verlobte noch Verwandte in Trieste hatte, kennen wir einen Herrn, dem in Trieste eine Reederei gehört.«

»Ja«, hörte ich mich sagen.

»Die größte. *Linee Adriatiche.* Guter, alter Name.«

Ich sagte nichts.

»Wenn Sie einmal fort möchten«, sagte Signora Belcanto, »wenn Sie einmal auf ein Schiff wollen, gehen Sie nach Trieste und fragen Sie nach den *Linee Adriatiche* und Signor Bentivoglio.«

»Mache ich«, sagte ich, »wenn es soweit ist.«

Dann waren wir angekommen, ich hatte einen Parkplatz für den Elfhunderter gefunden, Signora Belcanto und Signor Bellocchio hatten auf einen Gute-Nacht-Trunk und meine Kellnertätigkeit verzichtet, und ich war nach langem Zögern zu Bett gegangen, ohne Frau Adriana zu besuchen. Mir war nicht nach erklärenden Worten. Und ebensowenig nach verständnisvollen, traurigdunkelbraunen Augen. Mir war danach, einzuschlafen und so spät wie möglich aufzuwachen.

Als ich wach wurde, war es zehn Uhr morgens. Woher ich das so genau wußte? Weil die Müllabfuhr durch die Gasse fuhr. Und einer der Müllwerker wohl dachte, in diesem Bossi-Lega-Norden müsse er jeden Müllkübel einzeln mit einem lauthals geschrienen südlichen *O guaglioo!* begrüßen. Ich war immer froh um den Mann gewesen. Er war mein Wecker, jeden dritten Tag. Wenn die *sindacati autonomi* nicht zum Streik aufgerufen hatten.

Ich setzte die Kaffeemaschine in Gang und ließ fünf Tassen durchlaufen. Besorgte die Zeitungen, *brioche,* Milch und frische Blumen. Braute die *Cappuccini.* Entkorkte den *Prosecco.* Stellte alles auf ein Tablett und balancierte es in den zweiten Stock. Klopfte an die Tür der Verlobten und wartete. Kein Gekichere, keine Antwort. Klopfte noch einmal. Wieder nichts. Stellte das Tablett ab und öffnete die Tür. Einen Spalt weit erst. Dann ganz. Das Bett war nicht benutzt. Das Zimmer leer, als ob hier nie jemand gewohnt hätte. Die Vorhänge, entgegen jeder Gewohnheit, offen.

Ich stellte das Tablett ab.

Nein, dachte ich.

Dann setzte ich mich neben dem Tablett auf den Boden und trank beide *Cappuccini* aus.

Nein.

Erst als ich das Glas *Prosecco* getrunken hatte, stand ich auf. Das ist nur dein krankes Hirn, dachte ich, Tschenett, es gibt eine andere Erklärung.

Sicher, es gab Tausende anderer Erklärungen. Aber keine, die an Zimmer 11 vorbeiführte.

Langsam ging ich die Treppe hinab, einen Stock tiefer. Stufe für Stufe. Den dunklen, muffigen Gang entlang. Und stand dann vor Zimmer Nummer 11.

Die *coniugi belli* lagen auf dem Bett, das sie fünfzig Jahre lang Maximilian und Charlotte zugedacht hatten. Lagen da, Signora Belcanto und Signor Bellocchio, und umarmten sich, Wange an Wange. Fünfzig Jahre lang hatten sie ihre Verlobung geheimgehalten.

Jetzt war ihnen der Tod ins Gesicht geschrieben. Friedlich, zufrieden. Unwiderruflich.

Ich hatte meinen Seesack gepackt und über die Schulter geworfen. Dann war ich auf die Straße getreten, blinzelnd in der Mittagssonne, war die Querstraße hochgegangen und hatte bei Adriana geklingelt.

Roberto öffnete.

»Ciao«, sagte ich, »volevo parlare Adriana. Ich muß mit Adriana sprechen.«

»No«, sagte Roberto.

Und noch bevor ich etwas sagen konnte, war die Tür ins Schloß gefallen.

9

Ogni carezza della notte
è quasi amor.
Gianna Nannini

Und dann war ich in Trieste angelangt. Am Hafen.

Saß auf der Mole, meinen Seesack zwischen den Beinen, schmiß Steine in das brackige Wasser und hörte auf das leise Glucksen, mit dem sie verschwanden, schaute dem Abend beim Vergehen zu und versuchte zu zählen, der wievielte Hafen meines Lebens dies war.

Der zweiundzwanzigste, errechnete ich, und es stiegen Bilder vor mir auf, von grauen und von bunten Städten, von rostenden Dampfern und von Landgängen, die nicht ins Landesinnere geführt hatten. Und immer wieder: Leinen los, ablegen, auslaufen.

Es lief kein Schiff mehr aus an diesem Abend. Und keines legte an. Es war dunkel, als ich aufstand und meinen Seesack schulterte.

Viel war nicht los in den Gassen am Hafen.

Die Touristen saßen noch zu Hause in den heimatlichplüschigen Polstersesseln, verfluchten ihre Regierungen und sparten verzweifelt auf den nächsten Urlaub. Ohne ihre entweihende Anwesenheit war dieser Hafen tot. Zwei Fregatten der italienischen Marine lagen vor Anker, drei Boote des Zolls, eine Autofähre, eine Handvoll kleiner Fischkutter. Die meisten Wechselstuben, Pizzerias und Reisebüros waren vernagelt, ihre Besitzer geflohen, weg, weit weg und für genau so lange, bis eine neue Touristenwelle bereit war, wieder Geld in ihre Läden und ihr Leben zu tragen.

Am Ende der Gasse leuchtete Neon rot. *Da Piero.* Um zu erfahren, ob dem *Pietro* ein *t* oder dem *Pierrot* ein *r* und ein *t* verlorengegangen waren, ging ich los. Und stellte fest, daß dem Lehrling die auslaufende Schlaufe des *e* ein wenig zu lang geraten sein mußte und ich es mit *Piero* zu tun haben würde.

»Sei's drum«, sagte ich. Drückte die Tür auf, kämpfte mich durch den leeren Raum, schmiß den Seesack in die Ecke und setzte mich dazu.

Piero wurde, würdig, von einer Frau vertreten, die so jung war, daß sie im Zweifelsfall seine Enkelin sein mußte.

»Cercavo Piero«, sagte ich, »ist er da?«

Sie war an meinen Tisch gekommen und sah jetzt wortlos auf den Seesack.

»Perché?« sagte sie dann, »wieso?«

»Niente ...«, sagte ich, »non ha importanza. Ist nicht wichtig.«

Und dann bestellte ich einen halben Liter von dem roten Hauswein. Und etwas zu essen. Irgend etwas. Erklärte, ich hätte vollstes Vertrauen in die Küche. Und mäßigen Hunger.

Sie drehte sich wortlos um und ging.

An dem Tisch zwischen Tresen und Küchentür saßen vier alte Männer und spielten Karten. In dem Eck zu meiner Rechten lehnte einer, trank und schlief und trank. Am Tresen standen zwei Marokkaner vor einem Kaffee, der dritte fütterte den Telefonautomaten neben der Tür mit Münzen und versuchte lauthals, sich in Tanger, Fes oder Pieve di Cadore verständlich zu machen. In der Ecke über dem Tresen lief stumm ein Fernsehgerät, zwei Männer redeten aufgeregt aufeinander ein. Im Radio sang Jovanotti *Serenata Rap.* Mehr waren wir nicht.

Mein Wein kam. Und mit ihm die Kleine. *Scuola elementare,* dachte ich, Grundschule, in Italien fünf Jahre. Das hieß, daß sie, falls ich richtig lag, knappe zwölf Jahre alt war.

Sie stellte den Wein wortlos vor mich hin. Wollte wieder gehen, blieb dann doch noch stehen.

Ich werde nicht mehr nach Piero fragen, dachte ich. Noch einmal laß ich mir meinen Seesack nicht so aus schrägen Augen anschauen. Nicht für einen kleinen Scherz.

»Pasta e fagioli«, sagte sie dann.

Pastafagioli! Magen, Herz, Rumpf und Hirn wärmende Nahrung kalter norditalienischer Nächte. Zugegeben, draußen war es eigentlich zu warm dafür. Aber der Fehler lag am Wetter, und nicht an der Jahreszeit oder gar der Suppe.

Mehr sagte sie, habe die Küche nicht zu bieten. Heute nicht, sagte sie, und betonte mit spitzem Mund das *heute*. Ich signalisierte mit leuchtenden Augen, kreisenden Händen und einem kaum gebremsten euphorischen *va benissimo* mein grundsätzliches Einverständnis. Sie stand immer noch an meinem Tisch.

»Cosa vuole da Piero?« sagte sie.

Was ich von Piero wollte? Nichts. Einmal *Pastafagioli,* die mir gerne auch jeder andere servieren konnte. Solange er noch etwas Essig und Brot mitbrachte.

»Niente«, sagte ich, »mi basta la pastafagioli. E un pò di aceto e di pane. Grazie.«

Dann hatte ich eine doppelte Portion *Pastafagioli* gegessen, Wein nachbestellt und meinem Schicksal gedankt, das mich in dieses Lokal geführt hatte. Dem *t* sozusagen, das keines gewesen war.

Der Schlaftrinker hatte es sich in der Zwischenzeit überlegt und war nach Hause gegangen, glücklich lächelnd wie ein Kind, schlafbesoffen. Die Marokkaner hatten sich am Telefon abgewechselt und es dann aufgegeben. Und auch am Kartentisch schien die Nacht ihrem Ende zuzugehen.

Tschenett, dachte ich, wenn die aufstehen, bist du auch gegangen, laß die Kleine ins Bett. Ruf dir ein Taxi, laß dich in eine Pension fahren, nimm zur Not den Wein mit.

Ist gut, sagte ich, mach ich. Nur nicht hetzen.

Dann zündete ich mir eine Zigarette an und schaute ins Weinglas. Trinkbarer Wein, sehr trinkbar.

Die zwei hatten nicht mehr gewollt. Es war genug gewesen. Und ich hatte kein Recht, ihnen böse zu sein. Ihnen nicht, mir nicht. Was immer du getan oder gesagt hast, Tschenett, es hat nichts bedeutet. Nicht nach einem ganzen Leben, das die beiden hatten. Nicht nach fünfzig Jahren Verlobung. Es ist ganz einfach. Es ist genug gewesen. Besser so als erschossen oder irregegangen.

Als auch die Kartenspieler gegangen waren, winkte ich in Richtung Tresen. »Pago«, sagte ich.

Die Kleine setzte sich mit einem Rechnungsblock an meinen Tisch, schrieb kindliche Zahlen untereinander, rechnete mit der Rechten, tief über das Papier gebeugt, und massierte mit der Linken die Wade. Rechnete noch einmal nach und schob mir dann, wortlos, den Zettel zu.

Ich legte zwanzigtausend Lire auf den Tisch.

»Il resto è per te«, sagte ich.

Dreitausend Lire Trinkgeld, um Mitternacht, an eine Zwölfjährige. Tschenett, dachte ich, das Taxi.

Sie zog die zwei Scheine zu sich heran, faltete dann den einen einmal, den anderen einmal, nahm den ersten wieder in die schmalen Finger und faltete ihn noch einmal. Ich sah ihr dabei zu. Hatte das Taxi vergessen.

»Conoscevi Piero?« sagte sie dann.

Ob ich Piero gekannt *hatte,* wollte sie wissen.

»No«, sagte ich, »nein. Ich habe den Namen draußen gelesen. Wegen des fehlenden *t.*«

»La *t* mancante...«, sagte sie und sah einen Augenblick lang von dem Zehntausendlireschein auf, an dem sie noch immer herumdrückte. Sie hatte Tränen in den Augen.

»La pastafagioli«, sagte ich, »meravigliosa. Una poesia.«

Irgend etwas hatte ich sagen müssen. Und gelogen war es nicht. War wirklich ein Gedicht gewesen.

»Hat deine Mutter sie gemacht?« sagte ich.

»Nein«, sagte sie, den Kopf wieder über die Tischplatte gebeugt, »nein, die arbeitet.«

Ich wartete ein paar Sekunden.

»*Ich* koche«, sagte sie dann.

»Und deine Mutter...?«

»Arbeitet ab neunzehn Uhr als Kellnerin in der Pizzeria«, sagte sie und wies mit dem Kopf Richtung Innenstadt, »dann bin ich in der Bar. Hier ist kein Geld zu verdienen.«

»Brava«, sagte ich.

Und dann fragte ich sie nach einer Pension in der Nähe und nach einem Taxi. Höchste Zeit, mich in ein feuchtes, schlecht gelüftetes Zimmer zu verziehen.

Sie sah wieder auf. Die Tränen hatten sich in die Augenwinkel zurückgezogen.

»Sei marinaio?« sagte sie und sah auf meinen Seesack.

»Sì«, sagte ich, »e no. Al momento no.«

Ja und nein. Zur Zeit nicht. Sie war vielleicht etwas verwirrend, die Antwort. Aber genauer wußte ich es selbst nicht.

»Quando parti?« wollte sie wissen. Wann fährst du?

Ich hob die Achseln.

»Wohin fährst du? Weißt du, wann du wiederkommst?«

»No«, sagte ich, »non lo so.«

Dann stand sie ruckartig auf, nahm das Geld, warf die schwarzen Haare mit einer Kopfbewegung über die rechte Schulter und griff nach dem leeren Teller und dem Brotkorb.

»Odio i marinai«, sagte sie, »ich hasse Seeleute. Als ich zwei Jahre alt war, ist mein Vater Seemann geworden, hier hat er gestanden und sich so einen Seesack über die Schulter geworfen, ist zum Hafen hinuntergegangen und seither nicht wiedergekommen.«

Und dann drehte sie sich um, ging zum Tresen, stellte den Teller und den Korb ab, ging an den Lichtschalter, löschte eine Lampe nach der anderen, bis nur mehr die über meinem Tisch übrigblieb.

»Wenn du willst, kannst du auf der Bank übernachten«, sagte sie aus der Dunkelheit herüber. »Um sieben mache ich das Lokal wieder auf.«

Dann öffnete sie die Küchentür.

»Du denkst, ich bin noch jung«, sagte sie. »Das stimmt nicht. Ich werde fünfzehn, im Oktober.«

Der Satz ging mir nicht mehr aus dem Kopf. Tu pensi che io sia piccola. Non è vero. Faccio quindici anni in ottobre.

10

Aber im entscheidenden Augenblick
verlassen uns Kühnheit und Entschlossenheit.
Konstantinos Kavafis

Es war noch dunkel, als ich die Bar durch die Küche und den Hinterausgang verließ. Als ich über den Mülleimer und die Flaschenkisten stolperte, erwachten die Hunde der Umgebung und trieben mich mit ihrem Geheul zum Hafen.

Ich hatte, bevor ich einschlafen konnte, lange darüber nachgedacht, ob ich in all den Jahren auf irgendeinem Dampfer einen Piero kennengelernt hatte. Hatte ich nicht. Es hätte nichts an der Sache geändert. Aber aus irgendeinem Grund, über den ich nicht nachdenken wollte, hatte ich es mir gewünscht.

Ich war so lange durch die Gassen am Hafen gelaufen, bis es hell geworden war. Es wurde nichts besser dadurch, nur sichtbarer.

Trieste war früher einmal vielleicht ein großer Hafen gewesen. Viel war davon nicht mehr übrig. Ein paar verwaschene Aufschriften, Schrotthalden, abgewrackte Kähne. Und die verzweifelten, EU-geförderten Bemühungen, das alles anders zu machen. Dazwischen Touristen-Abwickel-Anlagen. Es wurde Zeit für meinen Frühstücks-Espresso. Und mach einen Bogen um *Da Piero,* Tschenett.

Stadteinwärts fand ich eine Bar, die schon geöffnet hatte. Nach dem zweiten Espresso fragte ich nach den *Linee Adriatiche.* Aber keiner schien die Reederei zu kennen. Nur erstauntes Kopfschütteln und ein verwunderter Seitenblick auf meinen Seesack. Ich gab es auf. Landratten. Ich war wohl zu sehr landeinwärts geraten auf meiner Suche nach einem Kaffee. Immerhin hatten mir die beiden Verlobten die *Linee Adriatiche* als große, verdienst- und ruhmreiche Triestiner Reederei beschrieben. Also mußte sie auch zu finden sein.

Der Triestiner Hafen hatte einen unbestreitbaren Vorteil. Von hier konnte man nur nach Süden auslaufen. Und außerdem gab es da einen Signor Bentivoglio, was übersetzt soviel wie *Ichhabdichgern* hieß. Wenn man als Seemann auf der Suche nach einem Reeder war, der einen anheuerte, war das vielleicht gar kein schlechtes Omen.

Inzwischen war etwas Leben in die Straßen gekommen, und ich wagte mich ein zweites Mal in die Welt hinaus. Ging Richtung Hafen und fragte jeden, der mir tauglich schien, nach meiner Reederei. Keiner wußte mir eine Antwort.

Signora Belcanto und Signor Bellocchio schienen die *Linee Adriatiche* mit ins Grab genommen zu haben.

Auch im Hafen: Achselzucken, verwunderte Blicke, Kopfschütteln. Ich war schon drauf und dran, Herrn Bentivoglio aufzugeben und mich nach anderem umzusehen, als ich, am Ende des Piers, an dem alten Mann vorbeikam. Er saß in einem schwarzen Wintermantel auf einem kleinen Klappstuhl, neben sich einen Kübel, in der Hand die Angel, und schaute ins brackige Hafenwasser.

Ich stellte mich neben ihn, ging in die Hocke und schaute

dem Schwimmer zu, wie er auf den Wellen auf und ab tanzte.

»Bella giornata«, sagte ich dann und blinzelte in die Morgensonne, die von Minute zu Minute an Kraft gewann.

Es würde wieder ein heißer Tag werden. Ich fragte mich, ob der alte Mann dann immer noch in seinem Wintermantel dasitzen würde. Ich vermutete, ja. Die beiden sahen so aus, als ob er ihn immer tragen würde, unbeeindruckt von dem, was rings um ihn vorging.

Der Alte nickte nur. Und schaute weiter aufs Wasser. Ich tat es ihm gleich.

Vielleicht willst du gar nicht auf einen Dampfer, Tschenett. Vielleicht willst du nur abhauen. Wäre nicht das erste Mal.

Und? Ist das kein guter Grund, auf einen Dampfer zu gehen?

Nein.

Aber auch kein schlechter.

Wird sein.

Gegenvorschlag?

Ich wußte mir keine Antwort.

Also gut. Kein Gegenvorschlag. Dann halt dich raus.

Wie du meinst, dachte ich.

Als ich mich langsam wieder aus der Hocke in die Höhe drückte, wurde mir schwindlig und die Beine drohten wegzukippen. Beinahe wäre ich ins Wasser gefallen. Ich, der Seemann, im Hafenbecken von Trieste ertrunken. Was für ein Ende.

Immerhin, dem Alten waren die *Linee Adriatiche* ein Begriff gewesen. »Ja«, hatte er gesagt, »große Reederei. Berühmt. Aber das ist lange her.«

Ich hatte nachgehakt. Daß mir nicht so sehr die Vergangenheit wichtig sei, sondern die Gegenwart. Daß ich nichts anderes als ganz einfach das Büro dieser Reederei suchte.

»Büro?« hatte er gesagt und mich zum erstenmal angesehen.

»Ich will anheuern«, hatte ich gesagt.

Daraufhin hatte er Angel und Fische für einen Augenblick vergessen, sich am Hinterkopf gekratzt und ihn dann geschüttelt.

»Ich suche Signor Bentivoglio«, hatte ich gesagt.

»Bene«, hatte er gesagt, gestöhnt, seine Angel in die Halterung gesteckt und war dann aufgestanden. »Die *Linee Adriatiche*? Il signor Bentivoglio?«

»Ja«, hatte ich gesagt.

Er hatte wieder nur den Kopf geschüttelt. Und schien weder einverstanden noch glücklich zu sein.

»Sicuro?« hatte er gesagt, »sicher?«

»Ja.«

»Hören Sie zu, junger Mann, die *Linee Adriatiche* gibt es nicht mehr. Seit Jahren schon nicht mehr. Nicht die, die sie waren, nicht die, wie wir sie sechzig Jahre lang kannten.«

Ich hatte ergeben genickt und abgewartet. Er hatte sich von mir weggedreht, Richtung Osten, langsam den Arm gehoben und in die hinterste Ecke des Hafens gezeigt.

»Dort hinten«, hatte er gesagt, »hinter dem Schrott. Die Baracke. Da sitzt das, was von den *Linee Adriatiche* übriggeblieben ist.«

Es hatte nicht sehr ermutigend geklungen.

»Gibt es sonst noch Schiffe, auf denen ich anheuern könnte?« hatte ich ihn gefragt.

Er hatte nur kurz gelacht. »Schiffe?« hatte er gesagt. »Nein. Musikdampfer für fette Touristen, wenn Sie wollen, zwei Autofähren die Woche um diese Jahreszeit, und Waffenschmuggler. Nein. Der Hafen von Trieste ist tot.« Und hatte sich schon wieder gesetzt und nach seiner Angel gegriffen.

»Guten Fang«, hatte ich gesagt.

»Hier beißt keiner an, lange schon nicht mehr«, hatte er geantwortet.

Mit jedem Schritt, mit dem ich dem Schrott, hinter denen ich die *Linee Adriatiche* finden sollte, näher kam, mit jedem Schritt verstand ich den Alten besser. Und gab, zumindest hier und heute, meiner seefahrerischen Zukunft laufend weniger Chancen.

Als ich endlich vor der wackeligen Baracke stand, an der hochkant ein Schild lehnte, auf dem man mit viel gutem Willen *driatiche* entziffern konnte, klopfte ich nur noch an, um zu sehen, wie der Alte recht behalten würde.

Die Tür war nur angelehnt. Sie schwang quietschend auf, von innen war ein Brummen zu hören. Ich trat ein.

Hinter einem von Pizzakartons, Bierdosen und Papieren überquellenden Tisch in der Mitte der dunklen Baracke saß ein Mann, der versuchte, etwas Ordnung in seine querstehenden Haare zu bekommen.

Er sah mir ganz danach aus, als ob er bis eben, in der Rechten die Ginflasche, Kopf auf der Tischplatte, im Sitzen geschlafen hätte. Ein junger Mann, der die letzten zwei Jahre fünfzehn Kilo zugenommen hatte. Graue Tränensäcke, das leichte Rot einer anständigen Menge Restalkohols auf den Wangen und das zitternde Verlangen in seinen Fingern. Ein junger Mann, der seine Zukunft schon so weit hinter sich hatte, daß es sinnlos war, sich danach umzudrehen. Und man sah ihm an, daß er das wußte.

Genauso, wie ich meinen Seesack darauf verwettet hätte, daß das *telefonino,* das in Italien *Telefönchen* genannte Funktelefon, das auf den Resten einer *pizza diavola* thronte, schon seit ewigen Zeiten gesperrt war.

»Buon giorno«, sagte ich, zog mir, neugierig geworden, einen Stuhl von der Wand an den Tisch, stellte meinen Seesack ab und setzte mich.

Während ich abwartete, daß sich der junge Mann langsam und ächzend zu den Resten seines Bewußtseins durchkämpfte, sah ich mich um. Und sah die Überbleibsel vergangener Herrlichkeit. Das Schwarzweißbildnis eines energisch auf das Desaster blickenden Herrn, in dem ich Signor Bentivoglio vermutete. Technicolorfarbene Plakate, auf denen stolze Schiffe prangten. Und stolzer noch, darüber, der weich geschwungene Schriftzug: *Linee Adriatiche. Società Anonima di Navigazione. Trieste. Linee Italiane per Tutto il Mondo.* Es hatte sie also wirklich gegeben. Vor ewigen Zeiten. Die *Anonyme Seefahrtsgesellschaft.* Die für und in *die Ganze Welt* fuhr.

Tempi passati, wie der Italiener zu sagen pflegt. Und wenn er das sagt, tut er es meist mit einem kaum unglücklich zu nennenden Achselzucken. Was vorbei ist, kann keinen Ärger mehr machen.

Dann war der junge Mann endlich bei sich angekommen, raffte sich, Unverständliches von sich gebend, auf, stützte sich an der Tischkante ab und stemmte sich hoch.

»Buon giorno«, sagte ich, »cercavo il signor Bentivoglio e le *Linee Adriatiche.*«

Sich immer noch an der Tischkante abstützend, versuchte der junge Mann zu verstehen, was ich gesagt hatte. Dabei war das einfach. Ich hatte ihm freundlich einen guten Morgen gewünscht und erklärt, nach dem Herren Bentivoglio und seinen *Linee Adriatiche* zu suchen.

»Ich«, sagte der junge Mann da, plötzlich laut aus sich herausbrechend, »ich bin Signor Bentivoglio.«

Er hatte es sogar gewagt, eine Hand vom Tisch zu nehmen und einen großen Bogen durch die Luft zu ziehen.

»Sehr schön«, sagte ich. »Gibt es hier noch einen anderen Signor Bentivoglio?«

Mir ging es nicht in den Kopf, daß die beiden ewigen Verlobten mich an dieses Wrack hatten weiterreichen wollen.

»No«, sagte der junge Mann, griff umstandshalber mit einer halb panisch, halb fahrigen Bewegung wieder nach dem Schreibtisch, der daraufhin leicht in Bewegung geriet, für Bruchteile einer Sekunde nur, aber lang genug, daß Angst sich in seinem Gesicht breitmachte.

»Sie sind jung«, sagte ich.

»Ja«, sagte er. »Was nur heißt, daß ich nicht bescheißen kann. Um seinen eigenen Sohn bescheißen zu können, und das ist die Krönung von Beschiß, wie Sie vielleicht wissen, muß man ein alter, geiler Bock sein. So einer wie der vecchio signor Bentivoglio.«

Ich sagte nichts.

»Sie haben ihn gekannt?« sagte er, und einen Augenblick lang waren seine Augen wach geworden.

»Ich? Nein. Leider. Ihrer Beschreibung nach muß er ein interessanter Mensch sein.«

Der junge Mann ließ etwa einen halben Liter Luft ab, pfeifend über die Schneidezähne.

»Ja. Das sieht die ganze Welt so. Nur ich kann das nicht so sehen.«

»Er wurde mir in Vicenza von Freunden empfohlen. Zusammen mit seinem Betrieb«, sagte ich. »Ich bin…«

Und ich zeigte auf meinen Seesack, der an der Tür lehnte.

»Freunde?« sagte der junge Mann.

»Ältere Herrschaften. Ich glaube, die Dame stammte ursprünglich aus Trieste. Oder hat hier gelebt. Vor dem Krieg.«

»Goldene Zeiten«, sagte der junge Mann, »sehen Sie sich um. Da hängt, was davon noch übrig ist.«

Und damit löste er sich vom Tisch, schüttelte den Kopf und ging, plötzlich mit einer bemerkenswerten Körperbeherrschung, auf die Wand zu, riß das Bild seines alten Herrn von der Wand, ging an die Barackentür, öffnete sie und warf das Bild hinaus. Dann drehte er sich wieder zu mir um.

»Ich hätte es früher tun sollen«, sagte er, »vor zehn Jahren. Aber das wird Ihnen ziemlich gleichgültig sein. Entschuldigen Sie.«

Er machte sich wieder auf den Weg zurück an den Tisch. Hielt mitten im Schritt inne, drehte sich nach links, ging an die Seitenwand der Baracke, griff nach den Plakaten der *Linee Adriatiche* und zerriß sie in kleine Streifen.

»Ecco«, sagte er, »das war's. Das waren die berühmten *Linee Adriatiche.*«

Er ließ sich erschöpft auf seinen Stuhl fallen, einen Augenblick lang fürchtete ich um dessen Statik, dann griff er nach seinem Krawattenknopf und richtete ihn aus, äußerst penibel und wie mit dem Lot, zupfte an Hemd, Hose und Jackett, polierte die Manschettenknöpfe und klemmte ein Büschel widerspenstiger Haare hinter sein Ohr. Bohrte sich langsam mit beiden Armen in geradem Weg nach vorne durch die Berge auf seinem Schreibtisch, atmete kurz ein und fegte mit dem linken Arm links und mit dem rechten Arm rechts alles zu Boden, was sich in Jahrhunderten vor ihm angesammelt hatte.

»So«, sagte er dann, zog die Hemdärmel mit spitzen Fingern wieder an ihren Platz, »was können wir für Sie tun?«

»Ich bin Seemann und wollte bei Ihnen anheuern«, sagte ich. »Eigentlich. Ursprünglich.«

Er streckte das linke Handgelenk nach vorne, lange genug, um einen kurzen Blick auf seine Armbanduhr zu werfen.

»Vediamo«, sagte er, »lassen Sie uns sehen, was wir da haben.«

Lehnte sich zurück in den Stuhl, hob den Kopf zur Barackendecke und dachte nach. »Bene«, sagte er dann. Und sagte nichts weiter.

Ich wartete ab.

»Seemann...«, sagte er, »was haben wir da?«

Ich hielt den Atem an. Besser, ihn bei seinen nach oben gewandten Betrachtungen nicht zu stören.

»Ein Schiff?« sagte er.

Nur weil er den Blick wieder in die Waagrechte genommen hatte, traute ich mich, ihm zu antworten. »Ein Schiff für einen Seemann«, sagte ich, »das wär nicht schlecht.«

»Ein Schiff…«, sagte er, und ich hatte den überdeutlichen Eindruck, daß er mich nicht gehört hatte, »naja, vielleicht läßt sich da etwas machen.«

Ich versuchte es probeweise damit, aufzustehen und nach meinem Seesack zu greifen.

»Setzen Sie sich!« schrie er mich an. »Setzen!«

Ich tat wie befohlen.

Und dann lachte er los. Langsam erst und leise, dann immer gewaltiger und atemloser.

Laß ihm Zeit, Tschenett, dachte ich. Du hast es ja nicht eilig.

»Sie sehen ja, was hier los ist«, sagte er dann, nachdem er wieder zur Ruhe gekommen war, mit einer Stimme, die daherkam, als würde sie die amtlichen Lottozahlen durchgeben.

»Ich weiß nicht, was ich sehen soll«, sagte ich.

»Die Reste einer Reederei«, sagte er, und ich fragte mich, wo er mit einem Mal die Ruhe in seinen Worten hernahm. »Die Reste. Und in ein paar Stunden werden auch die verschwunden sein. Außer ich bestehe darauf, weiterhin in dieser Baracke zu wohnen. Man würde es mir erlauben, glauben Sie mir.«

Ich nickte.

»Es regnet durch.«

»Keine guten Voraussetzungen, um eine Familie zu gründen und sich zu vermehren«, sagte ich.

»*Linee Adriatiche* war eine große Sache. Als Kind wurde

ich in einen Matrosenanzug gesteckt und hielt die Hand meiner Mutter, als sie die *Novara II* taufte. Mein Vater hatte sich für diesen Tag einen Schnauzer wachsen lassen und ihn wochenlang verborgen vor seiner Umgebung. Ein majestätisches Schiff, unsere *Novara II.* Und ein großer Name. Sie kennen die Geschichte?«

»Leider nein.«

»Die ursprüngliche *Novara* war das Schiff, das Maximilian und Charlotte nach Veracruz brachte und Maximilians Leiche nach Trieste. Als Kind liebte ich diese Geschichten. Inzwischen liegt die *Novara II* seit über zehn Jahren in irgendeinem indischen Hafen und wird verschrottet.«

Er zog die Schublade auf, holte ein Stück Papier und einen Bleistift heraus.

»Fünf Schiffe hat er in sieben Jahren verschrotten lassen. Macht Millionen Lire für den Schrott und Milliarden Stilllegungsprämien von der EG. Vor vier Monaten sagte er, er wolle vererben. Eines von zwei Konten in der Schweiz, Mutters Villa in den *colline* und die Reederei. Als ich die Papiere in der Hand hatte und er abgereist war, irgendwohin, stellte ich fest, daß die Kontoauszüge gefälscht und die Villa längst verpfändet war. Mir blieb die Reederei. Ich suchte sie also...«

»Ich weiß«, sagte ich, »ist gar nicht so einfach zu finden.«

»...und stellte fest, daß von meinem Erbe diese Baracke und ein Frachter geblieben war. Die *Splendid.* Sie hatte ihm zu Zeiten des Jugoslawienkrieges Hunderte von Millionen eingefahren. Sie zahlen jeden Charterpreis, sagte er, Waffen- und Treibstoffschmuggel. Und natürlich die Wohltätigkeitsorganisationen. Wie verrückt. Die *Splendid* war mir also noch geblieben. Ohne Krieg zwar in der näheren Umgebung und damit nur halb soviel wert, aber immerhin. Für ein oder zwei Jahre sollte es reichen, die EG würde dafür sorgen. Ich habe alle Papiere ausgefüllt und einem Abgeordneten, den ich vom Yachthafen her kenne, einen schönen Urlaub bezahlt. Und warte auf die Antwort aus Brüssel. Warte. Und was muß ich mir vor zwei Tagen sagen lassen?«

»Ich höre.«

»Daß ich eine Mannschaft für die *Splendid* anzuheuern habe, dafür eine Million Lire bekomme, und daß die *Splendid* dann auslaufen wird und auf Nimmerwiedersehen. Weil Signor Bentivoglio Karten gespielt, verloren und ein entsprechendes Papier unterschrieben hat. Vor einem Monat. In Frankfurt.«

Schwerer Schicksalsschlag für einen jungen Menschen.

»Ich hoffe, der geile Bock von meinem Vater erstickt an seinem eigenen Schwanz.«

Schwerer Schicksalsschlag, auch für einen älteren Menschen.

»Eine Million Lire sind mir geblieben. Wissen Sie, wieviel das ist?« sagte er.

»Naja«, sagte ich, »ein paar Tage muß der Mensch dafür schon arbeiten.«

»Oder zweimal essen gehen«, sagte er, »wenn ich meine Gewohnheiten zum Maßstab nehme.«

»Bedauerlich«, sagte ich, »daß Ihre schöne Jugend ein so tristes Ende genommen hat.«

»Sie verachten mich, nicht wahr?«

»Mitleid. Nichts als tief empfundenes Mitleid. Und Sympathie. Verbunden mit der Frage, ob es denn noch einen Platz auf dieser historischen Ausfahrt gibt. Und wenn ja, zu welchen Bedingungen.«

Der junge Mann und Erbe bückte sich zu Boden, kramte und suchte und zog schließlich die Ginflasche an sich.

»Ich hätte vielleicht auch Seemann werden sollen«, sagte er.

»Sie haben Mutters Hand gehalten, während sie Schiffe taufte. Solche Leute nimmt man nicht an Bord. Das bringt Unglück.«

Er senkte langsam zweimal den Kopf.

»Trinken Sie«, sagte er dann und hielt mir die Flasche hin, »mit Gläsern, Zigarren und Frauen kann ich zur Zeit leider nicht dienen.«

»Es wird auch so noch ein schöner Tag werden«, sagte ich. »Habe ich den Job?«

»Wenn Sie wollen«, sagte er. »Ich war schon ziemlich verzweifelt. Um an die Million Lire zu kommen, muß ich eine komplette Mannschaft anheuern. Nur: Es gibt keine Seeleute mehr in dieser Stadt.«

Er lächelte, als ich ihm die Flasche rüberschob.

»Außer Ihnen, natürlich. Und vor allem: Es gibt keinen, der auf die *Splendid* will.«

Er hatte mir zwar eben wieder die Flasche zugeschoben, aber ich war trotzdem aufmerksam geworden. Das kennst du, Tschenett, dachte ich.

»Warum?« sagte ich.

»Aberglauben, alte Geschichten, was weiß ich. Seemannsgarn.«

Ich sah ihn zweifelnd an. Komm schon, Junge.

»Hunderttausend Lire geb ich Ihnen, wenn Sie anheuern«, sagte der junge Mann, »dann fehlen noch drei, aber die *Splendid* kann trotzdem auslaufen. Soll nach Albanien gehen, soviel ich weiß.«

»Warum will keiner mit?« sagte ich.

»Keiner stimmt ja nicht«, sagte er, »Käptn, Maschinist und Steuermann sind da, die Stammbesatzung. Zwei von denen leben seit einem Jahr schon auf dem Pott.«

Sobald er vergebens versuchte, in die Seemannssprache zu verfallen, wurde er mir unsympathisch.

»Also?«

»Naja«, sagte er, »man hält mich für einen ohne *coglioni*, Sie verstehen?«

Ich sah ihn stumm und regungslos an.

»Einen Verlierer. Und mit so einem fahren nicht einmal die Slowenen. Obwohl ich ja gar nicht auf den Kahn gehen will.«

»Zu einem Frachter sagen nur Landratten Kahn«, sagte ich.

»Das kommt dazu«, sagte er. »Was ist, kann ich mit Ihnen rechnen?«

»Wann geht's los?«

»Heute morgen«, sagte er. Als ich ihn zweifelnd ansah, brachte er seine Armbanduhr wieder zum Vorschein und sah nach. »Naja, spätestens mittags.«

»In einer Stunde also.«

»Oder nachmittags. Ich weiß es nicht.«

»Gut«, sagte ich, griff mir die Ginflasche und setzte sie an. »Eine Stunde kann ich noch sitzen bleiben. Höchstens zwei. Dann wird mich wieder das Reisefieber packen.«

»Das heißt, Sie tun den Job?«

»Nein«, sagte ich, »das heißt, daß ich eben angeheuert habe. Auch wenn's nicht ganz geheuer ist.«

Er lachte.

»Ha ha«, sagte ich und stand auf. »In Ihrem Lachen klingt zuviel Angst mit. Man kann sie hören. Und riechen. Aber das soll nicht meine Sorge sein. Das Geld...«

»Sie sind dabei?«

»Das Geld.«

Quäl ihn nicht zu sehr, Tschenett, er hat wirklich Schiß.

Wird schon sein. Sonderlich sympathisch ist er auch nicht.

Nur weil du die Leiden von Kindern reicher Eltern nicht verstehst.

»Sehen Sie«, sagte ich, als er mir endlich, nach langem Hin und Her in den Taschen seines Jacketts und den Schubladen seines Tisches den Schein entgegenhielt, »sehen Sie, es ist vielleicht mehr mein Problem als Ihres. Aber die Kinder reicher Eltern sind mir ein Greuel.«

»Auch wenn man sie um ihr Erbe betrogen hat?«

Ich sah kurz in sein von Alkohol und Selbstmitleid zerfließendes Gesicht.

»Besonders dann«, sagte ich, drehte mich um und ging dem Ausgang zu. »Und wissen Sie, wieso?«

»Sagen Sie es mir.« Seine Stimme war schwach und schwächer geworden, er hielt mir seine Kehle hin und bat um den Biß.

»Weil ich verstehen kann, daß sie leiden.« Ich griff mir den Seesack. »Und weil mit meinem Verständnis gerechnet wird.«

»Ich brauche noch eine Quittung«, sagte er und reckte mir ein Formular hinterher.

»Wo liegt die *Splendid*?« Es reichte.

»Backbord.«

»Wo?« Ein falsches Wort noch, und ich zünde dir die Bude unterm Hintern an.

»Vier-, fünfhundert Meter links.«

»Ich melde mich beim Alten«, sagte ich und ging los.

Wenn die *Splendid* auch nur halb so heruntergekommen war wie der junge Mann, von dem ich mich hatte anheuern lassen, dann war ich jetzt auf dem Weg zu einem Seelenverkäufer.

Dreißig Schritte weit war ich gekommen, als ich ihn hinter mir wieder klagen hörte.

»Nehmen Sie mich mit«, rief er, »bringen Sie mir die Seefahrt bei. Ich bezahle Sie dafür.«

Ich drehte mich um. Einen letzten Blick hatte er vielleicht doch verdient. Weil wir alle uns einen letzten Blick verdient haben. Nur dafür, daß wir versuchen zu überleben. Wie elend auch immer.

»Das kann nicht beigebracht werden und bezahlt schon gar nicht.«

»Was dann?«

»Man muß es haben. Dann kann es einem auch keiner nehmen.«

Jeder von uns hat ein klares Wort verdient. Einmal im Leben.

11

How long? Not long!
M. L. King

Die *Splendid* hatte ich gefunden, den Alten, meine Koje. Alle drei gleich heruntergekommen und vergammelt. Jetzt saß ich auf Deck in der Sonne und wartete. Wartete darauf, daß es irgendwann losging.

Der Triestiner Hafen ist keiner von denen, bei dem es darauf ankommt, auf ablaufendes Wasser zu sehen. Das Mittelmeer, einer der Gründe höchstwahrscheinlich, wieso seine Anwohner so ausgeruht in sich ruhen, kennt die Gezeiten kaum. Und damit Ebbe nicht und Tide, Tidenhub und Springflut. Das Mittelmeer ist eine große Badewanne voll warmen Wassers.

Die *Splendid* sollte alte Automobile der gehobenen Preisklasse, samt Rost und Dellen, in ein Land fahren, in dem bis vor ein paar Jahren offiziell weder Autos noch Religion existiert hatten. Was, wie man weiß, dasselbe ist.

Insofern war Albanien ein konsequentes Land gewesen. Und hatte sich anscheinend konsequent bekehren lassen. Unser Maschinist kniete gerade vor mir und betete, neben sich fünf Kartons mit Aufklärungsschriften der Zeugen Jehovas, in sich brennendes Feuer. Er konnte es gar nicht erwarten, ein ganzes Land endlich auf den rechten Weg zu bringen.

Wir hatten ein Dutzend Autos an Bord, unter Deck Austauschmotoren, Bremsscheiben und Stoßdämpfer. Auf meinem Rundgang hatte ich unter Luke 3 mehrere Geräte entdeckt, von denen ich nur soviel verstanden hatte: Es waren wohl ehemals teure, hochspezialisierte medizinische Apparaturen, achtlos in den Laderaum gestaut und schon ziemlich verdreckt. Da, wo die Geräte herkamen, schien man sie dem Steuerzahler nicht mehr zumuten zu wollen. Ich fragte mich, was man in Albanien damit anfangen konnte.

Nichts an Bord war festgezurrt. Wir hofften auf freundliche Brise. Aber noch lagen wir im Hafen und in der Sonne. Links von mir der Jehova, rechts von mir unser Steuermann.

»Nach einer Woche Wewelsfleth tut das richtig gut«, sagte er.

Jehova antwortete nicht. Woraufhin ich mich dazu verpflichtet fühlte, unserem Steuermann die Möglichkeit zu geben, noch zwei Sätze loszuwerden. Kleine Nettigkeit zum Einstand.

»Wewelsfleth?« sagte ich, ohne die Augen zu öffnen.

»Vor einem Monat da auf Reede gelegen. Zwei Wochen lang. Peterswerft. In der Stör. Graue Gegend. Aber schön.«

»Verstehe.«

»War auf der *Gerda.* Als Erster. Zusammen mit dem Alten der einzige, der ein Wort Deutsch sprach. Auf einem Schiff unter deutscher Flagge. Wo soll das alles enden?«

»In Entenhausen.«

»Wat war dat, meen Jong?«

Er hatte meinen kleinen Scherz nicht witzig gefunden. Aber mir reichte es. Mußte mich im Mittelmeer nicht auch noch flachdeutsch anreden lassen.

»Niente, coglione. Va a farti fottere, lasciami in pace e vai a pedalar nel baltico.«

»Versteh ich nich.«

»Glaub ich gern«, sagte ich und stand auf, »und sollst du auch nicht. Vielleicht wärst du besser in Wewelsfleth geblieben, halbes Jahr im Dock, keine *Schöne Aussicht*, kein *Olles Fährhuus*, kein *Holsten* und null Rum, nicht von Popanz und nicht von Szymanski. Dann noch ein Spritzer Farbe drauf, und aus dir wär vielleicht ein Mensch geworden.«

»Hau bloß ab«, sagte er, »Itaker, verdammter.«

»Sind wir schon wieder auf deutschem Boden hier, oder wie? Wo, mein Herr, findet die nächste Erschießung statt? Oder war das bloß ein nettgemeinter Tip? Ist so schwer, das zu unterscheiden, bei euch.«

»Komm du mir in die Hände.«

»Das tu ich«, sagte ich, »das tu ich. Und?«

Ich stand vor ihm, ein Bein zwischen seinen Beinen, ungefähr auf Kniehöhe, das andere links von ihm und als Standbein belastet.

»Die Sonne, o Herr des Himmels, macht uns schwach und aufbegehren. So nimm sie denn von uns für eine Weile.«

Das war Jehova gewesen.

»O Herr«, sagte ich, »nimm von uns für eine Weile diese Menschen.«

»Wenn dieser Dampfer nach Kroatien laufen würde, wärst du jetzt schon so gut wie tot.«

»Natürlich«, sagte ich, »alte Ustascha-Freunde da, wie? Schmeiß dich ins Meer, Landser.«

Ich ging.

Höchste Zeit. Sekunden noch, und ich hätte den Kerl ins

Wasser geschmissen, erwürgt, getreten, angefallen. Nicht eigentlich ihn. Nicht den, der da in der Sonne lehnte, blaß wie ich und genauso verloren. Der Ton, der Blick, das Gehabe. Sie wurden es nicht los, diese Figuren, sie wurden es, egal wo sie waren, nicht los, um so weniger, je weiter sie von ihrem dunklen Land entfernt waren. Getretene, denen nichts weiter einfiel, als zu treten.

Da warst du selbst knapp dran, Tschenett.

Woran?

Am Treten.

Ich hab es nicht getan.

Diesmal nicht.

Sie gehen mir auf die Eier. Richtiggehend ans Gemüt.

Gemächt, wenn schon.

Ist so.

Unter Umständen hast du recht, manchmal.

Habe ich. Immer. Und jederzeit. Was die betrifft.

Wer, die?

Deutsche?

Siehst du, du fragst. Auf eine einfache Frage hin.

Gut. Dann antworte ich. Auf die Gefahr hin, daß ich ein paar wenigen unrecht tue, und um sicherzustellen, der Mehrheit gerecht zu werden: Ja, sie sind mir unerträglich. Abgesehen davon, daß es überall Idioten gibt.

Wer noch?

Lange Liste.

Ich höre.

Ich, manchmal.

D'accord.

Brackig schlug Wasser an den Bug.

Ich hatte mich in den Schatten eines grünen Daimlers zurückgezogen. Froh, daß wir endlich auslaufen würden.

An Land näherten sich der verzweifelte Jungreeder und der neue Schiffseigner. Redeten, im Gehen, mit Händen und Aktenkoffern aufeinander ein, zeigten mit dem freien Arm see- und landwärts, blieben stehen, um sich die letzten Wahrheiten ins Gesicht zu schreien, und kamen uns so schrittweise und erschreckend langsam näher. Meter um Meter. Und jeder Meter brachte mich näher meinem Ziel. Auslaufen, weg von hier. Macht schon.

Dann, endlich, der junge Bentivoglio hatte lange genug den Kopf gesenkt gehalten, wurden die Aktenkoffer getauscht. Bentivoglio drehte sich sofort zur Seite, ging in die Knie, öffnete den Koffer und versuchte, ihn vor dem von den Bergen kommenden Wind zu schützen, schob seinen Kopf in das schwarz geöffnete Maul und blieb so. Ich drehte meinen Kopf etwas nach links.

Ein grauer, fröhlich im Wind flatternder Anzug kam auf uns zu, energisch und ausholend. Und sagte vor allem eines: Es geht los.

Ich beschloß, erst einmal abzuwarten. Blieb im Schatten sitzen. Stellte fest, daß sich an Bord auch sonst nichts rührte. Und war gespannt, wie der neue Mann sich Respekt verschaffen würde.

Kaum hatte er seinen Fuß auf die *Splendid* gesetzt, blieb er stehen und pfiff zwei Töne durch die Zähne, einen tieferen erst und dann einen höheren, langgezogen.

»Schiffseigner an Bord«, sagte er dann.

Immerhin, er schien eine Portion Humor mitzubringen.

Wir waren an *Miramar* vorbei ausgelaufen, ich hatte zwei Gedanken hinübergeschickt und mich dann an die Arbeit gemacht. Langsam, um in dem allgemeinen Schlendrian nicht aufzufallen. Den neuen Schiffseigner schien das nicht weiter zu stören.

Ich war auf dem Weg auf die Brücke, als er mich stoppte.

»Bring mir ein Glas«, sagte er. Er saß in der Offiziersmesse, vor sich den Aktenkoffer und eine Flasche Whiskey.

»Ich gehöre nicht zum Küchenpersonal«, sagte ich.

»Das weiß ich«, sagte er, »das weiß ich.«

»Dann ist ja gut.« Wieder einer, der von den Gepflogenheiten auf See keine Ahnung hatte.

»Wir haben nämlich kein Küchenpersonal«, sagte er. »Also besorgen Sie uns zwei Gläser und setzen Sie sich her.«

Ich tat es. Du läßt dich immer wieder korrumpieren, Tschenett.

»In welcher Funktion bist du an Bord?« sagte der Schiffseigner, nachdem er uns eingeschenkt und ich mich gesetzt hatte.

»Das wollte ich gerade herausfinden«, sagte ich, »ich war auf dem Weg auf die Brücke.«

»Laß dich aufhalten«, sagte der Schiffseigner, »und gib mir einen Überblick.«

»Worüber?«

»Das Seemannsleben und was dazugehört.«

»Nicht viel. Eigentlich nur, daß jeder seinen Job tut.«

»Und?«

»Auf diesem Schiff tut ihn keiner. Das kann uns noch in Schwierigkeiten bringen.«

»Ich verstehe.«

»Bis Albanien kann es klappen, die paar Seemeilen in dieser Badewanne hier. Aber ich werde keinen Tag länger an Bord bleiben.«

»Wieso bist du dann hier?«

»Eine Kette von Verwicklungen und Erinnerungen. Zu lang, um sie aufzulisten.«

»Ich kenne mich auf dem Meer nicht aus«, sagte der Schiffseigner, »und bin nur zufällig zu dem Schiff und seiner Besatzung gekommen.«

»Spielschulden, ich weiß«, sagte ich.

Er hielt einen Augenblick lang irritiert inne, kratzte sich am Hinterkopf und lächelte dann.

»Und jetzt«, sagte er, »versuche ich, das Beste daraus zu machen.«

Ich nickte in mein Whiskeyglas. »Geld, zum Beispiel.«

»So in etwa hatte ich mir das vorgestellt, ja.«

»Gut, tun Sie das. Niemand wird Sie daran hindern, außer Ihr Finanzamt.« Ich stand auf. Zeit, an die Arbeit zu gehen.

»Komm, setz dich wieder. Auf ein Glas noch.«

»Nein, danke.«

»Hör zu, der Kapitän ist besoffen, seit ich ihn zum ersten Mal getroffen habe, und dieser andere betet dauernd.«

»Jehova«, sagte ich, »ja, ich weiß. Und der Steuermann möchte am liebsten in die Fremdenlegion. Selten auf so einem heruntergekommenen Dampfer gefahren, wenn Sie mich fragen.«

»Deswegen halte ich mich an dich.«

»Zu viel der Ehre. Aber ich mag das eigentlich nicht, wenn man sich an mich hält.«

»Du bist ziemlich zurückhaltend.«

»Alte, liebgewonnene Gewohnheit. Geben Sie mir einen guten Grund, es nicht zu sein. Und ich werde es mir überlegen.«

»Ich mache dich zum Kapitän.«

Ich lachte herzlichst. Was willst du von mir? dachte ich.

»Sie werden es nie lernen«, sagte ich.

Er sah mich erstaunt an.

»Erstens braucht es dazu das entsprechende Patent. Das ich nicht habe. Und zweitens ist es nicht so einfach, mich zu kaufen. Wenn ich es mir richtig überlege, haben Sie mich soeben sogar beleidigt.«

Jetzt war er daran aufzustehen. »Ich sehe, ich habe alles falsch gemacht«, sagte er. Und dann kam er um die Back herum und stellte sich vor mich hin.

»Gestatten, von Pitner«, sagte er und hielt mir die Hand hin, »Import, Export, Finanzierungen.«

»Ist gestattet«, sagte ich, »aber erlauben Sie mir, daß ich meine Hand lieber dem Whiskey reiche.« Und schenkte mir noch einmal ein.

»Erst einmal in Albanien ankommen, in Vlora an Land gehen«, sagte er, »dann sehen wir weiter.«

Erst einmal in Albanien ankommen.

Auf dem Weg zur Brücke fiel es mir wieder ein. Vor nicht ganz zwanzig Jahren, 1979, war ich schon einmal auf dem Weg nach Albanien gewesen. Nur nicht ganz so weit gekommen wie diesmal. Verständlich. Damals war es etwas komplizierter gewesen. Damals genügte es nicht, auf einem von Gott, dem Eigner und seiner Mannschaft verlassenen Seelenverkäufer anzuheuern.

Eine zufällige nächtliche Bekanntschaft mit einem Angehörigen der italienischen Botschaft in Paris, der eigenen Angaben zufolge zur maoistischen Fraktion gehörte, hatte die Dinge ins Rollen gebracht. Wenn es nach dem Botschaftsmenschen ging, wartete der große Vorsitzende Enver Hoxha sehnlichst darauf, daß ich sein Land besuchte, und die italienische Regierung hatte in weiser Voraussicht bereits etwas Reisegeld für mich zur Seite gelegt. Was fehlte, war meine Unterschrift unter einem Visumantrag.

Ich befand mich damals gerade auf einer ziellosen Rundreise durch Europa, von der ich beim besten Willen nicht hätte behaupten können, daß es sich um eine Aktion der Selbstfindung handelte. Es waren ganz einfach Monate gewesen, in denen ich es weder mit mir noch mit der Welt aushielt, vollkommen unfähig zur Arbeit oder gar sinnvollen Tätigkeiten war, ein gebeutelter Spielball des Zufalls. Da kam mir Albanien in seiner prinzipiellen Unerreichbarkeit gerade recht.

Daß ich in der Nacht den Visumantrag nicht mehr unterschreiben konnte, lag nicht am fehlenden Willen der beteiligten Parteien, sondern daran, daß wir im alkoholischen Überschwang eine halbe Flasche Rotwein in die Aktentasche des Botschaftsangestellten geschüttet hatten. Weswegcn wir dic Formalitäten vom frühen Morgen auf den späten Nachmittag verschieben mußten. Und wäre ich nicht verkatert und verschlafen um Stunden zu spät am vereinbarten Treffpunkt erschienen, nie hätte ich so unbeschwert beobachten können, wie zwei Dutzend *flics* aus den Büschen sprangen, um den Botschaftsangestellten zu verhaften. Nur für Sekunden sprang mich der kalte Verdacht an, daß ich knapp einem Spielchen der Vereinigten Nachrichtenbeschaffungsorgane entgangen war.

Jugendsünden. Und, wie man sieht, selbst wenn man im jugendlichen Überschwang denkt, nichts auslassen zu dürfen, weil gewisse Gelegenheiten nie mehr wiederkommen: Einen zweiten Schuß hat man immer frei.

Dann stand ich auf der Brücke, was mir die Möglichkeit gab, meinen philosophischen Gedankengängen, die mich in ihrer Tiefe beunruhigt hatten, das Wort abzuschneiden.

»Moin, moin«, sagte ich und sah mich nach dem Alten um.

»Verzieh dich«, sagte der Steuermann.

»Wollte mich ordnungsgemäß auf der Brücke melden.«

»Gut«, sagte er, »ist hiermit geschehen. Und jetzt hau ab.«

Dann sah ich den Alten. Saß im Kartenraum und schien seinen Rausch auszuschlafen.

»Na ja«, sagte ich und deutete mit einer Kopfbewegung in seine Richtung, »ist auch eine Form von Seekrankheit.«

»Hau ab in die Kombüse und komm mit was Essen und einem Topf Kaffee wieder, verstanden?« Er gab mir wenig Gelegenheit, ihn doch noch sympathisch zu finden.

»Ay ay, Sir.«

Mehr als Toastbrot und in Scheiben geschnittenes Plastik, das auf der Verpackung fälschlicherweise als Käse bezeichnet wurde, hatte ich in der Kombüse nicht an Eßbarem gefunden. Und Kaffee und Schnaps.

Hatte mir eine Flasche zur Seite geschafft und die Brücke mit Kaffee versorgt. Und war dann wieder unter Deck gegangen. Der Maschinist brauchte eine Hand. Jehova war zwar allmächtig, aber die Ventile des Diesels taten dann doch, was sie wollten.

Ich war aufgewacht, weil die Maschine nicht mehr zu hören war. Dafür aber Schüsse. Falls ich meinen verschlafenen Ohren trauen konnte. Ich sprang auf und suchte meine Hose. Stolperte über die Schnapsflasche.

War das notwendig gewesen, Tschenett?

Euer Ehren, ich weiß nicht, wovon Sie sprechen.

Wird das nie mehr was, mit dem Schlauerwerden?

Doch, ja. Sobald der Kopfschmerz vorbei ist und der Lärm da draußen aufhört. Versprochen.

Da geb ich was drauf, Tschenett.

Erbarmen. Laßt mich erst die Hose finden. Und den Seesack.

Auf dem Weg zum Deck waren mir einige Dinge klargeworden. Daß der Fusel, den ich mir in der Kombüse besorgt hatte, eigentlich unter meinem Niveau gewesen war. Daß von Pitner nicht wie üblich in der Offiziersmesse saß. Daß die *Splendid* angelegt hatte. Und daß da draußen, falls wir nicht Sylvester feierten, der Krieg ausgebrochen war. Eigentlich Grund genug, um mich wieder in meine Koje zu legen.

Wenn da nicht mein Hirn gewesen wäre, das nach Sauerstoff rief.

Sollte es sein Recht bekommen.

Als ich das Schott zum Deck öffnete, schlug mir heiße Luft entgegen. Ich schloß die Augen und versuchte den Schmerz zu vergessen.

Komm schon, wer wollte denn unbedingt in den Süden?

Der Tschenett.

Eben. Dann wird er das jetzt auch aushalten können.

Wird er.

Ich öffnete langsam meine Augen. Zu Schlitzen, um der gleißenden Sonne zu entgehen. Und stellte fest, daß ich recht gehabt hatte. Wir lagen in einem Hafen. An Land wurde geschossen.

12

Im übrigen bin ich hier in Euren Händen,
verfahret nach Eurem Belieben.
Galileo Galilei

Ich sah mich um. Fand keinen von der Besatzung. Sie waren alle verschwunden. Der Alte, Jehova, der Legionärsanwärter. Und der Schiffseigner. Ich war der Letzte meines Stammes, an Bord. Aber nicht der einzige.

Fünf, sechs Männer standen an den Autos, einige entdeckte ich dabei, wie sie am Steuer saßen und am Lenkrad drehten, ganz so, als ob sie über Land fahren würden. Ein paar arbeiteten. Alle hatten Waffen in der Hand, Kalaschnikows, Gewehre, Pistolen. Keiner kümmerte sich um mich, als ich von Bord ging.

»Pitner?« sagte ich zu einem der Männer, die mit Hilfe eines gefährlich schwankenden Ladebaumes gerade einen grünen Daimler an Land hievten.

Er schüttelte nur den Kopf.

Mir war es vollkommen gleichgültig, wo der Rest der Besatzung geblieben war. Mir ging am Arsch vorbei, wer sich über die Karren hermachte. Ich wollte an meine Heuer. Und dazu brauchte ich Herrn von Pitner. Aber der war verschwunden.

Ich beschloß, noch einmal an Bord zurückzugehen, um genauer nach ihm zu suchen.

Ich kam keine drei Schritte weit.

»Kú shkojmë?«

Der Mann hielt mir den Lauf seiner Kalaschnikow vors Gesicht und wollte anscheinend etwas von mir wissen.

Ich deutete auf das Schiff.

»Jo!« sagte er.

Ich verstand das als Aufforderung und machte einen Schritt nach vorne. Mit dem Resultat, daß mir die Mündung der Kalaschnikow die Nase stupste.

»Jo!« sagte er wieder.

Und diesmal schaute ich genauer hin. Er schüttelte dabei energisch verneinend den Kopf. Und wenn *Jo* auf Albanisch nun *Nein* bedeutete?

»Prapa«, sagte er, stupste mich mit dem Lauf in die Brust und zeigte zurück aufs Land, »prapa.«

So kamen wir nicht weiter. Ich versuchte es mit Italienisch.

»Sono italiano«, sagte ich, »mi capisci?«

»Italisht? Po.«

»Italiano?«

»Po«, sagte er wieder und nickte.

Versuchen wir es also.

»Devo ritornare sulla mia nave«, sagte ich.

»Jo«, sagte er, und wieder schüttelte er den Kopf, »I pamundur. No. Impossibile.«

Was hatte ich daraus gelernt? Daß *Jo* Nein hieß, *Po* dementsprechend und höchstwahrscheinlich Ja, daß man mit Italienisch weiterkam und daß es keinen Weg zurück gab auf dieses Schiff. Ich beschloß, gelehrig zu sein, und drehte um.

»Va bene«, sagte ich, »fa niente. Ciao.«

»Tungjatjeta. Ciao.«

Richtig, dachte ich, die italienische Kolonie Albanien. Und einmal, dieses eine Mal in meinem Leben, bedankte ich mich bei Benito dem Mussolini. Immerhin konnte ich mich hier mit Italienisch durchschlagen.

Ich hatte ein kleines Café direkt am Hafen gefunden. Drei Stühle vor der Tür, eine blendendneue Coca-Cola-Leuchtreklame und ein Mann, der Kaffee servierte.

»Káfe?« hatte er gesagt.

Ich hatte genickt. Und mich hingesetzt. Zwar wurde immer noch und mehr als vorher geschossen, aber ich hatte mich inzwischen daran gewöhnt. Die Albaner zogen durch die Stadt, Maschinenpistolen und Gewehre auf die Hüften aufgestützt, und schossen in die Luft, was das Zeug hielt. Ich hatte noch keinen einzigen von ihnen auf ein Ziel anlegen sehen. Sie löcherten einfach nur den blauen Himmel über uns. Schrien und pfiffen und schienen sich überhaupt keinen Gedanken um den Munitionsnachschub machen zu müssen.

Am wenigsten aber schien sie zu kümmern, wo die Tausenden von Kugeln, die sie nach oben schickten, wieder herunterkommen würden. Sie freuten sich, tanzten, schossen, schrien, feierten, schossen.

Ich saß vor meinem Kaffee, hatte die Füße auf den Seesack gelegt und sah mir das Treiben an. Inzwischen verstand ich auch, wozu die alten Daimler gebraucht wurden, die wir mit der *Splendid* hierhergebracht hatten. Kaum waren sie entladen worden, sprangen vier, fünf, sechs Männer ins Auto, einer setzte sich ans Steuer, der Rest drehte die Fensterscheiben nach unten, setzte sich in das Fenster, stützte seine Kalaschnikow seitlich auf, und los ging die Fahrt unter Hupen und Schießen. Drei der alten Karren waren nicht angesprungen und standen noch am Pier. Man versuchte, sie in Schwung zu bringen.

Wenn man mich nicht auf das Schiff ließ, mußte ich eben in der Nähe bleiben und warten. Irgendwann würde Pitner wieder auftauchen. Das hoffte ich jedenfalls.

Unter Luke 3 lagerten immer noch die medizinischen Geräte. Das erhöhte meine Chancen, den Mann noch einmal zu Gesicht zu bekommen. Und mit ihm meine Heuer. Und mein Rückfahrticket nach Italien.

Nicht, daß mir Vlora nicht gefiel. War, von meinem Tisch aus gesehen, eine schöne kleine Stadt, vorne Hafen und Meer, im Rücken Berge, von denen der Schnee herunterleuchtete. Im Hafen lagen einige Fischerboote, die *Splendid* und, etwas abseits, zwei Fregatten, die ich der albanischen Marine zuzählte. Die Stadt schien in Feiertagslaune zu sein. Außer meinen Kellner und die Männer, die die Autos von Bord der *Splendid* gehievt hatten, hatte ich noch keinen arbeiten gesehen. LKW's, wenn sie denn vorbeifuhren, waren mit Schießenden beladen. Obwohl am Hafen, hatte ich keinen Fischladen entdecken können. Man schien hier nicht essen oder trinken zu müssen. Man schien vom Krachen der Maschinenpistolen und Gewehre zu leben.

»Skatà. Scheiße.«

Da hatte sich eben einer an den Nebentisch gesetzt, der Griechisch und Deutsch sprach. Jeweils das eine Wort zumindest.

»Merda«, sagte ich.

»E sì«, sagte er. Wir verstanden uns also.

»Káfe me pije«, sagte er zu dem Kellner.

»Che cos'è?« sagte ich.

»Bitte?«

»Was ist das, Káfe me pije?«

»Ich glaube, in Italien sagt man *Corretto* dazu. Kaffee mit Schnaps. Keine Ahnung, was sie hier reintun. Ist einfach nur gut für die Nerven. Und das kann ich jetzt brauchen. Italiener?«

Ich nickte.

Er zeigte auf meinen Seesack. »Aber kein Journalist?«

Ich zeigte auf die *Splendid.* »Wir sind heut eingelaufen.«

»Heute?«

»Aus Trieste, ja.«

»Wenn ich das gewußt hätte«, sagte er. »Hundertfünfzig Dollar hätte ich mir ersparen können.«

Als sein Kaffee kam, bestellte ich mir auch noch einen. Mit Schnaps.

»Habe mich vor zwei Tagen in aller Früh von Kassiopi übersetzen lassen, von Korfu nach Saranda, in einem Schnellboot. Für einen Hunderter. Dann noch mal fünfzig für die verdammte Taxifahrt nach Vlora. Und was gibt's hier? Wildwestspiele. Karl May in Bad Segeberg. Und sonst nichts.«

Der gute Mann schien unter Druck zu stehen.

»Wie hättest du's denn gerne?« sagte ich.

»Wie? Ist mir egal. Bloß mehr als dieses alberne Rumgeballere. Seit ich hier bin, geht das schon so. Zehn Minuten hab ich draufgehalten, jetzt reicht's. Entweder ich bekomme bald etwas Ordentliches in den Kasten, oder diese Tour hier bringt mich ganz schnell in die Miesen.«

Ich verstand sein Problem nicht. War weiter nicht schlimm, ich war mir noch nicht einmal über mein eigenes ganz im klaren.

»Diese affenschissigen Albaner. Kriegen keinen richtigen Bürgerkrieg hin.« Er ließ nicht locker.

»Warum sollten sie?« sagte ich.

»Weil ich das Material brauche. Weißt du, wie das ist, wenn man *free lance* arbeitet? Kein Bild, das es in die Nachrichten schafft, kein Moos. Nur die Fixkosten. Hier ...«, sagte er, hob eine Kamera vom Boden hoch und klopfte drauf, »... zehn Minuten Material, das mindestens vierzig Kollegen auch haben. Albaner ballern in die Luft. Albaner zeigen ihre leeren Hosentaschen. Albaner schreien *Nieder mit Berisha.* Albaner schießen in die Luft. Albaner schwenken ihre vergammelten Lek-Scheine. Albaner schießen in die Luft. Zwei Tote. Jeweils mit einem Loch im Kopf. Hier ...«, er zeigte auf seine Schädeldecke, »... Fontanellenschuß. Runter kommen sie immer. Zufallstreffer, Unfälle. Und vor allem: auf fünfzehn anderen Bändern auch schon drauf. Keine Chance, das Ding noch an irgendwen zu verkaufen. So ein Kleiner wie ich braucht ein großes Bild, ein richtiges Massaker, exklusiv. Dann rollt der Rubel.«

»Nix Rubel«, sagte der Kellner, der neben uns stand und auf den Hafen schaute, »Dollar.«

»Siehst du«, sagte der Reporter, »die haben es auch schon kapiert, wie's läuft. Wenn du in ein Krisengebiet kommst und es werden Dollars von dir verlangt, weißt du, daß du eigentlich schon zu spät bist. Weil CNN schon da war. Gilt natürlich nicht für die Bronx oder den Mittelwesten.«

»Natürlich nicht«, sagte ich.

»Heiße Rainer«, sagte er, »Kamerareporter. Drei Tage Albanien. Eigentlich Dr. phil. und gewesener Lehrer. Seit kurzem im Infobusiness, weil's spannender ist.«

Einen Augenblick lang sah ich ihn mit der Videogruppe seiner Schule, wie sie an einem kritischen Bericht über die Vertreibung des Rotkehlchens aus den Vorgärten arbeiteten.

»Tschenett«, sagte ich.

»Und Italiener?«

»Ja.« Komm mir nicht blöd.

»Und sonst?«

»Sonst«, sagte ich, »sitze ich hier und warte.«

»Ich auch«, sagte der Kamerareporter. »Nicht weitererzählen, aber ich habe einen Tip bekommen.«

Der Kaffee hatte meinen Kopf wieder halbwegs zum Funktionieren gebracht, der Schnaps den Rest des Körpers. Die Sonne schien mir nicht mehr ganz so unerträglich herabzubrennen, an den Lärm der Maschinenpistolen hatte ich mich beinahe gewöhnt. Ich war gnädig gestimmt.

»Noch habe ich nichts gehört, was das Weitererzählen lohnen würde«, sagte ich.

»Heute abend passiert hier was. Hier am Hafen. Habe ich aus bester Quelle. Ich hoffe nur, daß die Kerle schlau genug sind, damit anzufangen, solange es noch hell genug ist.«

»Wieso sollten sie?« sagte ich.

»Damit ich filmen kann. Damit die Bilder anständig werden. Eine Wucht müssen sie werden. Weil die Welt sie sehen will.«

Was die Welt nicht alles wollte. Ich war da um einiges genügsamer. Ich war zufrieden, wenn Herr von Pitner irgendwann wieder auftauchte. Die Welt, im übrigen, konnte mir den Buckel hinunterrutschen.

Die Schießerei schien zuzunehmen. Auch der Reporter spitzte die Ohren. Dann kam von den umliegenden Bergen herunter durchdringendes Getöse.

»Aha«, sagte der Reporter und sah sich interessiert um.

Aber auf dem Platz schien sich niemand zu fragen, was es mit dem neuen Lärm, der so urplötzlich dazugekommen war, auf sich hatte. Sie schossen weiter in die Luft.

Wieder die Explosionen in den Bergen.

»Schätze mal, das sind die chinesischen Flugabwehrgeschütze«, sagte der Reporter. »Machen besonders viel Lärm und Spaß. Heute vormittag sollen irgendwo in den Bergen zwei Kasernen gestürmt worden sein.«

Dann kam von irgendwoher ein unangenehmes Kreischen. Sekunden später bog ein Panzer aus einer Gasse und fuhr über den Platz. Auf dem Panzer saßen Männer, schrien und feuerten in die Luft.

»Vielleicht wird's ja doch noch was«, sagte der Reporter und griff nach seiner Kamera. Dann stand er auf, bezahlte und zwinkerte mir zu.

»Ciao, Seemann«, sagte er, »man sieht sich. So groß ist Albanien ja nicht.«

Ich nickte nur. Lauf du bloß deinem Krieg hinterher. Dann läßt du mich vielleicht in Ruhe.

Eine Stunde später saß er wieder neben mir. »War nichts«, sagte er, »die drehen auch nur ihre Ehrenrunden durch die

Stadt. Ich hoffe sehr, daß das nicht schon mein Tip war. Unverkäufliches Zeug.«

Die nächsten Stunden vergingen mit den immergleichen Schießereien. Bald würde es dunkel werden. Langsam machte ich mir meine Gedanken, was Pitner und die *Splendid* betraf. Und der Reporter schaute von Sekunde zu Sekunde griesgrämiger drein. Er hatte uns *Raki* bestellt.

»Und dann wundern sie sich in den Redaktionen, wenn man Geschichten erfindet und nachstellt«, sagte er. »Schau dir das an. Seit Tagen dasselbe. Keine neuen Bilder, nichts. Glaubst du, die senden das?« Und damit hieb er auf das Magazin seiner Kamera. »Drei Tage lang Albaner im Land der wilden Skipetaren, die in die Luft feuern und sonst nichts? Kein Schwein nimmt dir das ab. Keiner.«

Da kam der Panzer zurück. Mit kreischenden Ketten und rauchendem Diesel. Mit den Männern darauf.

Aber etwas war anders, dieses Mal. Auch der Reporter war aufmerksam geworden. Langsam und ohne den Blick von der Szene zu lassen, nahm er die Kamera auf, stellte sie auf sein Knie, drehte den Sucher nach oben und drückte auf den Auslöser.

»Es geht los«, sagte er, »verdammt, ich hab's im Urin. Jetzt oder nie. Zwei Minuten dreißig *action.* Bitte.«

Er hatte die Kamera eingerichtet und Schärfe gezogen, jetzt setzte er sich wieder auf, beobachtete den Platz und den Panzer mit dem einen, den Sucher mit dem anderen Auge. Wenn man es nicht genauer wußte, sah man ihm nicht an, daß er gerade drehte.

»Los, Jungs«, sagte er und nahm sein Glas Raki, prostete damit Richtung Panzer, »auf geht's.«

Er schien beinahe glücklich zu sein.

Plötzlich fiel mir auf, was an der Szene unheimlich war. Die Männer auf dem Panzer und das knappe Dutzend, das neben ihm herging, schossen nicht. Keiner von ihnen schoß. Keinen einzigen Schuß. Dabei war jeder von ihnen bewaffnet. Und jeder von ihnen hatte ein Tuch vor dem Gesicht oder eine Kapuze ins Gesicht gezogen.

Auf dem Platz war es still geworden. Der Reporter fluchte leise und zog die Schärfe nach.

»Beeilt euch«, flüsterte er mit angehaltenem Atem, »das Licht geht weg.«

»Es geht los«, sagte ich.

»Seh ich auch so«, sagte der Reporter. »Mal sehen, was es wird.«

Noch war nicht zu erkennen, was sie wollten. Der Panzer fuhr langsam über den Platz, in unsere Richtung, die Männer marschierten links und rechts von ihm.

Dann heulte der Diesel auf, schwarze Rauchwolken legten sich über den Platz, das metallische Quietschen der Ketten wurde lauter. Der Panzer drehte nach rechts ab, die Männer mit ihm.

»Wohin will der?« sagte der Reporter, »verdammt!«

»Wenn er so weiterfährt, landet er im Meer«, sagte ich.

Der Panzer steuerte auf den rechten, äußeren Teil des Hafens zu. Nur war da wenig, außer Wasser und außer den zwei...

»Die Kriegsschiffe!« rief der Reporter, sprang auf und riß sich die laufende Kamera ans Auge, »Scheiße! Natürlich. Ich Idiot.«

Tatsächlich lagen da die zwei albanischen Fregatten

freundlich und friedlich im Wasser. Womit wir höchstwahrscheinlich die Hälfte der albanischen Kriegsmarine vor uns hatten.

Der Reporter lief seitlich neben dem Panzer her, Richtung Hafenbecken. Ich blieb sitzen. Knappe vierhundert Meter Entfernung bis zu den Fregatten, und dahin schien sich der Panzer zu bewegen, das war genau die Entfernung zu den Dingen des Weltgeschehens, die ich mir wünschte.

Panzer, Männer und der Reporter bewegten sich unaufhaltsam auf die Fregatten zu. Um mich herum war es ruhig geworden. Jeder schien sich auf das zu konzentrieren, was da vorne geschehen sollte. Ich fragte mich, wie viele von den Männern rings um mich herum eine Ahnung davon hatten, was es sein würde.

Der Panzer hielt an. Gab noch einmal Gas. Blies eine Rußwolke in den dämmernden Himmel. Die Männer hatten sich in einer Reihe aufgestellt, ihre Maschinenpistolen vor der Brust.

Keiner von denen lehnt seine MP an der Hüfte auf, Tschenett, dachte ich, da scheint plötzlich etwas Ordnung in die Truppe gekommen zu sein.

Dann hob einer der Männer seinen Arm, und ein Dutzend Maschinenpistolen schossen in die Luft. Drei, vier geordnete Feuerstöße.

Der Panzer gab Gas und zentrierte Turm und Rohr auf die erste Fregatte.

Es dauerte keine halbe Minute, und an Bord der Fregatte wurde es lebendig. Marinesoldaten mit erhobenen Händen tauchten auf und gingen mit langsamen Schritten von Bord, einer wedelte mit einem weißen Taschentuch.

Der Panzer drehte seinen Turm auf die zweite Fregatte. Dasselbe Schauspiel. Die Soldaten ließen, einmal an Land, ihre Waffen fallen und verschwanden unbehindert in der Dämmerung.

Die vermummten Männer an dem Panzer teilten sich auf, gingen an Bord der beiden Fregatten und genehmigten sich dort zwei, drei Feuerstöße in den dunklen Himmel, gleichzeitig, abgezählt.

Verglichen damit, was ich den ganzen Tag über erlebt hatte, war das hier ein wohlorganisiertes militärisches Unternehmen gewesen.

»Albanische Aufständische haben in der Stadt Vlora zwei Fregatten erobert. Oder: Albanische Kriegsmarine lahmgelegt. In die Hände der Aufständischen geraten. Auftakt zu kriegerischen Auseinandersetzungen? Neue Qualität im Bürgerkrieg im Land der Skipetaren? Irgend so was muß man zu den Bildern noch texten. Dann ist das doch ein Knüller. Oder?«

Der Reporter war sichtlich zufrieden mit sich und erregt.

»Kriegerische Auseinandersetzungen?« sagte ich. »Das sah doch ziemlich friedlich aus.«

»Aber die Bilder nicht, Mensch Mann, und die machen den Text. Ich steh da mit laufender Kamera und schwenke von den Kähnen zurück auf den Panzer, und in den Schwenk rein, was macht der da? Dreht seine Kanone gerade in dem Augenblick rüber, das Rohr voll auf meine Linse und gibt Gas. Spielfilmdramaturgie, sag ich dir, das hättest du mit 'ner 35er auf 'nem Dolly und hundertfünfzig kW Licht auch nicht besser hinbekommen. Ich hab's gerochen. Man muß den Riecher haben und im richtigen Augenblick schwenken, und: Schwupp, *ladies and gentlemen,* das Bild des Tages.«

Er ließ sich auf den Stuhl fallen, legte die Kamera auf seine Schenkel und hielt sie wie ein kleines Kind fest.

»Raki«, sagte er. »Ich brauch 'nen Schnaps.«

»Glück gehabt mit dem Licht«, sagte er nach dem ersten Schluck Raki, »das geht verdammt schnell hier im Süden, mit der Dämmerung.«

Tatsächlich breitete sich blaues Licht über den Platz, auf dem inzwischen wieder geschossen wurde.

»Und du?« sagte der Reporter, »kein Glück gehabt beim Warten?«

»Wie Sie sehen«, sagte ich, »sehen Sie nichts. Aber noch hab ich's nicht aufgegeben.«

Der Reporter stand auf. »Muß los. Das Material muß heut noch über die Leitung nach Berlin. Das wird der Knaller, wetten?«

»Viel Spaß dabei«, sagte ich.

»Man sieht sich«, sagte er, »Albanien ist ja...

»...nicht so groß, ich weiß.«

Ich hoffte für mich, daß dem so war. Ich hatte nicht die geringste Ahnung, wo ich Pitner auftreiben sollte, angenommen, er würde nicht mehr zu seinem Schiff zurückkommen. Sein Schiff, vor dem jetzt ein paar vermummte Männer mit Maschinenpistolen standen, ganz so, als wollten sie das Schiff und den Rest seiner Ladung bewachen.

Dann, im letzten Licht des Tages, kreisten zwei Transporthubschrauber über dem Hafen und gingen langsam nieder.

Plötzlich, wie aus dem Nichts, waren Dutzende, Hunderte Menschen aus den dunklen Gassen aufgetaucht und versuchten, sich den Hubschraubern zu nähern. Ich gab dem Kellner zehntausend Lire.

»Venti«, sagte er und drehte den Schein hin und her.

Zwanzigtausend für drei Kaffee und zwei Rakis. Die Journalistenbande ruinierte die Preise.

Ich wollte mir den Auflauf bei den Hubschraubern genauer ansehen. Einen Augenblick lang hatte ich mir nämlich eingebildet, den gnädigen Herrn von Pitner in der Menge gesehen zu haben.

Es waren zwei Sikorsky der italienischen Luftwaffe, mit Soldaten in Kriegsklamotten und Kampfausrüstung, die die Hubschrauber sicherten und die Menge abhielten.

Die Italiener schienen Leute auszufliegen. Wer die Kontrollen der Soldaten passiert hatte, hetzte die Ladeluke im Rumpf des Hubschraubers hoch. Geschäftsleute mit Aktenkoffern die meisten, einige Frauen und Kinder. Und um die Hubschrauber herum standen jene, die nicht durchgelassen worden waren, und schrien sich die Seele aus dem Leib.

»Sono cittadino italiano, ho il diritto di essere tutelato. Lei non sa chi sono io.«

Ich bin italienischer Bürger und habe das Recht, beschützt zu werden. Und dann: Sie wissen ja gar nicht, wer ich bin. Der ewige Schlachtruf der Unbedeutenden. Klar war, nur die wenigsten würden in den Hubschraubern Platz haben. Der Rest würde für dieses Mal hierbleiben müssen. Herr Pitner zum Beispiel, den ich eben hinter dem zweiten Hubschrauber entdeckt hatte, als die Menge ein paar

Schritte zurückgewichen war, kaum hatten die Sikorsky die Rotoren angeworfen.

Da bist du ja, Freundchen. Jetzt wirst du mich nicht mehr los. Gleich komm ich dich holen.

In dem Durcheinander, den zuckenden Scheinwerfern der Hubschrauber und den Staubfahnen, die die Rotoren aufwirbelten, in der durcheinanderlaufenden Menge und mit dem Seesack auf der Schulter war das allerdings einfacher gesagt als getan. Ich kämpfte mich durch, schlug, wenn es notwendig war, auch schon einmal um mich, den Blick immer auf das andere Ende des Platzes gerichtet, dahin, wo ich Pitner zum letzten Mal gesehen hatte.

Und als ich endlich da war, war er verschwunden.

»Scheiße!«

Keiner kümmerte sich um mein Geschrei. Ich ließ den Seesack zu Boden fallen und holte Luft. Er war verschwunden. Pitner war weg. Wie vom Erdboden undsoweiter.

Das gibt es nicht, Tschenett, denk nach, dachte ich mir.

Ich sah mich um. Langsam zerstreute sich die Menge, die meisten gingen Richtung Innenstadt. Hat er vielleicht auch getan.

Vielleicht, ja.

Direkt vor mir begann eine relativ breite und belebte Straße, die stadteinwärts führte. Sadik Zotaj, las ich.

Mehr als versuchen kannst du es nicht, Tschenett, und mehr als falsch sein kann es auch nicht.

Ich drehte mich noch einmal um meine Achse. Kein Pitner zu sehen.

Also gut, versuchen wir's in die Richtung.

Ich schulterte schwitzend den Seesack und ging los.

Kämpfte mich vorwärts. Stolperte. Ging weiter. Und hielt keuchend Ausschau.

Als ich ihn entdeckt hatte, ließ ich erst einmal den Seesack fallen, beugte mich vornüber, atmete durch und schwitzte Raki aus allen Poren. Was für ein Tag.

Wenn das hier vorbei ist, Tschenett, legst du dich in ein schönes, weiches Bett und läßt dich gesund pflegen. Und dann überlegst du dir, wie sich so eine Tortur in Zukunft vermeiden läßt.

An die hundertfünfzig Meter vor mir ging Pitner. Er mußte es sein.

Scheißkerl, noch einmal haust du mir nicht ab, dachte ich.

Er machte auch keine Anstalten dazu. Wenn die Schießerei nicht gewesen wäre, hätte man glauben können, Herr von Pitner gönne sich einen Stadtbummel.

Als er sich umdrehte, hatte ich es früh genug entdeckt und mich in einen Hauseingang gedrückt.

Schweinebacke, dachte ich, wovor versteckst du dich? Vor mir, wegen der paar Lire Heuer? Oder vor wem?

Pitner ging weiter, ich stand noch in meinem Hauseingang und stritt mich mit einem Hund, der sich in mein Hosenbein verbissen hatte. »Nicht du auch noch«, sagte ich, »hau ab.«

Als ich das nächste Mal nach Pitner sah, stand er vor einem Hotel, schaute sich kurz um, gestikulierte und trat dann ein.

Gut, dachte ich, hab ich dich, gab dem Hund einen Tritt, entschuldigte mich bei ihm und machte mich auf den Weg.

13

Das Gegenteil wäre verwunderlich.
Luis Buñuel

Der Türsteher des *Hotel Shqiperi* war ein Mann von stattlichen Ausmaßen. Außerdem trug er die Luxusausführung der landesüblichen Tracht: zwei Patronengürtel, Pistole, Kalaschnikow und, als Zeichen seiner Macht, eine Sonnenbrille.

»Jo«, sagte er, als ich auf ihn zuging.

Aber ich hatte ja Gelegenheit gehabt, etwas Albanisch zu lernen. Also zog ich einen Hunderttausendlireschein heraus.

»Po?« sagte ich.

Er zögerte. Immerhin.

»È materiale per la televisione«, sagte ich und zeigte auf meinen Seesack, »RAI, CNN, Raffaella Carrà, televisione. Po?«

Jetzt nickte er freundlich, so freundlich, wie es seine Berufsehre eben zuließ, nahm das Geld und öffnete die Tür.

Wetten, Tschenett, daß Raffaella Carrà das goldene Wort gewesen war? Hätte ich mir nie im Leben träumen lassen, daß dieses kunstblond alternde Gift italienischer Sonntagnachmittagsshows mir irgendwann in meinem Leben eine Hilfe sein würde. Ich versprach, bei Gelegenheit Abbitte zu tun. Und wenn ich mir eine ihrer Shows ansehen mußte und das elendigliche Herumgehopse.

An der Rezeption wußte, trotz fünfzigtausend Lire, niemand etwas von einem Herrn Pitner mit oder ohne von. Also beschloß ich, mich in einem der Polstersessel in der Halle niederzulassen und das Treiben erst einmal zu beobachten.

Das *Hotel Shqiperi* war anscheinend Südalbaniens journalistisches Zentrum. Und irgendwann in den letzten Jahren von einem ausländischen Investor im Schnellwaschgang auf modern getrimmt worden. So schnell, daß es unter den gleichgültig eiligen Schritten der internationalen Presse schon wieder in seine Bestandteile zerfiel.

Einer dieser Nachrichtenmenschen setzte sich eben in den Sessel neben mir und hieb entnervt auf die Knöpfe seines Handys ein.

»Verdammt, verdammt, jetzt komm schon.«

Ich beobachtete ihn und versuchte, etwas Mitleid zu verspüren.

»Wieder einmal kein Durchkommen«, sagte der Pressemensch, hob resigniert die Arme und sah mich an.

»Deswegen versuche ich es erst gar nicht«, sagte ich.

»Vom Schiff gekommen?« sagte er und deutete auf meinen Seesack.

Ich nickte.

»Die *Splendid,* habe ich recht?«

Woher wollte er das jetzt wieder wissen? Die Frage schien mir ins Gesicht geschrieben zu sein, jedenfalls folgte die Antwort auf dem Fuß.

»Ich habe gestern die Meldung rausgegeben, daß mit der

Splendid medizinisches *high tech* im Millionenwert nach Vlora kommt, Spende eines, wie sie sagen, namhaften deutschen Herstellers. Ziemlich große Sache.«

Ich nickte wieder und begann, ein paar Überlegungen anzustellen.

»Das muß man sich vorstellen«, sagte der Pressemensch und warf entnervt das Handy auf den Tisch, »Geräte, die in jeder deutschen Uniklinik gute Figur machen, stehen dann hier einsam und verlassen in einem albanischen Kreiskrankenhaus, das bestenfalls auf dem Stand von 1950 ist.«

Ich hatte beschlossen, erst einmal von nichts zu wissen.

»Solange die Kranken auf dem aktuellen Stand sind.«

Der Pressemensch lachte.

»Der ist gut«, sagte er, »Sie sind mir nicht böse, falls ich den Satz bei Gelegenheit verwende?«

Ich hob gottergeben die Schultern. Woraufhin er mir seine Hand anbot. »Klaus Mesenhol, *Internationales Pressebüro Time for News.* Fünf Monate Albanien«, sagte er.

Die Aufenthaltsdauer in diesem Land schien ein Gradmesser zu sein. Wofür, das hatte ich noch nicht verstanden.

»Tschonnie Tschenett«, sagte ich, »Reisender. Seit heute früh Albanien.«

»Und wann geht es zurück?« sagte Mesenhol.

»Ist noch nicht ganz raus.«

Noch war Pitner nicht aufgetaucht.

»Es braut sich etwas zusammen«, sagte Mesenhol, »und wenn ich wüßte, was, wäre die Hälfte meiner Arbeit schon getan. Aber ich weiß es nicht.«

Dann ging die Eingangstür auf und eine Gruppe von Journalisten betrat lärmend die Hotelhalle.

»Ah, Mesenhol, Schreibknecht! Draußen brennt es, und du pennst hier.« Rainer, der Kamerareporter, stand hinter uns, klopfte Mesenhol auf die Schulter und ließ sich dann in einen Sessel fallen. »Seemann«, sagte er dann und winkte mir kurz zu, »laß das Träumen.«

Bei der Lautstärke, mit der er über uns hergefallen war, bestand dazu allerdings nicht die geringste Möglichkeit.

»Schnaps ...«, sagte der Kamerareporter. »Ich brauche dringend und kübelweise Schnaps. Willst du nicht wissen, was los ist?«

Mesenhol schien der Kamerareporter auch etwas zu laut zu sein, außerdem gab es ja noch die Hierarchie der Aufenthaltsdauer. Er schüttelte leise und gelangweilt den Kopf.

»Nein, Herr Kollege.«

»Sag Schedel zu mir. Von Schedlinski. Also: Ausgangssperre, Ausnahmezustand«, sagte Schedel. »Seit einer Viertelstunde.«

»Wie bitte?«

Mesenhol war wach geworden.

»Berisha hat für ganz Albanien eine Ausgangssperre verhängt. Und, sagt man, den Ausnahmezustand gleich mit. In Tirana und dem übrigen Norden scheint das Ganze auch zu funktionieren. Nur hier im Süden hält sich wieder keiner dran.«

»Woher hast du das, Schedlinski?« sagte Mesenhol.

»Ich bitte dich«, sagte Schedlinski, »allererste Quelle. Und sag bitte nicht Schedlinski zu mir. Schedel reicht.«

Mesenhols Nachfrage schien ihn in seiner Berufsehre gekränkt zu haben. »Ich war eben im Sendezentrum, ist über das albanische Fernsehen reingekommen.«

»War eigentlich schon längst fällig«, sagte Mesenhol. »Wird unserem Freund Berisha aber auch nichts mehr nützen.«

»Dann hätte er damit aber auch noch einen Tag warten können, der alte Sack, zwei Stunden, dreißig Minuten. Ich war so kurz davor.«

Bei *so kurz* zeigte er mit Zeigefinger und Daumen einen ungefähr zwei Millimeter breiten Abstand. Dann ließ er sich in den Sessel zurückfallen, legte die Füße auf den Tisch, rutschte nach unten und fuhr sich stöhnend mit den Händen über das Gesicht.

»Ich sitze da, habe fünfzehn Minuten Bild nach Berlin zu überspielen und zwei Minuten Text, und dann bricht die Leitung weg. Verstehst du?« sagte Schedel. »Weg. Keine einzige Leitung mehr ins Ausland. Nirgendwohin. Gekappt. Und ich hab die Bilder des Tages, Himmelherrgott.«

Er griff nach der Kamera und zog die Kassette heraus.

»Hier«, sagte er, sprang auf, wedelte damit und drehte sich herum. »Hier, Kollegen, die Bilder der Woche. Der Reißer. Exklusiv. By Rainer Schedel.«

Er ließ die Kassette in den Sessel fallen und sich hinterher. Die Kameraden der Vereinigten Presse hatten sich nicht sonderlich um seinen Aufschrei gekümmert.

»Zwanzig, vierzig, sechzig Stationen. Alle hätten das Material gekauft. Und was ist jetzt? Nada de nada. Ich sitz drauf. Leitungen tot, Ausgangssperre. Scheiße.«

»Zeig her«, sagte Mesenhol.

Schedel sah ihn zweifelnd an.

»Mensch«, sagte Mesenhol, »ich bin von der schreibenden Abteilung. Was soll ich dir denn klauen?«

Schedel schob die Kassette in die Kamera, drückte einen Knopf und stellte die Kamera auf den Tisch.

»Schau's dir an und sag mir, ob das nicht *der* Knaller ist«, sagte er.

Mesenhol beugte sich über den Sucher. »Anfänger«, murmelte er. Gerade laut genug, daß ich ihn verstehen konnte. Schedel zauste sich in der Zwischenzeit die Haare.

»Siehst du, was da los ist?« sagte er. »Die kapern die Kriegsmarine. Das ist der Anfang vom Bürgerkrieg. O Gott, und ich schwenk dem Panzer direkt ins Rohr. Und keiner bekommt es zu sehen.«

»Interessant«, sagte Mesenhol. Er schien von dem Material nicht halb so beeindruckt zu sein wie Schedel.

»Interessant? Mach hier nicht auf abgebrüht, Mister Print. Der Startschuß zum Bürgerkrieg ist das, hier drauf.« Er pochte auf seine Kamera.

Mesenhol schüttelte langsam den Kopf. Irgend etwas schien ihn zu beschäftigen, er war nicht ganz bei der Sache.

»Bürgerkrieg«, sagte er dann, »Bürgerkrieg war das nie einer und wird es auch nie einer werden. So gern ihr Kamerafritzen das auch hättet. Weil es am einfachsten zu filmen ist. Gibt immer so schöne bunte und knallige Bildchen, nicht wahr?«

»Neidhammel. Nur, weil du dir die Finger wund schreiben mußt, um ein einziges unserer Bildchen rüberzubringen. Dazu brauchst du dann zwei Seiten und von deinem Leser eine Viertelstunde, und wer hat schon so viel Zeit?«

»Hinter der Sache mit den Fregatten steckt was, da hast du recht. But no civil war. Gewettet.«

»Angenommen«, sagte Schedel, der dem dienstälteren

Kollegen doch eine gewisse Übersicht zuzubilligen schien. »Was dann?«

»Das, Schedel, werden wir herausfinden«, sagte Mesenhol, »und wenn wir uns dafür den Schädel zerbrechen müssen. Und jetzt habe ich Hunger. Wer kommt mit in die Disco?«

»Durst«, sagte Schedel.

»Ich warte noch auf jemanden«, sagte ich.

»Tut er den ganzen Tag schon, unser Seemann«, sagte Schedel.

»Das geht einen Stock tiefer, in der Disco, am besten«, sagte Mesenhol. »Da landet garantiert jeder, der in Vlora ein Geschäft zu machen hat. Kommen Sie mit.«

»Essen in der Disco?« sagte ich, »grausam.«

»Mehr als Sandwiches und Alkohol gibt es sowieso nicht. Nirgendwo im Hotel.«

»Ihr seid nicht zu beneiden«, sagte ich, »kein Bürgerkrieg und nichts Anständiges zu essen. Hartes Los.«

»Wir sind Helden«, sagte Schedel, grinste, zwinkerte mir zu, schulterte die Kamera und zog los. »Auf ins Getümmel.«

Mesenhol sah ihm einen Augenblick lang hinterher.

»Jedesmal, bei jedem neuen Ding, ist es dasselbe: Immer taucht so ein durchgedrehter Neuling auf und will die Welt einreißen. Naja. Höchstwahrscheinlich hat er die Kamera noch abzubezahlen. Los, gehen wir.«

Die Disco des *Hotel Shqiperi* war gut besucht. Überall saßen und standen Männer, von denen ich annahm, daß sie sämtlich dafür zuständig waren, die Welt mit Neuigkeiten zu versorgen. Logisch, daß sie dabei keine Zeit hatten zu tanzen. Vielleicht lag es aber auch an der Live-Band. Der Manager des Hauses schien sie aus irgendeinem verlassenen Bergdorf des Apennins in diesen Keller geholt zu haben. Zu hören war die aktuelle italienische Hitparade. Aktuell, wenn man die Jahre zweiundsiebzig bis vierundsiebzig zugrunde legte. Mamma mia.

»Haben sie die aus Italien vertrieben?« sagte ich.

»Was denken Sie«, sagte Mesenhol. »Ganze Ewigkeiten haben die Albaner mit einem Stück Draht versucht, sich italienische Radio- und Fernsehprogramme ins Land zu holen. Seit Anfang der Neunziger haben sie es einfacher. Und seither kennen sie sich in Italiens Fernsehen besser aus als im eigenen Land. Berlusconi haben sie für den Messias gehalten, zum Beispiel.«

»Haben die Italiener das Rattengesicht ja auch«, sagte ich.

»Die spielen alles, was auf den italienischen *top ten* steht. Aber die Damen und Herren der internationalen Presse«, Mesenhol zeigte in die schummrig rot ausgeleuchtete Runde, »stehen eben auf die Schlager der sechziger und siebziger Jahre. Auf den Italoschmalz. Sie glauben, das macht das Leben in Vlora erträglicher.«

»Und?« sagte ich, »tut es das?«

»Muß es nicht«, sagte Mesenhol. »Ist gar nicht so schlecht hier.«

»Was?«

»Setzen wir uns an den Tresen.« Mesenhol hatte zwei freie Plätze ausgemacht.

»Naja«, sagte Mesenhol, während er dem Barkeeper ein

Zeichen gab, »hier ist ziemlich was los. Auch wenn es auf den ersten Blick nicht danach aussieht bei der ewig gleichen Schießerei. Aber es tut sich was. Hinter den Kulissen. Hinter den Bildern von den Jungs mit ihren Kameras. Und ich habe da so meine Theorie.«

Zweimal Sandwich, zweimal Whiskey.

»Mahlzeit«, sagte Mesenhol.

»Prosit. Und was tut man mit so einer Theorie?«

»In meinem Fall, als freier Korrespondent? Abwarten und hinsehen. Von mir verlangt keiner, daß ich täglich einen Zweizeiler rüberschiebe. Also tu ich es auch nicht. Das läßt mir die Zeit nachzudenken.«

»Damit ist aber noch nichts verdient«, sagte ich. »Hab ich nämlich auch schon mal versucht.«

»Wohl wahr«, sagte Mesenhol. »Deswegen kann ich Sie auch nur auf einen Whiskey einladen.«

»Noch bin ich kein Fall fürs Seemannsheim.«

Und sah mich nach meinem Reeder um. Ausgehend von der Kohle, die ich ans *Hotel Shqiperi* schon abgeliefert hatte, und ein paar Whiskeys nebst einem weiteren dieser strohtrockenen Sandwiches kalkulierend, war das Ablaufen der Flut und die nachfolgende Ebbe in meiner Reisekasse in absehbare Nähe gerückt.

»Mit etwas Glück treibe ich meine Heuer heute abend noch ein«, sagte ich.

»Der Mann, auf den Sie warten?«

»Herr von Pitner, exakt.«

»Jungs, rückt ein Stück.« Schedel war aufgetaucht. »Ich hab es allen erzählt, aber niemandem gezeigt«, sagte er und tätschelte seine Kamera. »Und der Sekundenpreis steigt von

Minute zu Minute. Übrigens, Kollege: Die Wetten stehen 6:2. Auf Krieg. Und für heute nacht erwartet man noch Großes. Auch wenn die Welt nichts davon ahnt, weil keines der Handys nach draußen durchkommt.«

»Dann wird sie ebenso dumm sterben wie wir«, sagte Mesenhol.

»Da ist er«, sagte ich.

Ich hatte soeben Pitner entdeckt. Auf der anderen Seite des Tresens, der sich U-förmig in den Raum schob, als ob der Architekt geahnt hätte, daß im *Hotel Shqiperi* dereinst Trinkplätze dreimal so häufig gefragt sein würden wie Tanzplätze. Pitner stand in zweiter Reihe und redete auf jemanden ein, den ich nicht sehen konnte.

»Die Verabredung?« sagte Schedel.

»Sozusagen. Da drüben. Hinter dem Glatzkopf.«

»Drago?« sagte Mesenhol.

»Nein, von Pitner.«

»Der, der sich die Stirn abwischt?«

Ich nickte.

»Au, au«, sagte Mesenhol.

Ich sah ihn an. Er hatte schmerzhaft das Gesicht verzogen, ohne Pitner aus den Augen zu lassen. Dann drehte er sich zu mir.

»Bad news«, sagte er. »And good news.«

»Wo?« sagte Schedel.

Euch beide brauch ich jetzt eigentlich gar nicht, dachte ich.

»Ist ein kleines, ganz kleines Geschäft zwischen mir und ihm«, sagte ich, »nichts, was Sie interessiert.«

Mesenhol sah erst mich an, dann Pitner, schließlich seinen Whiskey. »In Ordnung«, sagte er, »wenn Sie nicht wissen wollen, wer Drago Svetina ist.«

»Mein Pitner?«

Er nickte.

»Und?« sagte ich. Zum Teufel mit meiner Meinung von vor einer Minute.

»Information gegen Information«, sagte Mesenhol.

»Scheißspiel.«

»Ja. Aber vielleicht bringt es uns beide ja weiter. Also?«

»O.k.«

»Drago Svetina ist sozusagen ein slowenischer Geschäftsmann.«

Ich sah mir Mesenhol an. Was ist los, Kerl, dachte ich. »Weiter. Ist noch etwas wenig.«

»Man könnte auch sagen, er ist ein kleiner Gauner«, sagte Mesenhol. »Und jetzt Sie...«

»Bitte.«

»Svetina, oder Pitner, ist mit der *Splendid* in die Stadt gekommen?«

»Eingelaufen«, sagte ich.

»Gut, eingelaufen. Ja?«

»Ja.«

»Sie gehört ihm?«

»Sagt mir ein junger Reeder. Sein Vater hat das Schiff in Frankfurt beim Zocken verloren. Pitner hat die Papiere.«

»Was hatte die *Splendid* geladen?«

»Jetzt bin ich wieder dran.«

»Die eine Frage noch«, sagte Mesenhol.

»Journaille.«

Mesenhol lachte.

»Also gut«, sagte ich, »also gut. Ein Dutzend alter Autos. Meistens Daimler. Bremsbeläge, Stoßdämpfer und so was extra. Und ein paar verstaubte Geräte. Altes Zeug, medizinisches, unverpackt. Sah mir nach ziemlichem Schrott aus.«

Mesenhol winkte dem Barkeeper und bestellte eine neue Runde.

»Sie wissen, was Sie da sagen?«

»Ich laß es bleiben«, sagte Schedel und machte sich hinter einer Kunststoffblonden her, »ist mir alles zu hoch. Ruft mich, wenn's was zu bebildern gibt.«

»Ich weiß«, sagte ich und sah Mesenhol an.

Inzwischen war mir auch einiges klarer geworden. Da war ich hinter Pitner/Svetina her wegen ein paar hunderttausend Lire. Und war möglicherweise über ein Millionen-Mark-Geschäft gestolpert. Die Frage war nur, wie ich trotzdem an meine Heuer kam. Mehr wollte ich eigentlich nicht. Für die Errettung der Welt waren andere zuständig.

Mesenhol hielt mir mein Glas hin.

»Sie haben nichts gesagt, als ich in der Halle von millionenschweren Geräten gesprochen habe«, sagte Mesenhol. »Ich frage mich, wieso?«

Ich konnte ihm seinen nachdenklichen Blick nicht vergen. Wenn er mir böse war, weil ich meinen eigenen Dingen nachging, hatte ich ihn eben falsch eingeschätzt.

»Mehr, als an meine Heuer rankommen, will ich nicht«, sagte ich. »Und das möglichst unkompliziert.«

»Das verstehe ich.«

»Dann haben wir uns ja verstanden.«

»Fragt sich nur, wie das gehen soll.«

»Ich gehe zu ihm rüber und halte die Hand auf«, sagte ich.

»Würde ich in diesem Fall weniger empfehlen.«

Jetzt war es an mir, ihn mißtrauisch anzuschauen.

»Was soll daran schlimm sein?« sagte ich.

»Weil hier drin höchstwahrscheinlich mindestens eine Handvoll Leute sitzen, die ziemlich böse wären, wenn sie wüßten, daß Sie die fragliche Ladung und ihren Zustand gesehen haben.«

Er drehte sich wieder zum Tresen und studierte sein Glas.

»Außer«, sagte er, und er war kaum zu hören, »außer Sie selbst gehören auch dazu. Dann wird es böse für mich.«

Er stand ruckartig auf. »Kommen Sie, setzen wir uns in die Ecke da drüben.«

Ich schaute, etwas unentschlossen, zwischen dem leer gewordenen Tisch im Eck und Svetina hin und her.

»Wovor Sie am wenigsten Angst haben müssen, ist, daß er abhaut. Kommen Sie schon.«

Mesenhol winkte dem Barkeeper und legte einen großen Schein auf den Tresen.

»Wie Sie sehen, habe ich beschlossen, daß ich Ihnen traue«, sagte Mesenhol, als wir am Ecktisch saßen.

Wenn ich mich weit genug nach außen reckte, konnte ich um zwei plastikefeubekränzte Säulen herum den Teil des Tresens sehen, an dem Svetina stand.

»Wir werden sehen, ob ich mich getäuscht habe«, sagte Mesenhol.

»Gut«, sagte ich, »gilt umgekehrt genauso.«

»Ich habe so meine Theorien über diese Sache in Albanien hier«, sagte Mesenhol, »und ich will zwar nicht bei Adam und Eva oder Skanderbeg anfangen, aber zwei Sätze müssen Sie mir schon gönnen.«

»Wenn's der Wahrheitsfindung dient.«

Er verzog das Gesicht zu einem kurzen Grinsen.

»Das waren noch teuflische Zeiten«, sagte er, »seither sind wir älter geworden und die Dinge nicht einfacher. Also, meine Theorie in möglichst dürren Sätzen, auf daß sie vollkommen phantastisch klingt: Albanien, dieser Staat, dieses Land hier, ist im Begriff, als Ganzes, mit Haut und Haar und allem Drum und Dran, was es zu so einem Staat eben braucht und womit er dienen kann, dieses Albanien ist im Begriff, von der Mafia gekauft zu werden. Erstens. Dann, zweitens: Wobei diese Mafia nicht die Mafia der sizilianischen Schrotflintenträger ist, sondern ein supranationales, weltweit organisiertes Macht-, Interessen- und Finanzgeflecht, der Dachverband der russischen, japanischen, italienischen, deutschen, chinesischen, amerikanischen, Was-auch-immer-Sie-wollen-Mafia.«

»Die alten Verschwörungstheorien«, sagte ich, »nicht daß sie nicht auch auf mich einen gewissen Reiz ausüben, als Italiener ist man dagegen sowieso machtlos, *dietrologia* und *fantapolitica* sind bei uns Hauptfächer jeder anständigen Matura-Prüfung, aber...«

»Ich weiß. Trotzdem. Sie erinnern sich vielleicht, vor Jahren fand die Polizei in London Drogengelder. Und zwar, wörtlich, ein Zimmer voll. Kubikmeter. Das Problem ist dementsprechend...«

»...die Geldwäsche.«

»Also«, sagte Mesenhol, »kaufte die Mafia Unternehmer und Politiker und ging in die Wirtschaft.«

»Wir ersparen es uns, Namen zu nennen. Halb Frankfurt säße hinter Gittern, München, Berlin und Bonn wären leer.«

»Zum Beispiel. Aber es reichte nicht. Das Geld wurde mehr und mehr. Also kaufte die Mafia Banken.«

»BNL, zum Beispiel.«

Mesenhol sah mich einen Augenblick lang verwundert an.

»Ich sagte ja«, sagte ich, »ist ein Hobby von mir.«

»BNL, richtig. Und die, die nicht aufgeflogen sind«, sagte er.

»Aber es reichte immer noch nicht. Das Geld wurde mehr und mehr...«

»...und also beschloß dieser weltweit umsatzstärkste Konzern mit Gewinnen, die das Vielfache des Bruttosozialproduktes entwickelter kapitalistischer Gesellschaften...«

»...sagt man heute nicht mehr...«

»...das Vielfache an Gewinn also ausmachen, beschloß der Konzern, sich ein Land zu kaufen.«

»Und man suchte sich Albanien aus, weil ein Staat, in dem Atheismus Staatsreligion war, von Haus aus ein gutes Leumundszeugnis hat«, sagte ich.

»Kann man so sehen«, sagte Mesenhol. »Dazu kommt natürlich die zentrale Lage auf der Ost-West- und auf der Nord-Süd-Achse. Und daß es bezahlbar ist. Und überschaubar.«

»Jeder fängt mal klein an«, sagte ich.

Die Band, eben von einer kleinen Pause zurück, fing wieder zu spielen an. *Andavo a cento all'ora per trovar la bimba mia.*

»Das die Theorie«, sagte ich. »Wie steht's mit Indizien?« Von Beweisen wollte ich erst gar nichts hören.

»Viele. Aber, wie das mit Indizien so ist, vielfältig interpretierbar. Wir beschränken uns auf die wichtigsten: Das System wäre von Vorteil für die Beteiligten. Es ist plausibel. Liegt in der Natur der Sache. Und es ist machbar. Motiv und Gelegenheit also. Dann: Sogar Teile der bürgerlichen Presse sprechen inzwischen davon, Albanien sei die Schweiz des Balkans und das Kolumbien Europas. Geldwäsche und Drogen…«

»Bürgerliche Presse?« sagte ich, »was ist denn das für eine Ausdrucksweise?«

»Naja«, sagte Mesenhol, »jeder hat so seine Vergangenheit.«

»Richtig«, sagte ich, »und ich war ein halbes Jahr lang Mitglied der Passauer DKP.«

Mesenhol sah mich ungläubig an.

»Wirklich wahr«, sagte ich, »ist allerdings so lange her, daß ich mich nicht mehr daran erinnern kann.«

»Die DKP in Passau…«, sagte Mesenhol und schüttelte seinen Kopf, »was es nicht alles gibt.«

»Naja«, sagte ich, »die Stadt hat auch Franz Josef Strauß überlebt. Also lassen Sie uns zu Ende kommen. Weitere Indizien?«

»Drogenfahnder berichten, daß der Nachschub der türkischen Mafia verstärkt über Albanien einsickert. Dasselbe gilt für den Menschenschmuggel der chinesischen Mafia und den Waffenhandel der russischen. Die *Sacra Corona*

Unita, Apuliens Mafia, und die *Cosa Nostra* haben als eine der ersten den Fuß ins Land gesetzt. Und vor allem: Sie schießen nicht aufeinander. Also ist anzunehmen, daß sie sich geeinigt haben.«

»Nehmen wir's an.«

»Jetzt muß man das Land nur noch auf Null fahren«, sagte Mesenhol, »und man hat freie Hand.«

»Auf Null fahren?« sagte ich.

»Ja. Alles, was irgendwie an einen Staat erinnert, wird in den Boden gestampft. Und damit kommen die Pyramiden ins Spiel.«

»Finanzierungsgesellschaften im Pyramidensystem«, sagte ich, »ich habe davon gehört.«

»Genau. Die meisten waren oder sind hier in Vlora ansässig. *Kombari, Jaliza,* die VEFA natürlich. Alles hochoffizielle Firmen mit Billigung des Staates und des Auslandes, an VEFA ist zum Beispiel Staatspräsident Berisha beteiligt. Sie versprechen fünfzig bis siebzig Prozent Rendite. Sammeln alles Geld ein, was im Land aufzutreiben ist. Ich habe Bauern gesehen, die ihren nordkoreanischen Traktor zu Kohle gemacht haben. Keiner arbeitet mehr, blöd wär er. 1991 hat ein Arzt im Monat 19 Mark verdient. Jetzt verkauft er seine Geräte und hofft auf die siebzig Prozent. Die werden eine Zeitlang auch ausgezahlt. Kein Problem, weil in den Pyramiden ja Mafiageld gewaschen wird. Da sind dreißig Prozent Rückfluß eine fette Beute. Es sind die reichen Jahre. Jeder zweite mindestens steckt in einer Pyramide, mit Hab und Gut und Sack und Pack. Man redet von über zwei Milliarden US-Dollars, die ihren Weg in die Finanzierungsgesellschaften gefunden haben. Die EU überweist 880 Millionen Mark als Aufbaufonds nach Albanien? Raten Sie, wo die gelandet sind.«

»Die Pyramiden«, sagte ich.

Mesenhol nickte.

»Hilfsorganisationen schicken Säuglingsnahrung... Rein in die Pyramide. Aus Albanien wurde Legoland. Eine Pyramide auf der anderen und alle davon abhängig. Alle. Und dann wird es Zeit für Stufe zwei. Das gewaschene Geld wird aus den Pyramiden herausgezogen und anderswo investiert. Die Finanzierungsgesellschaften stellen die Zahlungen ein. Aufruhr, Revolte, Verzweiflung. *Posthe Piramida Queveritare*, schreiben sie auf ihre Protestplakate, *Nieder mit den Pyramiden der Regierung*. Wunderbar, sagt die Mafia, jetzt noch die Regierung, und dann gibt es nichts mehr, was funktioniert in diesem Land, außer uns. Innerhalb weniger Wochen stellen die Menschen entsetzt fest, daß nichts mehr da ist. Ihr Geld verschwunden, die Arbeitsgeräte verscherbelt, der Familienschmuck, die Fabrik längst dicht, die Felder vergammelt. In einem halben Jahr ist das gesamte Volksvermögen dieses Landes zerstört worden, eine Nation entkapitalisiert. Das hat nicht einmal der alte Enver Hoxha geschafft. Und außerdem: Die Polizei ist geflüchtet... Sie haben sich im Laufen noch die Uniformen ausgezogen, glauben Sie mir, ich habe es gesehen. Das Militär hat in Kompaniestärke und Zivilkleidung die Kasernen verlassen, Tür und Tor offen. Deswegen gibt es überhaupt noch Munition für die Ballerei in den Himmel. Übrigens ein schönes Bild dafür, denke ich, daß diese Leute beim besten Willen nicht mehr wissen, wie es weitergehen soll. Sie zeigen ihre leeren Taschen und ihre leere Wut. Das einzige, was dem Land geblieben ist, sind die sechshunderttausend Ein-Mann-Bunker aus chinesischem Zement. Der Rest ist Tabula rasa.«

»Wie geht's weiter?« sagte ich.

»Berisha wird gehen, irgendein sogenannter Neuer wird kommen, und es wird sich schnell Stille ausbreiten über diesem Land. Vielleicht gibt es Wahlen. Spätestens nach der Wahl verschwinden die Reporter und das Interesse. Und es ist Zeit für den Aufbau. Dann werden sich *Die Großen Mafiösen Interessen* in Ruhe ihr Land zurechtbasteln. Mit allem, was man so zum Leben braucht: Gesetze, Parteien, Staatsbank, Regierung, Militär, Polizei, Botschafter, Unternehmen, ein Staatsballett, wenn Sie wollen. Und es wird alles ihnen gehören. Wie dieses Hotel hier.«

»Schreiben Sie das?«

Mesenhol lachte. »Das druckt keiner, mein Freund. Nicht in der Gesamtschau. Ich werde es nicht einmal versuchen, man würde mich für verrückt erklären.«

Allerdings, dachte ich.

»Sie glauben ja auch nicht so recht dran. Und Sie waren immerhin in der Passauer DKP, den Spezialisten für Weltverschwörung. Nein. Details, kleine Geschichten werde ich unterbringen können. Mehr nicht. Ist auch in Ordnung so.«

Ich sah ihn fragend an.

»Dann fällt es mir leichter, daran zu glauben, ich sei der einzige im Besitz der Wahrheit«, sagte Mesenhol, und plötzlich entdeckte ich die grauen Ringe unter seinen Augen, das leichte Zucken in der Wange und die Äderchen an der Nase. »Und das ist immerhin das große abendländische Menschheitsziel. Übrigens: Das Marihuana, das auf den

Plantagen hier in den Bergen wächst, soll besser sein als das südamerikanische.«

»Und?«

»Es stimmt«, sagte Mesenhol.

Er hatte uns noch zwei Whiskeys kommen lassen.

»Gut«, sagte ich. »Fassen wir zusammen. Zur Polizei kann ich also nicht gehen, um an mein Geld heranzukommen.«

»Nein.«

»Da hilft es mir auch wenig zu wissen, wieso es keine Polizei mehr gibt.«

»Richtig.«

»Also werde ich jetzt doch den Herrn Pitner aufsuchen. Oder Svetina. Oder wie der heißt.«

»Das halte ich immer noch für einen Fehler«, sagte Mesenhol. »Er ist zwar nur ein winzig kleines Würstchen in dem System. Aber trotzdem nicht zu empfehlen.«

»Ich muß aber etwas tun«, sagte ich, »sonst werde ich in dem verrückten Journalistenhaufen noch genauso verrückt wie ihr alle.«

Mesenhol lachte auf.

»Zuschauen, beobachten, ohne mitzumischen«, sagte er, »das geht an den Nerv und die Gesundheit. Da haben Sie recht. Ja, wir sind ein Haufen unheilbar verrückter, gott- und vaterlandsloser Gesellen mit schwersten Persönlichkeitsstörungen. Und wie gesund sind Sie?«

»Naja, wenn der richtige Psychiater kommt, bin ich fällig.«

»Sehen Sie.«

»Und wenn ich durch das Dorf meiner Vorfahren gehe, zeigt man mit dem Finger auf mich.«

»Na also.«

»Aber das alles kann natürlich auch nur bedeuten, daß ich Mundgeruch habe«, sagte ich.

»Was sowieso der gröbste Angriff auf die menschliche Zivilisation ist, richtig.«

Dieser Mesenhol war immer noch schwer einschätzbar. Und kippte inzwischen in immer kürzeren Abständen von einem Gemütszustand in den anderen.

»Da seid ihr ja, Jungs, habt euch versteckt, oder wie?«

Der Schedel. Frisch und froh und fröhlich. »Neuigkeiten, Jungs«, sagte er. »Mann, die fliegen hier nur so rum, die Neuigkeiten, wie Splittergranaten, ich sag's euch.«

Mesenhol reagierte gar nicht. Ich nickte.

»Zwei MIG's oder zwei chinesische was auch immer, heute abend«, sagte Schedel. »Sind der albanischen Luftwaffe abhanden gekommen. Samt Piloten. Aufgestiegen und abgehauen. Wohin, weiß man nicht so genau. Rumänien, Italien, Irak. Ich schätze mal, mehr als vier von den Dingern hatten die eh nicht. Auf und davon. Fünfzig Prozent.«

»Na, sehen Sie«, sagte Mesenhol, »es läuft ja.«

»Was hat der jetzt?« sagte Schedel.

»Den Moralischen«, sagte ich.

»Ich krieg auch gleich den Moralischen«, sagte Schedel. »Irgendwie kommt man hier nicht an die Mädchen ran. Steht gleich immer so ein finsterer Typ dahinter. Ich versteh nicht, was die Mädels dann hier tun, wenn man eh nicht drüber darf.«

»Tanzen«, sagte Mesenhol, »tanzen und trinken.«

»Dann versuche ich das jetzt mal, Jungs, nichts für ungut. Heute wird nicht schlafen gegangen«, sagte Schedel und stürzte sich wieder ins Getümmel.

»Der wird noch Fernsehdirektor, ich sag's Ihnen«, sagte Mesenhol. »Hat alle Voraussetzungen.«

Ich beobachtete Schedel. Er hatte sich vor einer der Blondgefärbten aufgebaut, einen verunglückten Knicks hingelegt, und jetzt tanzten sie auf der kleinen, von unten beleuchteten Fläche vor der Band. Schedel grinste übers ganze Gesicht und versuchte, seine Extremitäten zu koordinieren. Die Blondgefärbte produzierte gekonnten Minimalismus. Die Band spielte *Azzurro.*

Ich ertappte mich dabei, wie ich mitsang. *Azzurro, quel pomeriggio è troppo azzurro e lungo per me. Mi accorgo di non avere più risorse senza di te. E allora, io quasi quasi prendo il treno e vengo, vengo da te. Il treno dei desideri nei miei pensieri al incontrario va.* Tadadammdadadamm.

»Ist doch immer wieder schön«, sagte Mesenhol.

»Ja«, sagte ich. »Besonders: *Der Nachmittag ist zu blau.*«

»Ich sollte mich eigentlich noch an den deutschen Text erinnern«, sagte Mesenhol.

Legte seinen Kopf nach hinten auf die Polsterung, holte tief Atem und fing dann an: *»... käm ich dann schneller ganz nach oben, wär ich Direktor, und du wärst froh. Yes, das sind leider alles Träume, wenn du bei mir bleibst, dann geht das so: Azzurro ...«*

»Da tun sich ja Welten auf«, sagte ich. »Der Deutsche als solcher hat das Zeug zum Dichten, unbestritten. Und so mitten aus der Arbeitswelt gegriffen. Phänomenal.«

»So«, sagte Mesenhol, »ich geh jetzt rüber.«

Ich verstand nicht sofort.

»Ich greif mir jetzt den Svetina.«

»Ist doch Quatsch. Einfach so greifen, das kann ich auch. Und dann tu ich's lieber selbst«, sagte ich. Den Spaß wollte ich mir von der Tippmamsell nicht nehmen lassen. »Erst mich abhalten wollen, und dann selber laufen...«

»Nichts da, *Mister Azzurro*«, sagte Mesenhol, »ich bin im Auftrag des Herrn unterwegs. Werde den Signor Svetina um ein Interview bitten, ganz offiziell.«

Mesenhol schien nicht mehr ganz klar im Kopf zu sein. Was bei der Atmosphäre in diesem eigenartigen Kellerlokal nicht weiter verwunderlich war.

»Und das wird ihn so erschrecken, daß er sofort mit meiner Kohle rüberrückt, ja?«

»Ich werde ihm erklären, daß ich schon einen Bericht über diese noble Spende der deutschen Industrie gemacht habe und daß ich eigentlich beabsichtige, einen Bericht über die glückliche Ankunft der Bescherung zu schreiben. Mit ein paar Details aus dem Gespräch mit ihm.«

»Wozu soll das gut sein?«

»Das, ehrlich gesagt, weiß ich auch noch nicht.«

»Wenn das so ist, geh ich selber. Mir ist lieber, er läßt *meinen* Schädel einschlagen. Ist ja auch *meine* Kohle«, sagte ich.

»Nichts da, ich gehe.«

Mesenhol hatte sich ereifert, das erste Mal an diesem Abend.

»Ich bin der Sache seit Monaten auf der Spur. Die lasse ich mir nicht mehr nehmen.«

Er schob sich ruckartig aus der Polsterung, wankte leicht, griff nach der Tischplatte und verfehlte sie. Ich fing ihn auf.

»Da haben sich zwei gefunden. Fallen schon in der ersten

Nacht übereinander her.« Schedel stand an unserem Tisch und grinste. »Darf ich trotzdem...?«

»Setz dich«, sagte Mesenhol und schob sich wieder in die Vertikale. »Und keine dummen Sprüche, Bilderfuzzi.«

»Auch nichts darüber, was ich eben am Tresen über die *Splendid* gehört habe? Herr Ich-schreibe-Artikel-nur-wenn-sie-länger-als-eine-Doppelseite-sein-dürfen-und-niemand-sie-liest?«

»Was ist mit der *Splendid*?«

»Sie läuft in vier Stunden aus.«

Schedel saß da, strahlte über das ganze Gesicht und genoß das Erschrecken in unseren Gesichtern.

»Na«, sagte er, »Mesenhol, was sagst du nun? Immer noch Bilderfuzzi?«

»Sie ist weg«, sagte Mesenhol und starrte ins Leere.

»Noch nicht«, sagte ich. »Wie spät ist es?«

Mesenhol hob mechanisch den Arm, ohne danach zu sehen. Ich beugte mich rüber.

»Zwei Uhr dreißig«, sagte ich. »Wann soll sie auslaufen?«

»Sieben Uhr.«

»Scheiße«, sagte Mesenhol. »Das ist absolute Scheiße.«

Schedel sah ihn kurz an und schüttelte dann den Kopf. »Werden wir alle so, nach ein paar Monaten in diesem Land?« sagte er.

»Wir werden, was wir sind.«

Mesenhol war ins Philosophieren geraten, unwiederbringlich.

Als ich die *Splendid* zum letzten Mal gesehen hatte, kurz bevor die italienischen Sikorsky gelandet waren, hatten vermummte Männer mit Maschinenpistolen davor gestanden.

»Bevor ich dem Svetina hierhergefolgt bin«, sagte ich, langsam, weil ich am Nachdenken war, »standen Vermummte mit Kalaschnikows...«

»...vor der *Splendid,* wetten?«

Mesenhol war nicht zu unterschätzen.

»Ja«, sagte ich.

»Dann ist sie jetzt leer«, sagte Mesenhol.

»Und die Spur ihrer Ladung verliert sich irgendwo im Land«, sagte ich.

»Im schlimmsten Fall, falls zum Beispiel ein Journalist nachfragt, waren es mal wieder die sogenannten Aufständischen«, sagte Mesenhol. »Unkontrollierbar, chaotisch, gewalttätig, das Produkt von Stammesriten, die uns Mitteleuropäern nie verständlich sein werden. Sie klauen Fregatten, Panzer, MIG's. Nur um sie wie kleine Kinder unter Freudenjauchzern zu Schrott zu fahren. Wieso dann nicht auch fabrikneue Computertomographen?«

»Es gibt also keine Beweise mehr gegen Svetina, die Schweinebacke ist in Sicherheit«, sagte ich. »Na schön.«

»Das wird der größte Flüchtlingstransport seit Monaten, habe ich mir sagen lassen«, sagte Schedel.

»Konträr«, sagte Mesenhol. »Jetzt erst recht.«

Mesenhol, plötzlich die Nüchternheit in Person, stand auf.

So sieht einer aus, der nicht verlieren kann, Tschenett, dachte ich. Sieh es dir an. Damit du weißt, wie dumm du manchmal dastehst.

»Hier, Seemann«, sagte er, »mein Schlüssel. Zimmer 326. Gehen Sie schon mal vor. Ich bin in zehn Minuten da.«

»He, die Party ist noch nicht zu Ende«, sagte Schedel.

»Richtig. Du kommst in einer halben Stunde nach, ja? Und sieh zu, daß die Akkus an deiner Scheißkamera geladen sind, verstanden?« Mesenhol schien zu wissen, was er wollte. »Los, haut ab«, sagte er. »Mal sehen, ob wir Leben in die Bude bringen.«

Typischer Fall von manisch-depressiv, dachte ich.

Und?

Na ja, willst du dich auf so einen verlassen?

Ich verlaß mich auf mich ja auch.

Dem Argument war ich nicht mehr gewachsen. Ich stand auf.

»Geben Sie schon her«, sagte ich und nahm den Schlüssel.

Mehr als Mord und Totschlag war von dieser Geschichte sowieso nicht mehr zu erwarten.

14

Man kann sich nicht hinlegen und sterben,
weil man verloren hat.
Muhammad Ali

Mesenhols Zimmer war ein Tempel des Chaos. Während ich in der Tür stand und mich nach einem Platz umsah, an dem ich ungefährdet stehen konnte, fragte ich mich, wie lange er hier drin schon wohnte. Und wie lange die Statik des Hotels noch mitspielen würde.

Alles, was eßbar in Konserven gelagert werden kann, schien sich hier versammelt zu haben. Daneben meterhohe Stöße von Zeitungen und Büchern. Waffen, Schnaps. Und eine Galerie von Heiligenbildern. Ich kämpfte mich durch das Wirrwarr, vorsichtig darum bemüht, nirgendwo anzustoßen. Es hätte mich das Leben kosten können. Begraben unter einer Lawine von Pfirsichen im eigenen Saft, ungezuckert, und Königsberger Klopsen samt Kapernsoße. Erdrückt von einem Turm faulig nach längst überholten Nachrichten riechender Zeitungen dreier verschiedener Sprachen: So hatte ich mir bis dato mein Ende nicht vorgestellt, und dabei wollte ich es auch belassen.

Du hast dich auf einen Verrückten eingelassen, Tschenett.

Habe ich. Ja.

Wieso drehst du dann nicht um?

Weil das, Tschenett, wie man sieht, hier nicht geht.

Dann hatte ich, nahe am Fenster, einen kleinen Stehplatz gefunden. Noch war es Nacht draußen, noch war es kühl, noch wußte ich nicht, wie es weitergehen sollte. Noch lag die *Splendid* im Hafen. Und noch gab es nichts, was mich in diesem Land hielt.

Es war wohl am besten, zu versuchen, wieder an Bord der *Splendid* zu kommen.

Also bleibst du erst mal hier, Tschenett, und wartest ab, wie sich die Dinge entwickeln.

Als mir nach zehn Minuten die Füße schmerzten, begann ich, vorsichtig und Stück für Stück einen Stapel Konserven so umzuschichten, daß nach fünf Minuten Präzisionsarbeit ein Sitzplatz entstanden war. Wenn ich mich langsam, vorsichtig und beide Hinterbacken gleichmäßig belastend niederließ, bestand eine gewisse Chance, daß der Sitzplatz auch hielt. Er hielt.

Mich überkam etwas Müdigkeit, der ich allerdings kaum nachzugeben wagte, aus Sorge um die Stabilität meines Daseins.

Als ich mich, einen roten Rettungsring um die Hüften, von Bord stürzte und erstaunt feststellte, daß da kein Tropfen Wasser war, wachte ich auf.

Mesenhol stand vor mir.

»Es geht los, Tschenett«, sagte er.

»Was?«

»Das werden Sie gleich sehen. Helfen Sie mir.«

Mesenhol begann, nach einem mir undurchschaubaren System Konserven, Zeitungen, Bücher und Flaschen umzustapeln.

Langsam kam ich auf die Beine.

»Beeilung«, sagte Mesenhol, »es zählt jede Sekunde. Der Stapel muß da rüber. Und der da hierher.«

Ich fragte nicht weiter nach und ging an die Arbeit. Mesenhol schien zu wissen, was er tat. Oder besser: Ich hoffte, daß er es wußte.

Dann klopfte es an die Tür.

»Komm schon rein«, sagte Mesenhol.

Ich drehte mich um und konnte zwischen den Stapeln hindurch Schedel erkennen.

»Mein Gott...«, sagte Schedel.

»Hast du die Kamera dabei?«

Mesenhol schien sich auf keine Diskussion über seine raumgestalterischen Fähigkeiten einlassen zu wollen.

»Ja«, sagte Schedel.

»Her damit. Und wirf mir nichts um.«

»Ich werd's versuchen.«

Mesenhol stapelte ununterbrochen weiter.

»Kann man erfahren, was ich mit der Kamera soll?« sagte Schedel, als er sich endlich bis zu uns durchgeschlagen hatte.

»Später«, sagte Mesenhol, »wir haben es eilig. Der Stapel da vorne muß noch weiter nach links.«

Wir machten uns zu dritt über ihn her. Und dann hatten wir uns eine Art Gasse quer durch den Raum gebaut, vom Fenster bis zu einem kleinen Einbauschrank.

»Ich will jetzt wissen, was hier gespielt wird.« Schedel würde gleich die Geduld verlieren.

»Sind die Akkus voll? Leere Kassette drin?« Und Mesenhol hatte es eilig.

»Es sind noch 'n paar Minuten drauf«, sagte Schedel, »das reicht. Egal, wofür.«

»Das reicht nicht.« Mesenhol war laut geworden.

»Doch.« Schedel auch. »Mir nämlich. Ich hau wieder ab. Und zwar mit meiner Mühle.«

»O.k.«, sagte Mesenhol, »ich erklär's dir. Aber hol zuerst eine Leerkassette. Und bring das Band mit den Fregattenaufnahmen mit.«

»Ist da drin«, sagte Schedel und zeigte auf die Kamera.

»Los, lauf«, sagte Mesenhol. »Beeil dich, bitte.«

Von dem Bewohner dieser chaotischen Konserventrutzburg ging jetzt so viel stille Bestimmtheit aus, daß Schedel kopfschüttelnd lostrabte. Mesenhol gab mir einen Wink, wir verbreiterten den Weg zur Zimmertür. Dann sah Mesenhol sich um.

»Gut«, sagte er, »das müßte reichen.«

Ich fragte erst gar nicht, wofür.

Schedel kam schnaubend und mit einer Kassette in der Hand zurück. »So«, sagte er, »ich höre.«

»Wir bauen die Kamera in den Schrank und lassen die Tür einen Spalt offen«, sagte Mesenhol. »In ein paar Minuten kommt Svetina. Ich schalte die Kamera ein und laß ihn ins Zimmer. Wir werden hier stehen, also mitten im Bild, oder?«

Schedel sah von links nach rechts, kniff ein Auge zu, schätzte ab.

»Müßte sich ausgehen«, sagte er.

»Muß«, sagte Mesenhol. »Svetina kommt also rein, Kamera läuft, ich unterhalte mich mit ihm, Tschenett kommt dazu. Ende der Veranstaltung.«

»Und wozu das Ganze, wenn man fragen darf?«

Schedel war noch nicht überzeugt. Ich übrigens auch nicht.

»In einer halben Stunde wirst du Aufnahmen haben, um die sich die Sender reißen.«

»Ja. Wie bei den Fregatten. Mensch, wir sitzen hier ohne Handyverbindung, ohne Videoleitung nach draußen. Einen Scheiß reißen sich die. Die wissen gar nicht, daß es die Bänder gibt.«

»Deswegen wird der Tschenett zu unserem Gespräch dazukommen. In ein paar Stunden sitzt er auf der *Splendid* und spätestens heute nacht ist er in Brindisi und gibt die Bänder weiter. Hier, schreib ihm auf, wen er anrufen soll. Und dann geh auf dein Zimmer und warte, bis ich dich hole.«

Schedel sah mich an. Ich nickte.

»Wenn wir noch lange diskutieren, ist es zu spät«, sagte Mesenhol. »Svetina wird jeden Augenblick auftauchen.«

»In den Schrank?« sagte Schedel.

»Ja, und so, daß ich nur mehr auf den Knopf drücken muß.«

»Ist etwas dunkel hier«, sagte Schedel.

»Tschenett, da hinten muß noch eine Lampe stehen. Und dann gehen Sie bitte ins Badezimmer. Und kommen nicht raus, bevor ich es Ihnen sage. Verstanden?«

»Ay Ay, Sir«, sagte ich.

Schedel hatte die Kamera eingerichtet und mir die Kassette und die Berliner Telefonnummer gegeben.

»Beruhigt euch, es wird schon klappen«, hatte Mesenhol gesagt und mich ins Bad geschoben.

Ich hatte die Tür nur angelehnt. Schedel war in sein Zimmer verschwunden. Nicht ohne vorher noch einmal den

Kopf zu schütteln. Mesenhol ging den schmalen Gang zwischen den Stapeln auf und ab und summte. Schien glücklich und zufrieden. Und genau zu wissen, was er tat.

»Drago, schön, daß du Zeit hast.«

»Für einen alten Geschäftsfreund doch immer.«

»Ich hoffe, daß das noch lange so bleiben wird.«

»Da bin ich mir sicher, Mesenhol.«

»Trinkst du einen Schluck, Freund? Auf unser Geschäft?«

»Drago Svetina trinkt auf jedes gute Geschäft, das weißt du.«

»Dann werden wir heute nicht nüchtern bleiben, Drago. Ich habe da was Neues für dich.«

Ich legte mein Ohr an die Badezimmertür, vorsichtig, um sie nicht ins Schloß zu drücken. Svetina und Mesenhol in trauter geschäftlicher Umarmung. Turtelten wie zwei frisch Verliebte. Darauf war ich nicht vorbereitet.

»Sehr zum Wohle«, sagte Mesenhol.

»Hier«, sagte Svetina, »deine hundert Dollar. War ein schöner Artikel, hat man mir gesagt.«

»Ist ja auch was Schönes, so eine Millionenspende. Das liest der Kunde gern, vor allem, wenn seine Landsleute so edel dastehen dabei. Und, alles gut gelaufen?«

»Ja.« Svetina lachte. »Ich nehme an, Jelzin liegt gerade in einem der Geräte und läßt sich seine Leber fotografieren.«

»Sind nach Moskau gegangen?«

»Ein Nobelkrankenhaus. Haben den besten Preis geboten.«

»Dann sind alle glücklich und zufrieden?« sagte Mesenhol.

»Aber ja. Die deutsche Firma hat etwas für ihr Image getan, schreibt ein paar Millionen als Spende von der Steuer ab und kassiert immer noch zwanzig Prozent vom Ladenpreis. Moskau ist zu günstigen Spitzengeräten gekommen. Die Albaner zu alten, die ihnen ein österreichisches Krankenhaus gespendet hat. Wir haben auch ein paar Dollars dran verdient. Und Boris Jelzin weiß jetzt, daß noch ein paar Flaschen Wodka Platz haben in seiner Leber.«

Svetina lachte noch einmal. »Du siehst, wir haben alles getan, um die Menschheit glücklich zu machen.«

»Dazu sind wir da«, sagte Mesenhol. »Prost.«

»Was ist das für ein neues Geschäft, das du mir vorschlagen willst?«

»Bloß nie stehenbleiben, nicht wahr, Drago?«

»Man muß die Dinge am Laufen halten.«

»Ein Vierhundert-Dollar-Geschäft.«

»Vierhundert?«

»Ja. Weil ich dir ein Problem vom Hals schaffe. Ein großes.«

»Welches?«

Ich hielt den Atem an, um kein Wort zu verlieren.

»Einen Zeugen, der gesehen hat, daß der medizinische Schrott an Bord der *Splendid* keine Millionen Mark wert war. Und der reden will. Er hat sich bereits hier im Hotel an einen deutschen Kameramann herangemacht.«

Mesenhol, du verdammter Dreckskerl.

»Der Hilfsmaschinist. Diese Scheißpenner haben ihn einfach von Bord gehen lassen. Waren zu sehr mit den verdammten alten Karren beschäftigt.«

»Genau«, sagte Mesenhol, »der Hilfsmaschinist.«

Ich versuchte, kein Wort zu überhören und mir gleichzeitig so schnell wie möglich über ein paar Dinge klarzuwerden. Mesenhol wußte, daß ich sie hören konnte. Schedel saß brav auf seinem Zimmer. Die Kamera... Es war so einfach: Mesenhol hatte sie, bevor er Svetina ins Zimmer gelassen hatte, einfach nicht angemacht. Und ich saß im Badezimmer fest. Wie ein Idiot. Dummer, armer, angeschissener Tschenett. Bis zur Halskrause hatte man mich angeschissen. Und ich konnte nur noch abwarten und zuhören, wie der Pegel stieg.

»Wo ist er?« sagte Svetina.

»Vierhundert«, sagte Mesenhol. »Du gibst mir doch recht, daß das ein guter Preis ist, oder?«

»Zweihundert«, sagte Svetina.

Jetzt feilschten die beiden schon um den Preis meines Lebens. Da siehst du einmal, Tschenett, mit wem du deine Whiskeys trinkst.

»Vierhundert«, sagte Mesenhol, »keinen Lek weniger.«

»Hör zu, das ist so ziemlich genau das Doppelte von dem, was der Hilfsmaschinist offiziell hätte bekommen sollen.«

»Jetzt ist er ja auch doppelt soviel wert.«

Ich hätte ihn erwürgen können. Wenn ich dafür noch Luft genug gehabt hätte. Es war stickig geworden hier im Bad. Und mir heiß.

»Dein letztes Wort?«

Svetina war ein sparsamer Geschäftsmann.

»Mein letztes«, sagte Mesenhol. »Vierhundert ist fair.«

»Also gut, du Halsabschneider. Hier.«

Svetina schien Mesenhol den Judaslohn in die Hand zu

zählen. Ich spannte meine Muskeln an. Du hast ihm nicht die ganze Wahrheit gesagt, Mesenhol. Das wird ihn nicht nur vierhundert kosten, sondern auch ein paar auf die Nase. Und dich genauso. Er hat zwar keine Chance in seinem Verlies, aber kampflos ist der Tschenett nicht zu haben.

»Also, wo ist er?« sagte Svetina.

»Kommen Sie heraus!«

»Was soll das, Freund?« sagte Svetina.

»Kommen Sie heraus, Tschenett.« Mesenhol rief nach mir. »Ganz ruhig, Svetina. Los, Tschenett. Es ist vorbei.«

Wo er recht hatte, hatte er recht. Umbringen konnte ich mich auch zwischen Königsberger Klopsen und Pfirsichhälften lassen. Es hatte den Vorteil, daß ich dem Scheißkerl vorher noch einmal ins Gesicht schauen konnte.

»O.k.«, sagte ich, »ich komme.«

Ich richtete mich langsam auf, wischte mir den Schweiß von der Stirn, atmete einen Brustkorb voll Luft ein und öffnete die Tür. Sei's drum, Tschenett.

Mesenhol grinste übers ganze Gesicht. »Na endlich.«

Svetina hielt die Hände in die Luft, Mesenhol eine Pistole in der Hand.

»Haben Sie unser Stichwort vergessen?« sagte Mesenhol und lachte.

Der Dreckskerl lachte sich einen.

»Ich habe alles mögliche vergessen«, sagte ich.

»Man sieht es Ihnen an«, sagte Mesenhol.

Wenn ich nur halb so schlimm aussah, wie ich mich fühlte, reichte das für zwei Freikarten ins Gruselkabinett. Ich lehnte mich an den Türstock und atmete einmal tief durch. Svetina stand immer noch mit erhobenen Händen vor Mesenhol und blinzelte verständnislos in die Welt.

»Ich habe es geglaubt«, sagte ich, stieß mich ab und ging auf die beiden zu, »ich habe es wirklich geglaubt.«

»Und führe uns nicht in Versuchung«, sagte Mesenhol.

»Hätte schlimm ausgehen können für Sie, Mesenhol«, sagte ich, »ich war drauf und dran, Ihnen an die Gurgel zu gehen.«

»Da haben wir ja noch einmal Glück...«

Weiter kam Mesenhol nicht.

Svetina hatte sich auf einen der Zeitungsstapel geworfen und eine Kalaschnikow an sich gerissen.

»Ans Fenster, beide«, sagte Svetina, fuchtelte mit der Maschinenpistole und gab sich nicht die geringste Mühe, besonders freundlich zu wirken.

»Tun Sie, was er sagt«, sagte Mesenhol.

»Ist das schon wieder ein abgekartetes Spiel?« sagte ich.

»Nicht von mir«, sagte Mesenhol, »versprochen.«

»Wir werden sehen, was Ihr Wort wert ist.«

»Haltet endlich die Schnauze, ihr beiden«, sagte Svetina, »und nehmt endlich eure Hände hoch. Mesenhol, verdammter Schreiberling, ich werde dich umlegen.«

»Das glaube ich auch«, sagte Mesenhol und streckte brav die Hände in die Höhe, in der Rechten die Pistole.

»Und dich, Hilfsmaschinist, genauso.«

»Bitte nicht«, sagte ich, »ich kenne den Mann kaum.« Ich ahnte, daß Mesenhol mich von der Seite her ansah. »Er hat mich gezwungen, in sein Bad zu gehen. Er hat mich niedergeschlagen, mir Schlaftabletten in den Kaffee und Abführmittel in den Whiskey getan. Danke, daß Sie mich gerettet haben, Herr von Pitner, ich meine Herr Svetina. Er ist ein ganz gemeiner Mensch.«

»Schnauze halten, Hilfsmaschinist«, sagte Svetina.

»Ay Ay, Sir.«

»Nimm ihm seine Pistole ab. Aber schön langsam und mit zwei Fingern, verstanden?«

»Zwei Finger«, sagte ich, »jawohl, Herr Svetina.«

»Und langsam. Sonst schieße ich.«

»Ich habe verstanden.«

Ich drehte mich langsam zu Mesenhol.

»Tut mir leid«, sagte ich, »aber Sie sehen ja, ich habe gar keine andere Wahl.«

»Das sehe ich.« Mesenhol klang etwas verbittert.

»Und jetzt?« sagte ich. Ich hielt die Pistole mit Daumen und Zeigefinger vor mir in der Luft.

»Jetzt nimmst du sie schön langsam in die Hand. Gehst einen halben Schritt zurück, zielst auf seinen Kopf und drückst ab.«

Svetina hatte jedes seiner Kommandos mit einer kleinen Bewegung der Kalaschnikow begleitet.

»Das kann ich nicht, Svetina.«

»Du wirst«, sagte Svetina und klopfte auf seine Maschinenpistole. »Wetten?«

»Ich bitte Sie«, sagte Mesenhol, »wetten Sie nicht auch noch auf mein Leben.«

Dreckskerl, jetzt weißt du, wie ich mich gefühlt habe.

»Wann legt die *Splendid* ab?« sagte ich.

»Das ist jetzt gleichgültig«, sagte Svetina. »Erst will ich meinen Herrn Geschäftspartner loswerden.«

»Svetina, hör auf«, sagte Mesenhol, »Mensch, nimm dir das Geld zurück und laß den Scheiß mit dem Erschießen. Wir zwei können noch jede Menge Kohle machen, gemeinsam.«

»Ohne dich mach ich mehr«, sagte Svetina.

»Da muß ich ihm recht geben«, sagte ich und winkte mit der Pistole. »Los, raus mit dem Geld.«

»Sehr gut, Hilfsmaschinist«, sagte Svetina.

»Ratte«, sagte Mesenhol.

»Die Kohle«, sagte ich.

Mesenhol griff in die Tasche seines Jacketts und holte die Dollarscheine heraus. Ich griff sie mir mit der Linken.

»Vielen Dank«, sagte ich, während ich sie einsteckte.

»Nicht erschießen«, sagte Mesenhol.

»Wenn ich die Wahl habe zwischen Ihnen und mir, wie denken Sie, werde ich mich entscheiden?« sagte ich.

»Ratte«, sagte Mesenhol.

»Das hatten wir schon«, sagte ich. »Ist eine Stilschwäche, dasselbe Wort auf vier Zeilen zweimal zu benutzen. Ich denke, Sie wollen es zu was bringen im Journalismus.«

»Los«, sagte Svetina, »erschieß ihn endlich.«

Ich hob die Hand mit der Pistole.

Und ließ sie wieder sinken.

»Bevor ich's noch einmal vergesse«, sagte ich, »wann legt die *Splendid* ab, Svetina?«

»Ist doch egal.«

»Nein«, sagte ich, »ist es nicht. Ich will nämlich auf das Schiff.«

»Dann schießt du?«

»Wann?«

»Um sieben«, sagte Svetina. »Damit nicht soviel Pöbel auf der Straße ist. Die *Splendid* ist nämlich schon ausgebucht bis auf den letzten Stehplatz. Damen und Herren der besseren Gesellschaft und ihre Verwandtschaft. Denen wird es die nächsten Monate hier etwas zu lebendig.«

Svetina lachte. Ich lachte mit. »Zu lebendig ist gut.«

»Nicht wahr?«

»Ich will auf das Schiff«, sagte ich. »Ich mach dir den Job hier. Aber dann will ich raus aus diesem Land. Die *Splendid* ist meine letzte Gelegenheit dazu. Also schreib mir einen Zettel in Englisch und Albanisch, daß ich der neue Maschinist bin und unbedingt an Bord muß. Unterschreibe, mit Datum. Und leg mir deine Visitenkarte dazu.«

»Können wir das nicht nachher machen?«

»Nein, Svetina. Geschäft ist Geschäft.«

»Hört mal, mir tun die Arme weh.«

»Nicht bewegen, Mesenhol«, sagte Svetina.

»Wir haben's gleich, Herr Journalist«, sagte ich. »Nicht wahr, Svetina?«

»In Ordnung«, sagte Svetina.

Er ließ die Augen nicht von uns und den Finger nicht vom Abzug seiner Kalaschnikow und suchte in seinem Anzug nach einem Blatt Papier und einem Stift. Legte beides auf den Stapel vor sich. Und schrieb mit der Linken. Mesenhol versuchte, mir zuzuzwinkern.

Ich schüttelte den Kopf. »Sie brauchen mir nicht zuzuzwinkern, Mesenhol«, sagte ich. »Mit Ihnen bin ich fertig. In diesem Leben.«

Svetina lachte, während er schrieb und uns aus einem Auge beobachtete. »Den mag ich, den Spruch«, sagte er.

»Kann ich mir denken«, sagte Mesenhol, »daß dir dieser John-Wayne-Ton gefällt, Slowene.«

»Hier«, sagte Svetina und legte seine Visitenkarte zu dem Papier.

»Hast du auch wirklich *Maschinist* geschrieben, Svetina?«

»Ja«, sagte Svetina. »Laß uns das hier zu Ende bringen, Hilfsmaschinist. Leg ihn um.«

»Du hast Hilfsmaschinist zu mir gesagt.«

»Und?«

»Das mag ich nicht.«

»Und?«

Ich griff mir Papier und Visitenkarte. »Jetzt mag ich ihn auch nicht mehr erschießen.«

Svetina sah mich wütend an. »Hör auf mit dem Scheiß«, sagte er, »sonst bist du dran.«

»Dann schieß.«

»Ich schieße.«

»Schieß.«

Svetinas Finger krümmte sich am Abzug.

»Woher haben Sie gewußt, daß die Waffe nicht geladen war?« sagte Mesenhol ein paar Minuten später.

»Habe ich nicht«, sagte ich und nahm einem geknickten Svetina die Kalaschnikow ab.

»Hände hoch, Svetina«, sagte Mesenhol. »Sie meinen, Tschenett, Sie haben den ganzen Zauber abgezogen… und nicht gewußt…«

Jetzt war Mesenhol an der Reihe, sich den Schweiß von der Stirn zu wischen. »Aber Sie hätten mich nicht erschossen, oder?«

»Naja«, sagte ich, »der Bursche hatte eine Maschinenpistole auf mich gerichtet.«

»Dreckskerl«, sagte Mesenhol.

»Sehen Sie, das habe ich mir auch gedacht.«

»Ich glaube es nicht«, sagte Mesenhol.

»Sie werden es nie wissen«, sagte ich. »Immerhin, ich habe jetzt, was ich wollte. Meine Heuer und ein Ticket für die *Splendid.* Und Sie haben ein Geständnis auf Video.«

Jede einzelne Sekunde in dem stickigen Bad würde er mir büßen, dieser Pressevogel mit dem Galgenhumor. Es war nicht schwer gewesen, es zu erraten. Daß keine der Waffen im Zimmer, mit Ausnahme seiner Pistole, geladen war. Wenn man sein System erst einmal begriffen hatte. Mesenhol war ein ängstlicher Mensch mit einem großen Mundwerk. Mir kam das irgendwie bekannt vor. Erinnerte mich an wen. An einen alten Seemann, der langsam, aber sicher die lange Nacht in seinen müden Knochen spürte.

Ich ging zu Svetina und boxte ihm in den Bauch. Nicht zu hart, nicht zu sanft. Er schrie und klappte zusammen.

»Das ist für den Hilfsmaschinisten«, sagte ich.

Dann krachte die Zimmertür.

Der Albaner stand mitten im Zimmer. Und zielte mit seiner Maschinenpistole auf uns. Mesenhol und ich hoben wieder die Hände.

»Endlich«, sagte Svetina. »Wurde aber auch Zeit.«

Er stellte sich neben den Albaner und zeigte auf uns.

»Vras!« sagte er, und dann: »Stop!«

Der Albaner hatte bereits angelegt und ließ seine Kalaschnikow wieder sinken.

»Wer verstanden hat, was ich gesagt habe, wird als zweiter erschossen«, sagte er.

»Vras«, sagte Mesenhol, »ist albanisch und heißt *erschießen.*«

»Sie sind ein Streber«, sagte Svetina.

»Und *Hände hoch*«, sagte Mesenhol, »heißt *dora i lartë.*«

»Dora i lartë!« rief Schedel, »Hände hoch!«

Der Albaner ließ seine Kalaschnikow fallen. Schedel trat von hinten auf ihn zu und hob sie auf.

»Bravo«, sagte Mesenhol. »Du siehst, Svetina, so schlecht ist mein Albanisch gar nicht.«

»Ich habe gedacht, ihr verarscht mich und sitzt längst schon wieder in der Bar«, sagte Schedel. »Da wollte ich mal nachsehen...«

»Genau richtig«, sagte ich.

»Schedel, schließen Sie irgendwie die Tür«, sagte Mesenhol. »Und die beiden hier stellen wir erst einmal ins Bad. Wird Zeit, daß hier aufgeräumt wird.«

Während ich Svetina und den Albaner ins Bad trieb, konnte ich mir einen Lacher nicht verkneifen.

»Kommen Sie, Tschenett«, sagte Mesenhol, »nur weil Sie die Ordnungssysteme anderer Menschen nicht begreifen...«

»Ich hab ja nichts gesagt«, sagte ich.

»Wieso muß ich eigentlich die Drecksarbeit machen?« sagte Schedel, während er keuchend versuchte, die Zimmertür in den Rahmen zu lehnen.

»Weil du übermorgen ein berühmter Mann sein wirst«, sagte Mesenhol. »Jeder Tepp, der einen Fernseher einschalten kann, wird deine Bilder sehen und dich für einen Helden halten.«

Mesenhol sah auf die Uhr.

»Wir haben eine knappe Stunde Zeit, um die beiden sicher zu verschnüren und einen Kommentar auf das Band zu sprechen. Dann müssen Sie los, um die *Splendid* zu erreichen, Tschenett. Besser, Sie sind etwas früher da. Schedel wird Sie begleiten.«

Eine halbe Stunde später hatten Mesenhol und Schedel den Kommentar auf die Tonspur der zweiten Kassette gesprochen, Svetina und der Albaner waren durchsucht, verschnürt und geknebelt auf dem Badezimmerboden abgelegt, ich hatte die Telefonnummer von Schedels Berliner Kontaktmann in zweifacher Ausfertigung eingesteckt, und wir drei standen mit einem Glas Whiskey im Zimmer und prosteten uns zu.

»Wie wollen Sie Svetina und seinen Kumpan loswerden?« sagte ich.

Mesenhol schob seinen Kopf abwägend hin und her. »Ich denke, ich werde ihn bei einem seiner Bosse anschwärzen. Sicher hat er mindestens die Bremsscheiben auf eigene Rechnung ins Land gebracht, höchstwahrscheinlich die alten Daimler auch. Das sollte genügen, um ihn kaltzustellen.«

»Und nicht vergessen«, sagte Schedel, »ruf meinen Kumpel sofort an. Über Handy ist der rund um die Uhr zu erreichen. Und sag ihm, er soll die Schweine hochdrücken mit dem Preis. Sag ihm, er soll sie bluten lassen.«

»Und sagen Sie ihm, er soll meine Stimme löschen und

mein Gesicht pixeln«, sagte Mesenhol. »Im Unterschied zu unserem Freund Schedel will ich nämlich nicht berühmt werden.«

»Das wird schwierig werden, Mesenhol«, sagte Schedel, »ich hab dir das eben schon zu erklären versucht. Das wird schwierig. Wir können uns ja die Bilder nicht kaputtmachen.«

»Nein?« sagte Mesenhol, »können wir nicht? Meinst du?«

Er zog die Pistole und richtete sie auf die zwei Bänder, die aufeinander vor uns auf einem der Stapel lagen.

»Nein, nicht!« Schedel schrie auf, als ob es um sein Leben ginge. Ging es aus seiner Sicht wohl auch.

»Können wir die Bilder kaputtmachen oder nicht, Schedel?«

Schedel sah mich an.

»Sag du's ihm, daß er das lassen soll. Das ist kein Spaß mehr.«

»Ist es auch keiner«, sagte Mesenhol. »Ihr löscht mich raus?«

»Mensch, ich kann es dir nicht versprechen, versteh doch.« Schedel begann zu wimmern. »Irgendwas muß auf den Bildern ja noch zu sehen sein.«

»Das werden wir gleich haben«, sagte Mesenhol.

»Nicht schießen!«

Mesenhol drückte ab.

»So ein Schwein, so ein Schwein!« Schedel lachte und weinte.

»Und, Tschenett«, sagte Mesenhol, »was haben Sie diesmal gedacht?«

»Daß sie geladen ist«, sagte ich.

Ich war dem Dreckskerl wieder in die Falle gelaufen.

»Sehen Sie«, sagte Mesenhol, »so kann man sich täuschen.«

Als es soweit war, das Hotel zu verlassen, um auf die *Splendid* zu gehen, hatte sich Schedel wieder gefaßt.

Mesenhol drückte meine Hand. »Gute Reise, Tschenett«, sagte er.

»Guten Aufenthalt, Mesenhol«, sagte ich. Schulterte meinen Seesack, drehte mich um und ging. Hielt an, drehte mich wieder um und ging die paar Schritte zu Mesenhol zurück.

»Nein«, sagte ich. »Ich hätte nicht auf dich geschossen. Höchstwahrscheinlich. Vielleicht.«

15

Und die schwarzen Stimmen der Posten
die ganze Nacht lang.
Jannis Ritsos

Keine vier Wochen war es her, daß ich über den Brennerpaß wieder in dieses Land eingefahren war. In der Hoffnung, Wärme, Licht und Ruhe zu finden, meine matten Knochen ausbreiten zu können und sie, im Nichtstun badend, langsam wieder zu den meinen zu machen, nachdem sie sich jahrelang für andere abgeschuftet hatten. Und was war das Resultat?

Ich saß, mit Verlaub, tiefer in der Scheiße als jemals zuvor. Und kein Land in Sicht.

Die Nacht auf den Bänken des Bahnhofs *Brindisi Marittima* hatte mich meinen Seesack gekostet. Alter, treuer Seesack.

Behaltet alles, was drin ist, dachte ich, nehmt es, reißt es euch unter den Nagel, von mir aus, gerne, scheiß auf die Kohle, aber gebt mir meinen Seesack zurück. Fünfundzwanzig Jahre war ich mit ihm durch die Welt gereist. Und wenn mir alles fremd gewesen war: Der Seesack war mein alter Freund und Begleiter.

Und jetzt hatte man ihn mir geklaut. Letzte Nacht, sozusagen unterm Arsch weg. Wäre mir in früheren Tagen nicht passiert.

Aber letzte Nacht war ich zu erschöpft gewesen, hatte wie ein Toter geschlafen, war im Traum durch albanische Gassen gelaufen, auf der Flucht vor einem Militärlastwagen, auf dem zwanzig Männer wild gestikulierend tanzten und mit ihren Fernsehkameras in die Luft feuerten, um dann lachend zum Blattschuß anzusetzen.

»Auf«, sagte der italienische Polizist und zog mich am Arm, »los, ins Aufnahmelager.«

Er hielt mich für einen Albaner.

»No, scusi«, sagte ich und fand dann, nach umständlichem Suchen in den Taschen meiner Jacke, endlich meinen malträtierten italienischen Paß. Und dachte, damit sei die Sache ausgestanden. Aber mein Paß machte alles nur noch schlimmer.

Der gute Mann, ganz aufmerksamer Ordnungshüter, der wußte, daß das mittlere Europa auf seine Spürnase vertraute, der im Fernsehen gehört hatte, was der deutsche Innenminister über die Flüchtlingswelle an den europäischen Außengrenzen gesagt hatte, und der sich dessen harsche Ermahnung an die italienischen Behörden zu Herzen genommen hatte, der gute Mann hatte sein schärfstes Gesicht aufgesetzt, kaum war er meines italienischen Passes ansichtig geworden.

Ich versuchte, ihm zu erklären, daß der Paß weder gefälscht noch gestohlen war, daß ich auch keinen dafür umgebracht hatte, sondern daß er mir ganz einfach zustand seit meiner Geburt.

»Con questo nome?«, sagte er und zeigte auf den Paß. »Tsenett, Joan?«

Er wollte mir nicht glauben, daß man mit so einem Namen solch einen Paß mit sich herumtragen konnte. Ich versuchte, ihn zu überzeugen. Redete auf ihn ein. Es nützte nichts. Und als ich dann kein Gepäck vorweisen konnte, nicht einmal einen dieser nordischen Tramperrucksäcke für die Überfahrt ins Land der Hellenen, mußte ich mitkommen.

Und landete vorerst einmal in einem *furgone,* einem Kleintransporter der Polizei, in dem schon eine Handvoll anderer Gestalten saß. Müde, durstig und verschwitzt wie ich. Mit einem gar nicht unfreundlich gemeinten Schubs bugsierte mich mein *poliziotto* ins Innere des *furgone* und schloß die Tür hinter uns. Da saßen wir, unter der vormittäglichen Sonne, die von Minute zu Minute das Blech um uns herum immer mehr aufheizte.

Ich wollte meine Jacke ausziehen, griff in die Aufschläge. Und hörte ein leises Klappern. Die beiden Kassetten.

Ich hatte sie, bevor ich mich in der unfreundlichen Halle von *Brindisi Marittima* in den Schlaf gelegt hatte, in die Innentaschen der Jacke gesteckt, hatte nicht gewußt, wozu, wieso, hatte nur gespürt, wie sie mir in die Rippen drückten, und mich nicht daran gestört und mußte jetzt feststellen, daß ich das Richtige und das Falsche in einem getan hatte. Die Kassetten waren gerettet. Jetzt mußte ich nur noch verhindern, daß sie mich in Schwierigkeiten brachten.

Auf der Polizeistation hatte ein heilloses Durcheinander geherrscht, so daß ich regelrecht erleichtert gewesen war, als ich endlich an die Reihe kam. Insgeheim hatte ich schon befürchtet, in dem Chaos vergessen zu werden.

Jetzt saß ich vor einem *capitano* und dachte an Totò. Lieber Freund, dachte ich, wenn du mich hier und jetzt so sehen würdest, du könntest dir einen Lacher sicher nicht verkneifen. Ganz so nach Lachen war mir trotzdem nicht zumute. Wenn sie den Vorfall, damals in Gorgonzola, als ich einen der Ihren mit seinen eigenen Handschellen an einen LKW voller geschmuggelter Zigaretten gefesselt hatte, wenn sie diesen Vorfall noch in ihrem Computer hatten, was wahrscheinlich war, und meinen Namen dazu, was immerhin etwas unwahrscheinlicher war, wie mir Freund Totò versichert hatte, dann war ich angeschissen. Dann hielten sie mich zwar nicht mehr für einen albanischen Kriminellen. Denn nur kriminelle Albaner waren im Besitz eines gefälschten oder gestohlenen italienischen Passes. Dann mußten sie in mir einen, und auch das soll es geben, ganz gemeinen, hundsnormalen italienischen Verbrecher sehen. Es würde eine Leibesvisitation folgen, sie würden die Kassetten finden, und ich würde einiges zu erklären haben. Wohl war mir bei dem Gedanken nicht.

Ich zählte die Sekunden, während der *capitano* die Papiere auf seinem Schreibtisch ordnete.

»Ioann Scénet«, sagte er dann und blickte müde auf, »Lei ha dichiarato di essere stato derubato?«

Ja, nickte ich, ich bin bestohlen worden. Und beschrieb ihm den Seesack und versuchte ihm zu erklären, wieso er mir wichtig war. Brachte auch das Geld zur Sprache, das mit dem Seesack verschwunden war. Er schnitt mir ungeduldig das Wort ab. Hatte höchstwahrscheinlich genug andere Probleme. Hätte ich an seiner Stelle auch gehabt. Wenn der Seesack nicht der meine gewesen wäre.

»Stia attento«, sagte der *capitano* dann.

Natürlich. Vorsichtig sein. Ich nickte und bedankte mich für den Ratschlag. Mach schon, dachte ich, ich hab Durst und will hier raus. Und schau nicht zu genau in deinen verdammten Computer, verstanden?

»Allora«, sagte er endlich, griff nach meinem Paß und hielt ihn vor mich hin, »Lei può andare. Però le consiglio di, come dire, cambiare città. Brindisi al momento è un po' sottosopra. Meglio arrivarci soltanto per partire.«

»Sì«, sagte ich und nickte. Ja, ich hatte verstanden. Ich konnte gehen. Aber er hatte mir empfohlen, die Stadt zu wechseln. Weil Brindisi zur Zeit etwas durcheinander sei. Und deswegen sei es besser, in dieser Stadt nur anzukommen, um abzufahren.

»Ho capito«, sagte ich, »ich habe verstanden.«

Er wollte meinen Paß nicht loslassen. Und ich wollte ihn ihm nicht aus der Hand reißen.

»Non è che Lei magari è arrivato dall'Albania?«

Ob es nicht vielleicht sein könnte, daß ich aus Albanien komme?

»No«, sagte ich, und versuchte, so treuherzig und ehrlich wie nur immer möglich dreinzuschauen. »No.«

Nein. Ich kam aus der Hölle, das ja.

Der Weg auf die *Splendid* war ein Kampf gewesen, eine Schlacht um die letzten Plätze auf dem heillos überfüllten Schiff. Ohne meinen italienischen Paß, den Passierschein Svetinas, die laut ausgestoßenen italienischen Verwünschungen und den radikalen Einsatz beider Ellenbogen hätte ich es nie an Bord geschafft. Die Überfahrt nach Brindisi, unter normalen Verhältnissen eine Sache von wenigen Stunden, für die ein Seemann nicht einmal einen Blick auf den Kompaß warf, hatte einen Tag lang gedauert.

Erst schien es unmöglich, daß wir je aus dem Hafen von Vlora auslaufen würden. Die *Splendid* schien keinen Kapitän an Bord zu haben, dafür jede Menge bewaffneter Rudergänger und lautstarker Lotsen. Der Diesel lief eine gute Stunde lang leer, während die an Land Zurückgebliebenen immer wieder versuchten, doch noch irgendwie an Bord zu kommen. Wo für sie nur Platz war, falls sich einer von uns Glücklichen freiwillig ins Meer schmiß oder unfreiwillig über Bord ging. Also wurde gekämpft. Von Landseite mit Haken, Seilen und Leitern, von Schiffseite mit Eisenrohren, die der *Splendid* aus dem Gedärm gerissen worden waren. Dazu die mir inzwischen vertraut gewordenen Schüsse in die Luft.

Es schien ganz so, als ob alle auf das Schiff wollten, aber keiner aus dem Hafen. Der Diesel stampfte und die Schraube lag immer noch still.

Das kann natürlich auch, dachte ich, eine dieser albanischen Inszenierungen sein. Hier will gar keiner auslaufen. Wir sind nur Futter für die Fernsehkameras. Und die füttern die Fernsehstationen. Die füttern das p.t. Publikum. Und wenn das satt ist, schiebt man uns wieder an Land. Und währenddessen hat Berisha einen Kredit der Weltbank bekommen. Und seine Chefs haben ihn schon längst wieder versoffen.

Ich gab einem Instinkt nach und schlich, drückte, schmeichelte, kämpfte mich, langsam und Zentimeter für Zentimeter, zum Bug durch. Was schwer war, weil keiner seinen

Platz aufgeben wollte. Und wenn er gewollt hätte, er hätte erst noch seinen Nebenmann davon überzeugen müssen. Also nahm ich den Seesack etwas höher, hielt ihn mir als Rammbock vor die Brust und ließ mich nach vorne fallen. Erspähte eine winzige Lücke, zeigte mit aufgeregtem Finger nach vorne, redete pausenlos und italienisch auf meine Umgebung ein... und war wieder einen halben Schritt weitergekommen. Erklärte dann lauthals, ich sei der für den Bug verantwortliche Matrose, weswegen ich auch da hinmüsse. Drei Schritte.

Die Mischung aus Unverfrorenheit, Lug, Trug, zunehmendem Eigengewicht, Amtsanmaßung und unwiderstehlichem Ohrfeigengesicht, die mich bis jetzt durchs Leben gebracht hatte, brachte mich endlich auch an den Bug. Und ich entdeckte, was die *Splendid* festhielt.

Vor uns und bis dicht an den Bug heran schwammen Menschen im Wasser, hielten sich an Plastikfässern fest, saßen im Dutzend in kleinen Ruderbooten, die jeden Augenblick vollzulaufen schienen. Hier war kein Fortkommen.

Das schienen auch die beiden Männer so zu sehen, die sich, lauthals schimpfend und fortwährend in die Luft feuernd, zum Bug durchkämpften. Sie sahen ins Wasser, drehten sich um und schüttelten den Kopf. Dann knarrte ein Funkgerät. Einer der beiden nahm sein Walkie-talkie ans Ohr, meldete sich, lauschte und nickte dann. Wechselte das Magazin an seiner Kalaschnikow, gab dem zweiten ein Zeichen, und dann feuerten sie beide ins Wasser. Zielten, soweit es möglich war, zwischen die im Meer treibenden Menschen. Glaubte ich gesehen zu haben. Aber was ist schon Glaube.

Es war das erste Mal, daß ich in Albanien dabei zusah, wie nicht in den Himmel geschossen wurde. Das erste Mal auch, daß ich sofort begriff, was geschah.

Dann setzte der eine seine Kalaschnikow ab und griff wieder zum Walkie-talkie. Zuckte entschuldigend die Schulter, wies mit dem Lauf seiner Maschinenpistole aufs Meer, in dem sie immer noch schwammen, unnachgiebig, hoffnungslos. Die Schüsse hatten sie nicht vertrieben. Ich dachte, einen Körper breitarmig rückenobenauf treiben zu sehen.

Kaum war das Gespräch am Funkgerät beendet, spürte ich ein leises Zittern, das mir sagte, daß die Schraube an die Maschine gekuppelt worden war.

Ich suchte mir an Land einen Fixpunkt, kniff das eine Auge zu und nahm Maß. Tatsächlich. Wir fuhren. Langsame Kraft voraus. Seewärts. Auf die schwimmenden, treibenden und rudernden Leiber zu.

»È sicuro che non viene dall'Albania?« wiederholte der *capitano.*

Ich schüttelte stumm den Kopf. Nein und wieder nein. Woher auch immer ich komme, es ist nicht zu finden in euren Karten, das Land. Eure Diplomaten und Strategen wissen nichts davon, euer Militär hat keine Einsatzpläne dafür, und ihr sprecht seine Sprache nicht. Und weil ihr keine Ahnung habt, nennt ihr es Albanien.

»Ho capito«, sagte der *capitano* und sah mich dabei kurz und überlegend an. »Non è mai stato a Durrës? O Vlora o Saranda?«

Ich versuchte mir nichts anmerken zu lassen. Ganz ruhig,

Tschenett, du hörst diese Namen zum ersten Mal, du warst da nie, nie in deinem Leben. Wie auch?

»No«, sagte ich.

»Senta«, sagte der *capitano* und tat erst einmal einen tiefen Schnaufer. Und dann erklärte er mir, daß er nicht für die albanischen Flüchtlinge zuständig sei. Daß sie, wenn es nach ihm ginge, frachterweise in Brindisi an Land gehen könnten. Weil sie hier nicht bleiben wollen. Weil hier im italienischen Süden schon lange nichts mehr zu holen ist. Weswegen sie sich sowieso in den Norden durchschlagen.

»Se è per me, che vadino tutti in Germania«, sagte er. »Wenn es nach mir geht, sollen sie ruhig alle nach Deutschland gehen.« Weil Deutschland, *La Grande Germania,* ihm die Hälfte seiner Familie genommen habe. »Vater, Mutter, zwei Brüder. Alles Gastarbeiter«, sagte er, und als er das Wort aussprach, in gebrochenem Deutsch, lächelte er bitter und verächtlich. »Sie haben ihnen ihre Seele genommen«, sagte er, »und jetzt, wo sie krank sind, will man sie uns zurückschicken.«

Er stand auf, ging zu einem Tisch an der Rückwand des kleinen Büros und kam mit zwei Wassergläsern wieder.

»E allora io faccio passare gli albanesi e i curdi«, sagte er, »also lasse ich die Albaner und die Kurden durch.«

Was mir immer noch nicht sein ganz spezielles Interesse an mir erklärte.

»Bene«, sagte ich und streckte die Hand nach meinem Paß aus.

Der *capitano* lächelte wieder. »Ha fretta?« sagte er. »Haben Sie es eilig?«

Nein und ja und noch einmal nein.

Eilig hatte ich es gehabt, endlich von Bord der *Splendid* zu kommen. Am Ende eines endlos langen Tages auf dem Meer, nach einer Irrfahrt durch italienische Patrouillenbootketten und Beinahezusammenstößen mit geisterschiffleeren Frachtern und Fischkuttern, die sich uns in den Weg gestellt hatten, nach stundenlangem Herumirren in Sichtweite der italienischen Küste, endlich, die Sonne war wie ein glühender Skorpion ins Meer gestürzt, und es war Nacht geworden, nahm die *Splendid* Kurs auf die Hafeneinfahrt von Brindisi. Über uns schwebten knatternd zwei Hubschrauber der italienischen Marine und leckten mit ihren Suchscheinwerfern über das Meer. Dann das Neon der Strandpromenade und die Blaulichter der Polizei. An der Anlegestelle Hundertschaften in Unifom. Wir waren noch mehr als einen Kilometer vom Land entfernt, als die ersten ins Wasser sprangen. Je näher wir dem Ufer kamen, um so mehr sprangen ihnen hinterher. Und die Kalaschnikowträger verschwanden unter Deck.

Ich entdeckte die Polizeikette, die jeden, der an Land ging, in Empfang nahm und auf einen LKW verfrachtete. Also ließ ich mir Zeit. Schulterte, als alle von Bord waren, meinen Seesack, nahm meinen Paß in die linke Hand und stapfte an Land.

»Marinaio italiano«, sagte ich, in möglichst leichtem Ton, wie nebenbei, »ich bin italienischer Seemann.«

Und man ließ mich durch.

Ich bin bereit, meinen Kopf und mein restliches bewegliches Hab und Gut darauf zu verwetten, daß es der Seesack war, der mich unbeschadet und unüberprüft an Land gebracht hatte. Und daß der fehlende, weil mir unter dem

Arsch weggeklaute Seesack dafür zuständig war, daß ich jetzt vor einem *capitano* der italienischen Polizei saß.

»Sì«, sagte ich, »ho fretta.« Und nickte. Verdammt, ja. Ich wollte hier raus. Und schnell.

»Wie ich Ihnen schon gesagt habe«, sagte da der *capitano,* »ich bin eigentlich nicht für die albanischen Flüchtlinge zuständig. Nur für Albanien. Und für Italien. Also eigentlich dafür, wie soll ich Ihnen das am besten erklären ..., welche Geschäfte zwischen den beiden Staaten laufen. Sie verstehen mich?«

Ich verneinte.

»Naja«, sagte der *capitano,* »es gibt viele, die die Gunst der Stunde nutzen wollen. Ich sah sie hier vorbeikommen. Sah sie nach Albanien fahren, als arme Leute. Und zurückkommen als Reiche. Verstehen Sie jetzt?«

Nein.

»Das sind die Leute, die die Albaner aus ihrem Land vertreiben, das sind die Leute, die ihnen den Hunger ins Land bringen. Und für die bin ich zuständig«, sagte der *capitano.*

Und sah mich an, als erwarte er von mir eine Generalbeichte.

»Io«, sagte ich und zeigte auf mein verschwitztes Hemd und die nicht minder verdreckte Jacke, »io non sono ritornato da ricco. Ich bin nicht als Reicher zurückgekommen.«

Nur mit zwei Kassetten, die mir früher einmal beinahe wichtig und jetzt schon längst wieder egal geworden waren. Solange sie mich nicht in Schwierigkeiten brachten. Wegen dieser beiden Kassetten traute ich mich seit Stunden nicht, meine Jacke auszuziehen, obwohl mir elend heiß war und der Schweiß in den Augenwinkeln brannte.

Ich hätte sonstwas dafür gegeben, jetzt die Bänder los zu sein. Hätte auf Mesenhols Theorien und Schedels Ruhm verzichten können. Auf die Rache an den Hintermännern. Auf das Gefühl, recht zu haben und es auch noch beweisen zu können. Auf all das hätte ich verzichten können. Vor allem aber auf die zwei Kassetten in meiner Jacke.

Er mußte sie längst schon entdeckt haben. Sicher warfen sie Falten, drückten Ecken in den Stoff. Sprangen ihn an. Und er hatte mich zerren lassen am Haken, mir eben sogar das Gefühl gegeben, für Sekunden, ich hätte mich befreit von seiner Angel. Nur um dann, mit einem letzten, harten Zug, mir den Stahl endgültig und für immer in den Gaumen zu treiben, in einem Ruck.

Was, wenn sich der *capitano* die Bänder und das Theater darauf ansah? Untersuchungshaft, mindestens, monatelang, Verwicklung in internationale Machenschaften, also jahrelang. Versauern in einem Knast in Brindisi, der sich so langsam auf hochsommerliche Temperaturen aufheizte.

Mir schoß ein neuer Schweißschwall übers Hirn.

»Lo vedo«, sagte der *capitano.* »Ich sehe es.« Und sah mich an.

Himmel hilf. Es ist soweit.

Und Tschenett wurde ruhig und schaute zurück. Lächelte, schüttelte mit einer Kopfbewegung ein paar Schweißtropfen aus dem Gesicht und hob die Schultern.

»Ich«, sagte ich, »kann nichts dafür. Zum Geschäftemachen bin ich nicht geboren. Non ci riesco. Sie gelingen mir nicht.«

»Lo vedo«, sagte der *capitano* wieder. Zeigte mit einer Kopfbewegung zur Tür. »Vadi. Gehen Sie.«

Und drückte mir meinen Paß in die Hand. Ich stand auf und wollte verschwinden, so schnell wie möglich.

»Un momento«, sagte da der *capitano.* »Einen Augenblick noch.«

Ich drehte mich zu ihm zurück. Laß mich, bitte, laß mich gehen. Ich gehöre nicht zu deinem Spiel, *capitano,* nicht mehr.

»Se la rivedo un'altra volta«, sagte der *capitano,* und ich glaubte ihm in diesem Augenblick aufs Wort, »sono guai.«

»Cercherò di ricordarmelo«, sagte ich, »ich werde versuchen, mich daran zu erinnern.« Daß er mir versprochen hatte, ich sei in ernsten Schwierigkeiten, wenn er mich je wiedersehen würde.

16

Einige Leute sind von der Grenze gekommen
und haben berichtet, es gebe sie nicht mehr, die Barbaren.
Und nun, was sollen wir ohne Barbaren tun?
Diese Menschen waren immerhin eine Lösung.
Konstantinos Kavafis

»Man hat mir gesagt, ich soll nach Benedetto fragen. Mi hanno detto di chiedere di Benedetto.«

Der Empfangschef tupfte sich den Schweiß von der Stirn, griff in die Hemdtasche, holte seine Brille heraus, setzte sie sich seufzend auf die Nase und sah mich dann über die schmalen Gläser hinweg erst prüfend, dann zweifelnd an.

»Ich glaube nicht, daß Sie der Richtige sind«, sagte er in perfektem Deutsch.

»Prego…«, sagte ich.

Anstatt zu antworten, machte er sich an der Tastatur des Computers zu schaffen.

Bitte, dachte ich, nicht nein sagen. Draußen in den Straßen von Brindisi ist es zu heiß um diese Tageszeit, um einen vernünftigen Gedanken zu fassen. Ich möchte mich nur in ein kühles Eck setzen, in einen dieser Ledersessel, ein paar Stunden vielleicht, bis zum Abend, bis die kühle Luft vom Meer hereinzieht.

»Bene«, sagte der Empfangschef dann, er schien sich zu

einer Antwort durchgerungen zu haben, »evvabbene. Che pù fà.«

Und er hob kurz seine Schultern, als ob er sich für das, was er gleich tun würde, schon einmal entschuldigen wollte. Bei wem auch immer. Das Doppel-v, das Doppel-b. Er hatte, plötzlich, im süditalienischen Tonfall gesprochen. Um sofort wieder zurückzuwechseln.

»Wenn Sie bitte Platz nehmen, ich lasse Benedetto rufen. Prego, il signore.«

Er hatte seine Brille wieder abgenommen, mit dieser großen Geste graumelierter Italiener, einer Geste, die aus jedem, egal ob Mechaniker, Metzger oder Kartenabreißer im Kino, aus jedem von ihnen den berühmten Rechtsanwalt macht, der zu seiner großen Schlußarie im Plädoyer ansetzt, *il principe del foro che attacca l'ultimo argomento della sua arringa.* Es mußte also noch etwas kommen. Ich wartete geduldig, demütig.

»Senta, giovanotto...«

Mußte ich mich also mit meinen vierundvierzig Jahren noch als Jugendlicher ansprechen lassen. Wenn's der Wahrheitsfindung dient. Mich schmerzte jede einzelne Sehne meines Körpers. Zu lange schon war ich strammgestanden. Vor dem, was vollkommen unverantwortliche Menschen uns als *das Leben* anpreisen.

»Allora, hören Sie: In diesem Hotel hat Mahatma Gandhis Ziege übernachtet, als der Nehru mit seiner Petition nach London fuhr. Also wird es auch Sie verkraften. Ich hoffe nur, Sie sind nicht ganz so störrisch wie die Ziege.«

»Lo prometto«, sagte ich, »versprochen.«

Ich hatte einen tiefen, kühlen, hellgrünen Sessel gefunden, ganz am Ende der Hotelhalle, vor einem schmiedeeisernen und verglasten Gitter, das einen winzigen Innenhof umschloß, in dem meterhohe Palmen sich nach oben drängten. Das matte Licht, das durch die Blätter sickerte, beruhigte mich. Es würde sich alles einrenken, ordnen. Vielleicht würde ich sogar irgendwann wieder einen Blick auf die Welt werfen können, ohne an eine Latrine denken zu müssen. Ich ertappte mich dabei, wie ich daran zu glauben begann, kaum daß mir etwas kühler um die Schläfen wurde.

Benedetto, von dem ich nichts wußte außer seinem Namen, ließ auf sich warten. Solange ich hier sitzen bleiben konnte, sollte mir das recht sein.

Der Hotelprospekt mußte irgendwann in den späten sechziger Jahren gedruckt worden sein, den handschriftlichen Korrekturen der Telefonnummer und der Telexnummer nach zu schließen. Mattes gelbes Papier, Bleisatz, Fotos in Technicolor. Und dann stellte ich fest: Der Empfangschef hatte mir mit Mahatmas Ziege keinen Bären aufgebunden. Das *Hotel Internazionale* war 1870 als *Hotel delle Indie Orientali* eröffnet worden, mit Luxus, Pomp, eigenem Post- und Telegrafenamt sowie einem Gleisanschluß und einer Überseeschiffsanlegestelle vor dem Haus. Der *Penisular Express* brachte die Reisenden in dreiundvierzig Stunden von London nach Brindisi, Mensch und Tier erholten sich im Hotel und bestiegen dann ein Schiff der *Penisular & Oriental Company,* das über Port Said und durch den ein Jahr zuvor eröffneten Suez-Kanal Bombay und Kalkutta anlief. Damals mußte diese Hotelhalle vibriert haben vor Leben, jetzt war es totenstill hier drinnen.

Dann legte mir jemand von hinten seine Hand auf meine Schulter.

»Buon giorno, Signore, sono Benedetto.« Und er zeigte zum Treppenaufgang, bedeutete mir, ihm zu folgen. Ich stand auf.

Benedetto war, soviel konnte ich feststellen, während ich hinter ihm herging, ein in ein bordeauxrot und blau gestreiftes Gilet gekleideter Mann mit einer unübersehbar lichten Stelle am Hinterhaupt. Und ein Mann mit vollendeten Manieren. Als er mir die Lifttür öffnete, begriff ich. Dadurch, wie er es getan hatte. Mit dem kleinen, exakt auf fünfundvierzig Grad springenden Bücker im Nacken. Benedetto war Hotelangestellter. Kofferkuli, Türaufdrücker, Faktotum. Was weiß ich.

»No«, sagte ich, »preferirei..., lieber wäre mir...«

Und ich zeigte auf den Treppenaufgang. Mir war heute nicht nach Aufzugfahren. Mir war eigentlich nie danach. Eine kleine menschliche Schwäche meinerseits, die nichts, aber auch gar nichts mit meinem kardiovaskulären System zu tun hatte.

»Come preferisce«, sagte Benedetto und schritt auf die Treppe zu.

Wobei *schreiten*, wie ich gleich feststellen sollte, die einzige Möglichkeit war, ohne zu stolpern über die Treppen nach oben zu kommen. Es war einer dieser Aufgänge, die einen zu einer ganz präzisen Körperhaltung zwingen. Das lag daran, daß die Stufen etwas niedriger und tiefer als gewöhnlich waren, weswegen man gar nicht umhin konnte, eine gewisse majestätische Gangart einzulegen. Wie das allerdings bei mir, meinem Zustand und meinen Klamotten aussah, darüber wollte ich erst gar nicht nachdenken. Die Treppe stieg ebenso breit wie sanft himmelan, mit überbordendem Geländer und von Messing gehaltenen Teppichen, was ich eigentlich nur aus Filmen kannte. An den Wänden Stiche mit historischen Schiffen. Alles in weiches, kühles Licht getaucht, das von einer drei Stockwerke über uns liegenden blaumilchglasigen Kuppel einstrahlte.

Benedetto wies mir den Weg in einen Gang, läufergedämpft und lampenerleuchtet, an hohen, schmalen Türen vorbei. Himmel, dachte ich, das sieht hier aus wie vor vierzig Jahren. Dann standen wir vor einer Doppeltür, und Benedetto klopfte zweimal vorsichtig ans Holz.

Von drinnen kam eine knappe Antwort.

»Prego«, sagte Benedetto, nachdem er einen Türflügel geöffnet hatte. »Entri. Treten Sie ein.«

Ich war mir nicht ganz sicher, ob ich es wirklich tun sollte. Schließlich war es eine etwas eigenartige Begegnung gewesen, die mich aus einer schmalen, verfallenden Gasse Brindisis in dieses Hotel gebracht hatte. Und ein bezaubernd junger Mensch, aus dem ich keine Sekunde lang schlau geworden war.

Ich hatte die Polizeistation verlassen, frei, aber ohne Zukunft und Seesack, dafür mit zwei Kassetten, auf die die Welt wartete, wenn man Schedel glaubte, und zwei dazugehörigen Telefonnummern.

Nur: mir war nicht danach gewesen, Geschichte zu machen. Mir war nach Ruhe, einem kühlen Ort und noch kühlerem Weißwein.

Ich hatte in meinen Taschen nach Geld gefahndet, ein

paar tausend Lire gefunden und war auf der Suche nach einer Möglichkeit, einen gerechten Ausgleich zwischen den paar Lire und meinen tendenziell grenzenlosen Bedürfnissen zu finden.

In der Straße, die ich gerade entlanglief, würde das nicht klappen. Das war mir bald klargeworden.

Ich befand mich auf der großen Schneise, die mitten durch die Stadt direkt auf den Hafen und damit auf die An- und Ablegestelle der Fähren nach Griechenland und, wenn es sie jemals wieder geben würde, Albanien zulief. Eine breite Straße, gesäumt von einer Doppelkette von Geschäften, Läden und kleinen Kiosken. Überall griechische, albanische, deutsche, englische Aufschriften. Reisebüros, Vermittlungsagenturen für was auch immer, Wechselstuben. Verpflegungsstationen, die sich Pizzerien nannten und in griechischer Sprache *einheimische Truckermahlzeiten* anboten, worunter man hier offensichtlich *souvlaki me sirtaki* verstand. Und unter *souvlaki* wiederum geschnetzelten Hund. Daneben Juwelierläden, als ob plötzlich Reichtum ausgebrochen sei, falls man unter Reichtum Streß mit Straß verstand. Supermarkets, aus denen sich Männer schleppten, beidschultrig mit 20-Kilo-Spaghetti-Kartons beladen. Jeansläden aller Marken und Moden und Fälschungsqualitäten. Und, als Konzession an die Normalität einer Welt, die vergangen schien, *pasticcerie* und Cafés.

Hier, Tschenett, dachte ich, wird das schnelle Geld gemacht. Und das hast du nicht. Also hau dich in die Büsche.

Ich bog in eine Seitenstraße, von da in die nächste, verwinkeltere, zweigte in eine schmale Gasse und hoffte, daß ich langsam, aber sicher meinem Ziel näher kommen würde.

Hier, wenn überhaupt, dachte ich, wirst du dein Glück finden. Falls dir noch eines geblieben ist.

Und dann hatte ich die kleine Bar gefunden, ein Glas Weißwein und einen Espresso bestellt, wobei mir eigentlich nach Aspirin war, und mich in den Schatten zurückgelehnt.

Zeit, um sich zwei Gedanken zu machen, Herr Tschenett. Zum Beispiel über Ihre Zukunft. Die nähere und die zukünftigere.

Was die nähere betraf, war ich froh, wenn ich weiterhin meine Beine einfach von mir strecken durfte, es mir nicht zu heiß wurde und ich irgendwann etwas zu essen bekam. Und damit sind wir schon beim ersten Problem, Tschenett.

Nicht doch, dachte ich, nicht schon wieder.

Doch: dafür reicht deine Knete nicht mehr. Die Kohle, der Zaster, das Betriebsvermögen, die Umsatzrendite.

Und so stritt ich mit mir hin und her. Ließ mir ein zweites Glas Weißwein reichen, womit ich längst schon an die Grenzen meiner Zahlungsfähigkeit gestoßen war, hoffte auf Gott, also auf eines dieser nie stattfindenden Wunder, gedachte der *Wunderbaren Weinvermehrung* und versuchte, hinter den Trick zu kommen.

Sosehr ich auch nachdachte, ich kam auf keine Lösung. Schon gar nicht auf etwas, was mir gesagt hätte, wie ich die nächsten Tage überleben würde.

Sicher, die albanischen Bilder in meiner Tasche mochten ihr Geld wert sein. Ich hätte den Berliner Freund Schedels etwas unter Druck setzen können. Kohle gegen Kassetten, Deutschmark für Kriegsbilder. Oder was auch immer. Aber. Aber mir war nicht danach. Alles, was ich heute schon gedacht hatte, lief auf den einen Punkt hinaus: Damit will der

Tschenett nichts mehr zu tun haben. Er geht auch auf kein Schiff mehr, das sich durch Leiber pflügt. Ich wollte nichts mehr mit dieser ganzen albanischen Geschichte zu tun haben. Nichts mehr mit diesem Wahnsinn. Nichts mehr mit der allgemeinen Abzocke und nichts mehr mit der Paranoia. So etwas entsprach ganz einfach nicht meinen bescheidenen Fähigkeiten. Meinen noch bescheideneren Tugenden sowieso nicht.

Vergiß Albanien, vergiß Colorado und vergiß den Goldrausch, dachte ich, das ist nichts für dich. Deine Reflexe sind zu langsam. Und zu weich.

Und dann war ich aufgestanden, hatte meine kümmerlichen Lire hingelegt und zu meinem grenzenlosen Erstaunen noch ein paar Münzen zurückbekommen. War losgezogen. Ziellos durch die Altstadt gelaufen, immer im Schatten der Häuser, meine Runden gedreht, eine um die andere, immer in der Hoffnung, mir würde irgendwann einmal und sozusagen als Belohnung für diese Pilgerfahrt ein Gedanke, ein erlösender, kommen, ein Einfall, ein rettender.

So war ich durch die Stadt gezogen und die Sonne war höher gestiegen und höher und Einfall war mir keiner begegnet, kein Gedanke war mir entgegengekommen, nichts dergleichen, als ich endlich müde und durstig, durstig vor allem, auf eine Holzbank fiel, beschattet von Palmen.

Gut, dachte ich, dann ist das der Ort, an dem du endest. Diese *piazza* mit den Palmen, dem versprayten Treppenabgang da vorne, dem Blick auf die Hafenbucht und das Meer, die Hubschrauber über dem Militärstützpunkt und dem Denkmal.

Brindisi ai suoi figli caduti per la patria 1915–1918 stand da, darüber eine Dame in wallenden Gewändern, darunter ein versterbender römischer Krieger, den sein Schild auch nicht vor dem Tod bewahrt hatte. Darüber wieder Quader, in jeden ein Name eingraviert. *Col di Lana, Vittoria Veneto, Monte Grappa, Piave, Vodice, Altipiano d'Asiago, Isonzo; Pasubio, Quota 144, Podgora, Montenero.* Die ruhmreichen Stätten italienischer Niederlagen und Siege im Ersten Weltkrieg. Schlachtfelder weit im Norden. Tief in den Bergen. Hoch droben auf Eis und Schnee. *Col di Lana.* Mein Großvater hatte da gelegen, als kleiner k.u.k. Soldat. Hatte den Stollen vorangetrieben. Und unter sich, wie alle anderen auch, den Feind den Gegenstollen vortreiben gehört. Und wußte: wenn die Bohrgeräusche aufhören, wird mit Dynamit geladen. Und dann wird gesprengt. Und der ganze Berg fliegt in die Luft. Dann hatte das Bohren der Gegenseite aufgehört. Sie hatten ihre eigenen Stollen stolpernd und hetzend mit Sprengstoff geladen. Und dann war mein Großvater ins Tal abkommandiert worden, wie andere auch. Der ganz normale Truppenaustausch zwischen Tal und Berg, Etappe und Front. Und jeder hatte gewußt: die, die hinuntergehen, werden diesmal überleben. Und die, die hinaufgehen, werden diesmal sterben. *Col di Lana.*

So hatte ich dagesessen, zeit- und ortvergessen, als mich jemand ansprach.

Ich hatte zuerst nicht hören wollen. Von niemandem und von nichts. War mit dem, was war, zufrieden. Wähnte, daß jeder nächste Schritt nicht Besserung, sondern Katastrophen bringen würde. Ahnte, daß es am besten war, gar nicht zu existieren. Und schon gar nicht zu antworten. Hatte also weiterhin in dieser halb liegenden Lage dagesessen und auf stumm geschaltet.

Wer auch immer etwas von mir wollte, er würde es nicht bekommen. Ich hatte nichts zu verschenken. Ich hatte gar nichts. Nicht einmal Zuversicht oder Hoffnung.

Und dann war dieses fragende Gesicht in mein Blickfeld getreten und seine langen schwarzgelockten Haare. Und die Mineralwasserflasche, die es in der Hand hielt.

»Hai sete?«

Und ob ich Durst hatte. Ohne nachzufragen, griff ich zu, drehte den Verschluß auf und trank.

Trank, verschluckte mich, hustete, rang nach Luft.

»Grazie«, sagte ich. »Mi hai salvato la vita. Du hast mir das Leben gerettet. Danke.« Und lehnte mich wieder zurück, schaltete das Licht aus.

»Ne ho ancora. Ich habe noch mehr davon.«

Ich schüttelte den Kopf. »No, grazie.«

Hielt immer noch die Augen geschlossen. Und hörte, daß sie sich nicht bewegte. Stand also immer noch da, vor mir. Dann ein Geräusch und eine Bewegung, neben mir. Sie hatte sich hingesetzt.

»Ich bin sehr müde«, sagte ich, ohne die Augen zu öffnen.

»Das sehe ich«, sagte sie.

»Ich will nicht unhöflich sein...«

»Bist du nicht.«

»Ich will nur...«

»Ja?«

»Ach, ich weiß nicht.«

Wir schwiegen. Drüben am Stützpunkt die Hubschrauber. Und die Ahnung von Meer. Ein leiser Wind.

»Ein guter Ort«, sagte ich. »Es läßt sich bleiben.«

Einen Augenblick lang ging mir der *capitano* durch den Kopf. Wenn ich mich richtig erinnerte, sah er die Dinge etwas anders.

»Ich bin oft hier«, sagte sie.

»Wieso?«

»Es ist der höchste Punkt in Brindisi«, sagte sie, »von hier aus kann man am weitesten auf das Meer hinaus sehen. Bei gutem Wind nach Albanien.«

Nicht, daß mir danach gewesen wäre. Aber das mußte ich der jungen Frau, die mich mit Wasser versorgt hatte und immer noch neben mir saß, während ich zurückgelehnt mit geschlossenen Augen in die Welt sah, nicht unbedingt auf die Nase binden. Außerdem war mir, und das mag an einer momentanen physischen Schwäche gelegen haben, gerade nach Romantisch.

»Ich war Seemann«, sagte ich.

»Und?« sagte sie.

»Die Zeiten sind vorbei«, sagte ich. »Die Schiffe, auf denen es lohnen würde zu fahren, gibt es nicht mehr.«

Sie sagte nichts.

»Ich weiß auch nicht, wohin sie verschwunden sind«, sagte ich. »Vor ein paar Tagen habe ich für ein paar Sekunden gedacht, es würde gehen.«

»Und?«

Es war etwas in ihrer ruhigen, leicht rauchigen Stimme. Etwas, das klang, als würde sie aus der Entfernung mit mir sprechen. Von der anderen Ecke des Platzes her. Und ich glaubte, Interesse herausgehört zu haben.

Vergiß es, Tschenett, dachte ich, nicht einmal daran denken. Verrenn dich nicht. Bilde dir nichts ein. Bedank dich für das Wasser, steh auf, nimm deinen Körper und geh. Ist für alle Beteiligten das beste. Vor allem für dich. Kannst zur Zeit keine Ablenkung gebrauchen. Nicht, bis du nicht Bescheid weißt. Was und wie und wo und warum du was tun willst.

»Und?« sagte ich. »Es war ein Reinfall. Die Reise. Das Schiff.«

»Wieso?«

»Weil ich sentimental war.«

»Was heißt das?«

Irgendwo, in einer der Gassen hinter uns, fuhr ein Auto mit Sirenengeheul und lauter Musik aus dem Autoradio vorbei.

»Zwei Menschen waren gestorben. Und ich dachte, es würde sie freuen, wenn ich auf ein Schiff gehe.«

»Haben sie sich gefreut?«

Die Art, wie sie ihre Fragen stellte, hatte etwas Unwiderstehliches. War seltsam klar und erwartete Antwort.

»Sie hätten geweint.«

»Warum weinst du nicht?«

»Zu müde? Weil ich's nicht kann? Ich weiß nicht.«

»Wie wird man müde?«

»Zu viel gereist, die letzten Jahre«, sagte ich. »Zu wenig Ziele.«

Und damit öffnete ich meine Augen, blinzelte, bis sich die Sicht wieder eingefunden hatte, und stand dann langsam auf.

»Hat mich gefreut«, sagte ich. »Ich muß jetzt weiter.«

Die ersten beiden Schritte schmerzten in den Kniekehlen.

»Weißt du wohin?«

Ich drehte mich um. »Nein.«

»Setz dich«, sagte sie.

»Entri«, sagte eine Stimme aus dem Zimmer.

Ich sah auf Benedettos Hand, die mir in dem Halbdunkel des Hotelflurs den Weg ins Zimmer wies. Eine schmale, blasse Hand, die leicht zitterte.

»Entri«, sagte die Stimme in dem Zimmer wieder. »Kommen Sie, kommen Sie.«

Es mußte das größte Zimmer des Hotels sein, und es hatte nichts von einem Hotelzimmer. Der Raum lag im Halbdunkel, was ebenso an den Jalousien vor den zwei raumhohen Fenstern lag wie an seiner Einrichtung.

Ich machte ein paar Schritte nach vorne und konnte in der Stille, die mich umgab, hören, wie Benedetto leise die Zimmertür ins Schloß zog. Links vor mir stand ein riesiger alter Schreibtisch, über und über voll mit sorgsam gestapelten Papierstößen und Zeitungen.

»Setzen Sie sich.«

Die Stimme kam aus einer Gruppe von Ledersesseln an der rechten Zimmerwand. Ich ging langsam darauf zu und sah mich dabei um. Hier hatte es sich jemand gemütlich eingerichtet. Ganz so, als sei er in diesem Raum zu Hause und kein Hotelgast. Und es lag, wie süßer Geruch, etwas Altertümliches, fast Unwirkliches in der Luft.

Ich setzte mich in einen der Ledersessel. Diese hier waren mindestens doppelt so alt und doppelt so nobel wie die, die ich in der Halle gesehen hatte. Schweres, reifes, dunkles Leder.

»Buongiorno«, sagte ich, als ich saß. »Mi chiamo Tschenett.«

»Mir wäre es lieber, wir könnten Deutsch sprechen«, sagte die Stimme in dem Ledersessel mir schräg gegenüber, »wenn Ihnen das recht ist. Ich hatte seit Jahren kaum mehr Gelegenheit dazu. Sie sprechen doch auch Deutsch, oder?«

»Etwas«, sagte ich. Lehnte mich zurück und genoß die kühle Luft, die ein leise und langsam sich drehender Ventilator an der Decke durch den Raum schob.

Mein Gegenüber richtete sich auf, griff nach einer Dose auf dem Beistelltisch, nahm einen Zigarillo heraus und rollte ihn sachte und langsam zwischen Zeigefinger und Daumen. Jetzt fiel etwas Licht vom Fenster her auf sein Gesicht. Ein alter Mann mit buschigen und wirr abstehenden Augenbrauen, in den tiefen Höhlen darunter zwei kleine wache Augen. Dunkler, einfach geschnittener Anzug, dunkelgraues Hemd. Oberster Knopf geschlossen, keine Krawatte. An der linken Hand ein Ring mit einem runden mattschwarzen Stein. Am kleinen Finger der rechten Hand ein überlanger Fingernagel. Und, in dem alten, schmalen, faltigen Gesicht auffällig, die vollen Lippen eines Jungen.

Er hatte bemerkt, daß ich ihn musterte. Und es in aller Ruhe geschehen lassen. Weiter am Zigarillo gedreht und dann nach der Streichholzschachtel gegriffen. Alles mit kleinen, ruhigen Handgriffen, die sich Zeit ließen, als gäbe es sie nicht.

»Sie sind etwas verwundert, nehme ich an«, sagte der alte Mann.

Allerdings. Keinen Augenblick lang hatte ich, als mir die junge Frau am Platz der Gefallenen des Ersten Weltkrieges gesagt hatte, sie wüßte ein Zimmer für mich, an so einen Raum gedacht. Sie hatte mich losgeschickt, mir aufgetragen, nach Benedetto zu fragen, und versprochen, in zwei Stunden nachzukommen. Und dieses Versprechen hatte mich hierhergebracht. Zusammen mit dem Gedanken an ein Bett und eine Kiste Mineralwasser.

»Allerdings«, sagte ich. »Und durstig.«

»Entschuldigen Sie«, sagte der alte Mann, »verzeihen Sie mir. Sie haben recht, ich bin ein schlechter Gastgeber.«

Er beugte sich etwas zur Seite und drückte auf einen Knopf.

»Das wollte ich damit nicht sagen«, sagte ich. »Es ist nur so, daß die letzten Tage etwas anstrengend waren. Und sehr heiß.«

»Ja«, sagte der alte Mann, »viel zu heiß für diese Jahreszeit. Gestern wurden fünfunddreißig Grad gemessen. Und das im März.«

Es klopfte, und dann stand Benedetto im Zimmer, mit Wasser und Weißwein und Gläsern.

»Desidera altro, signore?«

»No«, sagte der alte Mann, »grazie.«

Und Benedetto verschwand wieder.

»Die frühen Nachmittagsstunden sind für mich die letzte Gelegenheit, ein Glas von meinem vielgeliebten Weißwein zu trinken«, sagte der alte Mann, »später hat es mir der Arzt verboten. Und ich muß sagen, zu Recht. Nicht, weil ich dann nicht mehr schlafen kann. Ich brauche keinen Schlaf, in meinem Alter ist das ein völlig überflüssiger Luxus, der mehr zerstört, als er einbringt. Nein, das Herz. Es verträgt Weißwein nur bis fünfzehn Uhr. Rotwein bis Mitternacht. Danach nur noch etwas Portwein. Oder Calvados. Im Winter Grappa. Aber damit ist es ja nun, wie es scheint, vorbei. Und bitte, haben Sie Nachsicht mit einem alten Mann und bedienen Sie sich selbst.«

Ich schenkte uns zwei Gläser Weißwein ein und ein Glas Wasser für mich.

»Sie sehen«, sagte der alte Mann lächelnd, als ich ihm sein Glas reichte, »ich bin auf Sie angewiesen. Und bitte, nehmen Sie sich von den Zigarillos.«

Ich verzichtete darauf und schenkte mir statt dessen Wasser nach. Trank. Und schenkte wieder nach. Griff erst dann nach dem Weißwein.

»Ich sehe«, sagte der alte Mann, »Sie kommen von einer trockenen Weide.«

Er hatte mir lächelnd zugesehen.

»Und bin ganz unverhofft auf ein Wasserloch gestoßen«, sagte ich.

»Sie haben recht«, sagte der alte Mann, »es muß etwas überraschend für Sie sein.«

»Ja«, sagte ich. Und hatte vor, so lange zu schweigen, bis mir dieser alte Mann seine Gastfreundschaft erklärt hatte.

Der alte Mann setzte sein Weinglas ab, an dem er in kleinen Schlucken genippt hatte, zufrieden die Lippen aufeinander bewegend nach jedem Schluck.

»Sehen Sie«, sagte er, »ich erhielt vor einigen Tagen einen etwas überraschenden Besuch von einem alten Freund. Er kam aus Serres. Sie wissen, wo das liegt?«

»Nein«, sagte ich.

»Serres«, sagte er, und er schien ausholen zu wollen mit seiner Erklärung, »Serres ist eine Stadt im griechischen Norden, Makedonien, an die vierzig Kilometer von der bulgarischen Grenze. Ich habe da, vor ewigen Zeiten einmal, für fast zwei Jahre gelebt. Aber das ist für unsere Geschichte nicht wichtig. Und ich wollte Ihnen doch eine Geschichte erzählen. Entschuldigen Sie mein Abschweifen.«

»Eigentlich hatte ich auf eine Erklärung gehofft«, sagte ich, »und nicht auf eine Geschichte.«

»Warten Sie ab, junger Mann«, sagte der alte Mann und lächelte, »Geschichten erklären mehr als Erklärungen.«

Ich schenkte mir etwas Wasser nach.

»Dieser alte Freund also besuchte mich vor einigen Tagen, und ich war ebenso überrascht wie erfreut. Wir hatten uns seit über dreißig Jahren nicht mehr gesehen. Wir umarmten uns und küßten uns und haben uns lange unterhalten. Worüber, das tut nichts zur Sache, ich sage nur: Geschäfte. Dann, wir hatten uns ein paar Kleinigkeiten heraufbringen lassen und aßen und tranken, erzählte er mir eine Geschichte. Dabei...«

Der alte Mann, wohl in Erinnerung an den Abend, griff wieder nach seinem Weinglas.

»Dabei müssen Sie wissen, daß dieser Mann, mein Freund, wenn er Geschichten erzählt, nur wahre Geschichten erzählt, das hat er immer so gehalten. Und auf sein Wort ist Verlaß. Zwei Jahre lang habe ich mit ihm gelebt und gekämpft und mich auf sein Wort verlassen. Jeder kleine Fehler hätte uns den Deutschen ausgeliefert. Und die haben griechische Partisanen sofort hingerichtet. Wenn es nicht schlimmer kam. Also, junger Mann, ist das eine wahre Geschichte.«

Ich griff nach einem Zigarillo.

»Und sie hat sich letzten Sommer ereignet«, sagte der alte Mann. »Ein junger Mann, nennen wir ihn Jorgos, kam nach drei Jahren Militärdienst nach Hause. Er war an der Grenze zur Türkei stationiert gewesen und war in Schußwechsel geraten, und er war an der Grenze zu Albanien stationiert gewesen und war in Schußwechsel geraten. Und er hatte überlebt, sich nicht einmal einen Kratzer geholt auf seiner jungen Haut. Jetzt war Jorgos, der *stratiotis,* endlich aus der Armee entlassen worden und fuhr nach Hause. Stieg in Thessaloniki in einen Bus und fuhr nach Serres, wo seine Eltern, seine Verlobte und seine Autowerkstatt auf ihn warteten. Jorgos, der *stratiotis,* der Soldat also, stieg mit seinem Sack kurz vor Serres aus und ging über einen kleinen Weg durch die Felder auf das Haus seiner Eltern zu. Die Mükken, die in der Gegend wegen der Zuckerfabriken sehr häufig sind, stachen ihn, und Γιώργος ο στρατιώτης freute sich darauf, Vater und Mutter und Verlobte in seine Arme schließen zu können. Da fiel einem Falken, der über Jorgos seine Kreise zog, eine Schlange, die er im Sturzflug gefangen hatte und die jetzt hoch oben in der Luft im Flug noch mit ihm kämpfte, aus dem Schnabel und fiel und fiel und fiel auf Jorgos, den Soldaten, der nach drei Jahren zu Vater und Mutter und Verlobter nach Hause zurückkehrte und sich auf ihre Arme, die ihn umschließen würden, freute, und die Schlange fiel auf Jorgos, und ihre Zähne bohrten sich in seinen Hals, und Jorgos, der *stratiotis,* ging noch hundert Meter weiter und fiel dann vor dem Hause seiner Eltern tot zu Boden.«

Draußen vor den Fenstern flog ein Hubschrauber vorbei.

Ich sah auf die Asche meines Zigarillos und dann auf den

alten Mann. Serres, hatte er gesagt. Serres, im griechischen Norden.

Rosalia, die Frau meines Vaters Johann, meine Mutter, hatte vor ihrer Heirat in einem kleinen Ort oben am Berg gelebt, in einem von acht Höfen. Seres hatte der Ort geheißen, ein kleiner, vergessener ladinischer Weiler, hinten in einem verwinkelten Seitental.

Ich erinnerte mich an die kleinen Mühlen, die, wie am Faden aufgereiht, an einem schmalen, steil bergab springenden Bach lagen und an denen ich die langen Sommertage meiner Kindheit verbracht hatte, bis zu den Knien im Wasser, Staudämme bauend, Ableitungen grabend, in die ich selbst kleine Mühlräder gebaut hatte, die einen Hammer trieben, der auf eine Messingglocke schlug, die ich von meinem Großvater geschenkt bekommen hatte. Hatte im Waldschlag nach Baumrinden gesucht, die groß genug waren, um Schiffe daraus zu schnitzen, in stundenlanger geduldiger Arbeit, die mir im nächsten Sommer, mit den vier Klingen des Taschenmessers, das mir mein Vater zum Krampustag geschenkt hatte, plötzlich um vieles leichter von der Hand ging, so daß ich nach dem ersten Monat der viermonatigen Sommerferien, die uns das italienische Schulministerium gönnte, über eine kleine Flotte herrschte, die in den Gewässern um Seres manche Seeschlacht schlug und durch die wildesten Untiefen segelte.

Zwei Zentimeter Asche waren von meinem Zigarillo auf den Perserteppich gefallen.

»Lassen Sie's liegen«, sagte der alte Mann, als ich mich bücken wollte, »sagen Sie mir lieber, an was Sie gerade gedacht haben.«

War nicht nur ein guter Erzähler, der alte Mann, sondern auch ein guter Beobachter.

»Bilder«, sagte ich. »Mir sind alte Bilder durch den Kopf gegangen. Ich wußte gar nicht mehr, daß ich sie habe.«

Es mußte an dem Raum liegen. An der Geschichte. Und an dem alten Mann. Der jetzt etwas guthatte bei mir.

»Wieso haben Sie mir die Geschichte erzählt?« sagte ich.

»Nun«, sagte der alte Mann, »ήταν η σταγόνα που έκανε το ποτήρι να ξεχειλίσει. Es war der Tropfen, der das Faß zum Überlaufen brachte.«

Ich mußte ihn etwas ratlos angeblickt haben.

»Beziehen Sie das nicht auf sich, Tschenett«, sagte er.

»Sie kennen meinen Namen?«

Er nickte leise und lächelte ebenso verhalten.

»Johann Tschenett, Sie nennen sich Tschonnie, geboren 1952, wenn ich mich nicht irre, gewesener Seemann und LKW-Fahrer, zur Zeit auf der Suche nach...«

Und dann sah er mich mit seinen kleinen, äußerst wachen Augen aus ihren tiefen Höhlen direkt an.

»...ja«, sagte der alte Mann, »wonach denn?«

»Das, wenn ich wüßte«, sagte ich.

»Denken Sie nach.«

»Essen, Trinken, Schlaf.«

»Können Sie haben«, sagte der alte Mann, »zwei Stockwerke höher ist ein kleines Zimmer für Sie reserviert. Ist klein, dafür haben Sie den Blick aufs Meer. Speisen und Getränke bestellen Sie sich aufs Zimmer.«

Ich versuchte, aus seinem Gesicht schlau zu werden. Vielleicht erzählte es mir etwas, was er mir noch nicht gesagt hatte.

»Sie fragen sich, was ich von Ihnen will«, sagte der alte Mann. »Das kann ich verstehen.«

»Das freut mich«, sagte ich. »Sie wissen etwas zu viel über mich. Und das gefällt mir nicht, seien Sie mir nicht böse.«

»Ich mache Ihnen einen Vorschlag«, sagte der alte Mann und schob sich in seinem Ledersessel nach vorne. »Essen Sie, trinken Sie, legen Sie sich hin und schlafen Sie ein paar Stunden. Dann treffen wir uns wieder hier und besprechen den Rest.«

»Wieso sollte ich?«

Ich kannte hunderttausend Gründe, um auf seinen Vorschlag einzugehen. Und wenn keine hunderttausend, dann zumindest vier sehr gute.

»Weil der *capitano* Sie nicht noch einmal in der Stadt sehen wollte, erinnern Sie sich?«

Ich hatte mich erinnert. Hatte mich auf mein Zimmer gelegt, eine kleine Behausung unterm Dach mit wirklich beeindruckendem Blick auf den Hafen und das Meer, hatte mir am Haustelefon *cavatieddi con la ruta* bestellt, dazu von Benedetto Wasser und eine Flasche *Locorotondo* aufs Zimmer bringen lassen und lag jetzt, glücklich und nach Luft und einem geregelten Herzrhythmus schnappend, verdauend auf meinem Bett.

Du hättest es schlimmer treffen können, Tschenett, dachte ich. Und dann schlief ich ein.

Schlief durch bis zum nächsten Morgen. Schlief, bis mich Benedettos Hand auf meiner Schulter weckte.

Mußte mich erst einmal umsehen, nachdenken, wieder

umsehen und dann von Benedetto erklären lassen, wo ich war. Trank den Cappuccino, den er mir gebracht hatte. Stellte mich unter die Dusche.

Und ging dann zwei Stockwerke tiefer, dahin, wohin Benedetto mich mit einem kurzen Satz und einem Bücker befohlen hatte. Der Herr wünscht Sie auf einen Kaffee einzuladen, hatte er gesagt. Um zehn Uhr.

Um halb elf klopfte ich an die Tür des alten Mannes.

Der alte Mann saß an seinem Schreibtisch und blätterte in Papieren.

»Halten Sie mich bitte nicht für unhöflich«, sagte er, »aber da ist eine wichtige Sendung, die so schnell wie möglich weg muß. Dauert eine Minute. Setzen Sie sich bitte. Kaffee?«

»Cappuccino«, sagte ich. »Und eine Tageszeitung, wenn's geht.«

»Selbstverständlich«, sagte der alte Mann.

Und drückte wieder auf einen Klingelknopf. Schien das ganze Zimmer verkabelt zu haben. Ich setzte mich in den Ledersessel von gestern und sah die Zeitungen auf dem Beistelltisch. Acht, neun Stück, italienisch, französisch, griechisch, und eine arabische. Einige vom Vortag, der Rest von heute. Ich griff mir den *Corriere del Mezzogiorno.* Blätterte darin. Und dachte nach.

Der alte Mann tat alles, um ein guter alter Mann zu sein.

Aber an gute alte Männer glaubte ich seit meinem neunten Lebensjahr nicht mehr, seit dem Tag nicht, an dem mir erst der Dorfpfarrer eine Ohrfeige gegeben hatte, wofür ich indirekt Gott, dem guten alten Mann und Chef des Pfarrers, die Schuld gab, um dann ein paar Stunden später miterleben, wie der heilige Nikolaus, auch so ein guter alter Mann, auf den Treppenstufen zu unserer Wohnung auf seinen Kittel trat und ausrutschte, worauf fluchend und aus der Nase blutend der Carabinierebrigadier Johann Tschenett sich den weißen Bart vom Gesicht riß, Stab und Sack zur Seite schmiß, in die Küche stürmte, den Schwarzgebrannten aus dem Kasten holte und sich, was er sonst nur an hohen Festtagen tat, einen eingoß. Um dann zu lachen anzufangen und erst nach zehn Minuten wieder damit aufzuhören. Wieso soll ich ein guter Nikolaus sein, wenn ich ein schlechter Carabiniere bin, hatte er gesagt, ich hab eben das Zeug zum Theaterspielen nicht. Hier, Sohn, hatte er gesagt, dein Geschenk. Es war ein kleines, feuerrotes Blechauto gewesen, so klein, daß ich auf meiner Handfläche damit spazierenfahren konnte. Ich hoffe, du bist mir nicht böse, hatte er gesagt. Ich hatte, begeistert und lauthals Gas gebend und bremsend, nur genickt.

Soweit die Geschichte von den guten, alten Männern, Tschenett, dachte ich.

Benedetto brachte *cappuccino, brioche* und *frutta.*

Ich rührte Zucker in meinen Cappuccino und gab mir einen Ruck. Du hast, dachte ich, eben in der Dusche, unter dem heilsamen Einfluß des kalten Wassers, das über deinen welken Körper rann, beschlossen, den guten alten Mann anzugehen. Direkt, sofort, unmißverständlich und ohne ihm irgendwelche Ausweichmöglichkeiten zu lassen. Also tu es auch, sobald er die verdammte Eilsendung hinter sich gebracht hat. Diesmal, und wenn es das erste Mal in deinem Leben ist, spielst du das Spiel nicht mehr mit. Egal, welches.

Weil Spiele, mein Lieber, langsam wirst du es bemerkt haben, immer die Spiele der anderen sind. Das mag vom Bauplan deines Hirns abhängen oder vom Wasserstand des Ganges, egal, aber es ist so. Deswegen: Schluß. Diesmal stehst du auf und gehst. Dein Leben wird langweilig werden, das mag sein, aber es wird deines sein.

Der alte Mann saß in einem bordeauxroten Schlafmantel an seinem Schreibtisch und schrieb.

Er ist kein Bescheißer, dachte ich.

Wer sagt dir das, Tschenett?

Ein Gefühl.

Kein Gefühl, Alter. Deine Bequemlichkeit. Zimmerservice, Essen frei Haus. Und die Frau.

Nein, dachte ich entrüstet, die doch nicht. Die ist doch schon längst vergessen.

Ach ja, Tschenett? Und wem willst du das erzählen? Mir?

Irgendwo hörte ich spitze Stimmen kichern.

»Die Jugend«, sagte der alte Mann, der seinen Kopf etwas gehoben hatte und mit dem Ohr nach draußen hörte, »sie lieben es, während der Schulstunden am Meer zu sitzen. Sie kommen jeden Tag her. Schauen ins Wasser, lassen die Beine baumeln und lachen. Ich bin ein begeisterter Zuseher. Manchmal schicke ich Benedetto mit ein paar Gläsern Cola. Sie fragen sich immer noch, wo die Aufmerksamkeit herkommt. Haben mal den einen, mal den anderen jungen Mann in Verdacht. Aber Benedettos großer Vorzug ist seine Verschwiegenheit.«

»Sind Sie ein *puparo*?« sagte ich.

»Ein Puppenspieler?«

Der alte Mann lächelte, faltete das Blatt Papier, das vor ihm lag, zusammen und schob es in eine Postversandtasche.

»Schön, daß Sie das sizilianische Wort verwendet haben«, sagte der alte Mann, »aber Sie werden mich nicht mit Giulio Andreotti vergleichen wollen, oder?«

»Sind Sie ein *puparo*?«

Der alte Mann drückte den Klingelknopf, stand auf und ging ans Fenster. »Sie haben beschlossen, mich hart anzugehen, heute morgen«, sagte er. »Und wundern Sie sich nicht: Ich kann Sie verstehen, Tschenett. Man wird vorsichtig, wenn man in einem Bett aufwacht, das nicht das eigene ist, und von dem man nicht weiß, wie man hineingekommen ist. Habe ich recht?«

»In etwa.«

»Fragen Sie«, sagte der alte Mann. »Ich werde versuchen, auf jede Ihrer Fragen eine Antwort zu haben.« Er setzte sich in seinen Ledersessel. »Allerdings: ich weiß nicht, ob ich es können werde, und ich weiß noch weniger, ob ich Ihnen damit etwas Gutes tue.«

»Ich bestehe darauf.«

»Das habe ich mir gedacht.«

Benedetto stand wieder im Zimmer, hatte eine Flasche Weißwein und Oliven mitgebracht. Mehr als diesen einen Gast schien er nicht bedienen zu müssen.

Der alte Mann wies mit einer kleinen Bewegung seines Kopfes auf den Schreibtisch. Benedetto nahm einige Briefe und die Postversandtasche mit. Der alte Mann schenkte sich Weißwein ein. »Für Sie auch?«

»Danke, nein.«

»Ich verstehe«, sagte der alte Mann, »die Arbeit geht vor.«

»Sind Sie ein *puparo*?« sagte ich und ließ den alten Mann nicht aus den Augen.

Aber er trickste mich aus. Er lehnte sich in seinen Ledersessel zurück, und wieder, wie gestern, verschwand sein Gesicht im Dunkel des Zimmers.

»Ein Puppenspieler?« sagte der alte Mann. »Einer, der an den Fäden der Marionetten zieht? Nein. Ich bin, nun ja, ein Vermittler. Einer, der Ausgleich schafft zwischen wohlbegründeten Interessen. Das ja. Wissen Sie, Tschenett, in einem gewissen Sinne bin ich, wenn ich mich einer zeitgenössischen Vokabel bedienen darf, harmoniesüchtig.«

»Und deswegen kennen Sie meinen Namen, wissen, wie alt ich bin, was ich tue?«

»Und woher Sie kommen.«

»Und Sie wissen vom *capitano*.«

»Das ist ein gutes Beispiel, Tschenett. Der *capitano* hat Sie falsch eingeschätzt. Er hatte ein falsches Bild von Ihnen, den falschen Verdacht. Das hat sich heute morgen geklärt, es ist also nicht mehr notwendig, daß Sie die Stadt verlassen, wenn Sie nicht wollen.«

»Woher wissen Sie von mir?« sagte ich.

Der alte Mann war ruhig geblieben in seinen Antworten, sprach leise und langsam aus seinem dunklen Eck, bewegte sich kaum, bis auf die kleine Bewegung, mit der er das Weinglas zum Mund führte. Er schien mir wirklich auf meine Fragen antworten zu wollen. Und hatte anscheinend einen guten Draht ins Polizeikommissariat.

»Ich weiß noch mehr, guter Freund«, sagte der alte Mann, »möchten Sie wissen, was?«

»Ich bitte darum.«

»Sie wollen zwei Kassetten mit Filmbildern an die, wie sagen…, internationale Presse weitergeben.«

Jetzt war ich baff.

»Erschrecken Sie nicht«, sagte der alte Mann, »es ist alles viel einfacher, als Sie denken, wenn es erst einmal erklärt ist.«

Ich hatte die Kassetten gestern, bevor ich mich zur Verdauung ausgebreitet hatte, unter die Matratze am Fußende meines Bettes geschoben und nachher darauf gelegen.

»Woher wissen Sie?« sagte ich.

»Aus Albanien. Seien Sie beruhigt, Sie haben sich nicht verraten.«

»Was wollen Sie von mir?«

»Mich erklären. Ich bitte Sie nur um etwas Geduld.«

Ich atmete einmal tief durch.

»Ich weiß«, sagte der alte Mann, »das ist das, was Sie nicht haben. Aber versuchen Sie bitte, mich zu verstehen. Ich bin ein alter Mann. Ich habe Zeit. Und der dünne Atem, der mir noch geblieben ist, ist ein langer Atem. Ich kann nicht anders.«

»Fangen Sie an«, sagte ich.

Er hatte mich schon wieder eingewickelt, der alte Mann, dessen Namen ich noch nicht einmal kannte. Von dem ich nichts wußte, als daß er reglos in einer dunklen Ecke eines Zimmers des *Hotel Internazionale* in Brindisi hockte. Und zuviel wußte. Über mich.

»Sehen Sie«, sagte der alte Mann, »seit 1908 lebe ich an irgendeinem der vielen Ufer des Mittelmeeres. Und ich trug viele Namen. Krassimir, Bashkim, Khaled, ja, auch Jorgos, Cosmo, Demetrio, Agesilao, Francis, Michail Petrowitsch,

Nilo. Seit 1911 wohne ich, immer wieder, in diesem Hotel. Ich wohnte schon hier, als es noch *La Valigia delle Indie* genannt wurde. Es gab Jahre, in denen war ich ein reicher Mann. Es gab Zeiten, in denen trug ich eine Waffe. Ich war verheiratet. War Partisan. Flog Flugzeuge. Ließ Zeitungen drucken in Sprachen, die ich erst erlernen mußte. Und ich sah die Dinge und die Zeiten, die Staaten und die Regierenden, die Toten und die Neugeborenen, die Sonne und den Mond kommen und gehen. Das mag Ihnen wie das Gerede eines alten Mannes vorkommen.«

Ich nickte.

»Und das ist es auch«, sagte der alte Mann. »Es war ein schönes Hotel, das *Valigia delle Indie,* und ich gab einige unvergeßliche Bälle hier. Manchmal hatten wir für Monate das gesamte Stockwerk gemietet. Dann war ich jahrelang unterwegs, an den Küsten dieses Meeres. Erst nach dem Weltkrieg, dem Zweiten, einige Jahre danach, kam ich wieder hierher. Nahm mir ein kleines Zimmer. Mehr konnte ich nicht bezahlen. Dann konnte ich einigen Leuten, die es verdient hatten, einen Gefallen tun, verdiente auch etwas Geld dabei, ließ dieses Zimmer als mein Büro einrichten und das Zimmer nebenan als Wohnung. Benedetto war ein junger Mann, der verwahrlost auf der Straße stand. Ich stellte ihn ein. 1956 habe ich mein letztes Geschäft abgeschlossen, einige Jahre lang lebte ich vom Ersparten und seither von dem, was man mir zukommen läßt. Benedetto wird vom Hotel bezahlt, meine Zimmer und die Zimmer meiner Freunde begleiche ich dadurch, daß ich den Besitzern des Hauses oder ihren Freunden mit kleinen Handreichungen zur Seite stehe. Ich habe diese zwei Zimmer seit zwölf Jahren nicht mehr verlassen, alles, was ich wissen muß, erfahre ich, alles, was ich tun muß, kann ich von hier aus tun. Manchmal helfen mir junge Freunde.«

»Ich weiß«, sagte ich, »junge Frauen zum Beispiel.«

»Zum Beispiel.«

»Ihre Enkelin?«

»Nein.«

Ich begann, etwas ungeduldig zu werden. »Was hat das alles mit mir zu tun?«

»Einiges, auch wenn Sie es noch nicht sehen können.«

»Das liegt nicht an mir.«

Der alte Mann beugte sich vor, stellte sein Weinglas ab und lächelte.

»Touché«, sagte er. »Schenken Sie mir noch einmal zwei Minuten. Dann werden Sie verstehen. Versprochen.«

»Zwei«, sagte ich und versuchte, meiner Stimme einen härteren Klang zu geben, als mir im Herzen war.

»Hören Sie es?« sagte der alte Mann, »können Sie es hören?«

»Was, bitte?«

»Das Meer.«

»Ich höre die Hubschrauber«, sagte ich.

Der alte Mann nickte und ließ sich wieder in seinen Sessel zurückgleiten.

»Die Hubschrauber, ja«, sagte er. »Sie sind nicht zu überhören. Fliegen Kriegseinsätze, Aufklärungsflüge, Patrouille. Aber ich höre das Meer, dahinter. An diesem Mittelmeer hat sich viel getan die letzten sechs Jahre, die letzten achtzig Jahre. Wie in den Hunderten und Tausenden von Jahren davor. Hier treffen sich drei Kontinente. Und deswegen lebe ich hier. Dafür habe ich gelebt. Und ich habe eines gelernt, in all den Jahren an diesem Meer: Das Wasser steht überall im Mittelmeer gleich hoch. Und in jedem Streit, den es gibt, läßt sich vermitteln. Algerier, Serben, Griechen, Italiener, Türken, Spanier, Marokkaner, Korsen, Albaner. Es ist dasselbe Mittelmeer. Wenn ich in Brindisi mit dem Fuß ins Wasser steige, steigt es in Vlora. Und umgekehrt. So einfach ist das. Und ich sorge, wo ich kann, dafür, daß der Wasserstand dann wieder sinkt. Das ist es, was ich tue. Ich gleiche aus, ich vermittle. Um das tun zu können, muß ich wissen, wer seinen Fuß wo ins Wasser setzt. So bin ich auf Sie gekommen.«

»Die Kassetten?« sagte ich.

»Ja.«

Es klopfte.

»Avanti«, sagte der alte Mann.

Und dann stand die junge Frau im Zimmer, hob zum Gruß kurz die Hand und setzte sich an den Schreibtisch.

»Ci siamo subito«, sagte der alte Mann, »wir sind gleich fertig.«

Sie nickte, öffnete ein Buch und las darin.

Schien hier wie zu Hause zu sein. Und war nicht seine Enkelin. Ich wußte immer noch nicht, wieso ich an die Mär vom guten alten Mann glauben sollte.

»Wen drücken diese Kassetten, außer die Matratze, unter der sie liegen?« sagte ich.

»Es ist alles wahr, was auf diesen Kassetten zu sehen und zu hören ist«, sagte der alte Mann, »aber es ist nicht die Zeit, um alles an die Öffentlichkeit zu bringen. Sehen Sie, Mesenhol ist ein intelligenter junger Mann.«

Er hob seine Hand kurz in meine Richtung, als er meine Reaktion auf den Namen sah. »Ja«, sagte er, »unser Mesenhol. Ein guter Kopf. Aber durch die Jahre an der, wie er sagen würde, Front hat sich sein Geist verengt. Er ist gut in der Analyse. Aber es fehlt ihm am Blick nach vorne. Er ist dabei, sich selbst zu ruinieren. Er mag recht haben mit seinen Theorien. Aber ich werde nicht viel für ihn tun können, wenn er so weitermacht.«

Ganz unrecht konnte ich in diesem Punkt dem alten Mann nicht geben. Er schien unseren gemeinsamen Bekannten zu kennen.

»Anders gesagt«, sagte der alte Mann, »diese Bänder sind wertvoll. Aber nicht, wenn sie sinnlos in den sinnlosen Nachrichtensendungen dieser Welt ausgestrahlt werden, nur danach bewertet, welche Zuschauerquote sie bringen. Niemand würde verstehen, was auf den Bändern passiert. Niemand würde einen Gedanken daran knüpfen. Einerseits. Und andererseits wären die Bänder wirkungslos geworden in dem Augenblick, in dem sie ausgestrahlt würden. Und das wollen wir ja nicht, oder?«

Der alte Mann beugte sich nach vorne.

»Vieni qua che abbiamo finito«, sagte er zum Schreibtisch hinüber, »komm her, wir sind fertig.«

Den Eindruck hatte ich allerdings noch nicht.

»Ich habe…«, sagte ich.

»…Ihr Wort gegeben«, sagte der alte Mann, und es war das erste Mal, daß er mir ins Wort gefallen war. Er schien etwas ungeduldig geworden zu sein, so als ob ich ihm zu langsam sei, wollte das Gespräch zu Ende bringen.

»Benedetto hat das Band zum Paketdienst gebracht«,

sagte der alte Mann, »Sie waren dabei. Es ist unterwegs nach Berlin. Ich habe heute morgen von einem befreundeten jungen Techniker eine Schnittfassung erstellen lassen. Morgen werden Bilder von den Fregatten weltweit im Fernsehen laufen. Und es wird nach einem anarchischen Aufstand aussehen und nicht nach einer gut geplanten Kommandoaktion. Die Bilder, die die Welt nicht zu sehen bekommt, liegen bei Ihrem *capitano*, bei einigen Herren in Frankfurt, Rom, Mailand, Tirana und Athen. Sie werden sehen, sie tun ihre Wirkung.«

»Sie wissen, daß ich Ihnen das nur glauben kann«, sagte ich. »Beweisen werden Sie es mir nie können.«

»Zweiundfünfzig geboren. Wenn Sie so alt werden wie ich, schreiben wir das Jahr zweitausendvierzig. Spätestens bis dann werden Sie Ihren Beweis haben. Reicht Ihnen das?«

»Wenn das eine Garantie sein soll, daß ich bis dahin lebe, dann ja.«

»Tun Sie Ihr Bestes«, sagte der alte Mann.

Die junge Frau hatte sich zu uns gesetzt.

»Wir haben uns noch gar nicht vorgestellt«, sagte ich. »Tschenett, Tschonnie.«

Und ich war mir nicht zu blöd, ihr meine Hand hinzuhalten.

»Remzije«, sagte sie, sah auf meine ausgestreckte Hand und nickte.

»Remzije?«

»Ein albanischer Name«, sagte der alte Mann.

»Ich verstehe«, sagte ich.

Und dann erwischte mich der alte Mann dabei, wie ich Remzije, die gerade ihr Haar etwas ordnete, aus den Augenwinkeln beobachtete.

»Wissen Sie, wie der Grieche das nennt?« sagte er. »Τα μάτια σου παίζουν, sagt er, deine Augen spielen.«

Worauf ich, ertappt, meine Augen senkte. Der alte Mann lächelte. Remzije schien nichts von alledem bemerkt zu haben. Oder sie ließ sich nichts anmerken.

»Sie ist 1991 mit einem der ersten Schiffe hier angekommen«, sagte der alte Mann, »alleine und noch sehr jung. Ich habe von meinem Fenster aus gesehen, daß sie auf der Bank an der Mole geschlafen hat. Und habe Benedetto nach ihr geschickt.«

»Sie sammeln Menschen auf Bänken«, sagte ich.

»Remzije hilft mir dabei.«

»Sie haben sie nach mir geschickt...«

Die beiden sahen sich an und lächelten.

Ich stand auf.

»Sie haben die Bänder«, sagte ich, »dann brauchen Sie mich ja nicht mehr. Und ich kann gehen.«

»Ich bitte Sie«, sagte der alte Mann. »Glauben Sie mir, mein Interesse an Ihnen geht weit über diese Bänder hinaus. Wollen Sie für mich arbeiten?«

»Sie bieten mir einen Job an?«

Diesmal versuchte *ich* es mit dem Blick aus dem Fenster. Vielleicht brachte er ja Erleuchtung. Der alte Mann hatte mich wieder einmal überrascht.

»Job?« sagte der alte Mann, »nein. Es ist eine Aufgabe.«

Unten an der Hafenmauer verkauften die Fischer ihren Fang direkt vom Boot. Rentner ließen sich den Fisch in Plastiktüten packen. Wie überall hier im Süden war der Fischkauf meist Sache der Männer. Als ob sie alle in sich noch die Erinnerung an die Zeit herumtrugen, in der hier jeder Fischer gewesen war. Ich schüttelte den Kopf.

»Ich weiß nicht«, sagte ich. »Aufgabe... Das klingt, naja... Wissen Sie, ich bin in Italien groß geworden, mit dem Papst und der Kommunistischen Partei. In einer sehr religiösen Umgebung also. Seither mag ich das Wort *Aufgabe* nicht sonderlich. Ich mag den Ton nicht, in dem es daherkommt.« Ich drehte mich zu dem Alten um. »Verstehen Sie?«

Er nickte.

»Sie könnten es sich ein paar Tage lang ansehen und dann entscheiden, es hat keine Eile. Seien Sie mein Gast, sehen Sie sich um. Zwischendurch trinken wir ein Glas Wein zusammen und besprechen den Lauf der Welt. Und ich werde Ihnen, wenn Sie erlauben, noch ein paar von meinen Geschichten erzählen. Das müssen Sie einem alten Mann erlauben. Und dann, dann entscheiden Sie sich.«

Ich drehte mich wieder zum Fenster zurück und sah hinaus auf das Meer.

»Καλή μάνα, πάντρεψέ με, σπιτονοικοκύρεψέ με. Γέρον άντρα μη μου δώκεις, κι ύστερα θα μετανοιώσεις. Να σου δώκω ένα ναυτάκι, ένα νιο παληκαράκι.«

Der alte Mann hatte wieder Griechisch gesprochen und damit bei der jungen Frau, die bis jetzt still und aufmerksam dagesessen hatte, eine unerwartete Reaktion provoziert. Sie war aufgesprungen und hatte versucht, ihm den Mund zuzuhalten. Der alte Mann hatte zu lachen angefangen. Jetzt lachten sie beide.

»Sehen Sie«, sagte der alte Mann, immer noch lachend, »so geht es bei uns zu.«

»Was haben Sie gesagt?« sagte ich.

»Ich bringe ihr gerade etwas Griechisch bei«, sagte der alte Mann, »und zum Üben sagen wir immer ein Kinderlied auf. Sie haben auf das Meer hinausgesehen. Das hat mich darauf gebracht.«

»Wie geht das Lied?« sagte ich und setzte mich wieder in meinen Sessel.

»Das Lied?« sagte der alte Mann und sah auf Remzije. »Soll ich es ihm sagen?«

»No, ti prego«, sagte sie und schüttelte so wild ihren Kopf, daß die schwarzen Locken durch die Luft flogen.

»Prego«, sagte ich, »bitte.«

Remzije lachte. »No.«

»Prego.«

»Bene«, sagte sie dann, stellte sich neben den alten Mann und legte die Hand auf seine Schulter.

»Also gut«, sagte der alte Mann, »wenn ihr beide es so wollt. Es geht so: *Liebe Mama, verheirate mich, verschaff mir einen Hausstand. Aber gib mir keinen alten Mann, du würdest es später bereuen. Sagt die Mutter: Soll ich dir einen Matrosen geben, einen jungen Burschen? Sagt die Tochter: Liebe Mama, du hast's erraten, mitten ins Herz hast du mir geschaut. Wenn er auf den Mast klettert, wird er an mich denken.*«

Remzije lachte. Ich lachte. Und der alte Mann lächelte zufrieden.

»Tschenett«, sagte er dann, »tun Sie mir einen Gefallen. Gehen Sie mit Remzije in die Stadt und kaufen Sie sich etwas zum Anziehen. Sie können ja nicht ewig in denselben Sachen herumlaufen. Lassen Sie sich Zeit, sehen Sie sich um, nehmen Sie sich erst einmal frei. Ich glaube, Remzije würde Sie gerne begleiten.«

Ich sah zu Remzije hinüber. Sie nickte. »Andiamo«, sagte sie, »gehen wir.«

»Überredet«, sagte ich und stand auf.

»Auf meinem Schreibtisch liegt ein Briefumschlag«, sagte der alte Mann, »es müßte reichen für heute. Und jetzt geht schon, ihr beiden. Und vergnügt euch.«

Wir standen schon in der Tür, als der alte Mann mir hinterherrief.

»Übrigens, Tschenett«, sagte er, »der *capitano* hat mir versprochen, nach Ihrem Seesack suchen zu lassen. Falls Sie ihn wieder einmal brauchen.«

17

& ich kotze mehr als ich esse
Lothar Feix

Ich lag, mehr tot als müde, auf dem Bett in meinem Zimmer, als mich ein Wort, das ich gerade im Radio gehört hatte, in die Höhe riß.

Remzije war vor einer halben Stunde auf ihr Zimmer gegangen, mit einem kleinen Abschiedskuß. Und mit dem Lächeln, an dem ich mich die ganze Zeit schon nicht hatte satt sehen können. Sie hatte versucht, mir etwas Albanisch beizubringen. Weit waren wir damit nicht gekommen, wir waren, um die Wahrheit zu sagen, nicht ganz bei der Sache gewesen.

Nachdem Remzije verschwunden war, hatte ich, aus alter Gewohnheit, *Radio TIR*, die Truckersendung, gehört. Die Telefonate, die Musik, die Meldungen.

Es war halb drei Uhr morgens. Ich hatte dagelegen und beinahe schon beschlossen, das Angebot des alten Mannes anzunehmen, für ein paar Tage sein Gast zu sein, mir von ihm Geschichten erzählen zu lassen und dabei Remzijes Lächeln zu genießen. Als die Meldung im Radio kam.

Ich sprang auf, warf mich in die neuen Jeans und das neue T-Shirt, fand endlich meinen Paß, rannte zwei Stockwerke tiefer, klopfte an das Zimmer des Alten und hoffte, daß er keinen Schlaf gefunden hatte.

»Ich muß weg«, sagte ich, »ein paar Tage, unbedingt, heute nacht noch. Aber ich komme wieder, versprochen.«

Der alte Mann saß hinter seinem Schreibtisch und sah mich fragend an. »Es ist ernst?«

»Ja«, sagte ich, »ich glaube schon. Könnten Sie mir...«

Er ließ mich gar nicht erst ausreden, öffnete die Schublade und holte ein paar Hunderttausendlire-Scheine heraus.

»Hier«, sagte er.

»Ich werde...«

Er ließ mich wieder nicht ausreden.

»Wir regeln das, wenn Sie wieder da sind. So haben Sie einen guten Grund zurückzukommen.«

»Ich habe noch einen besseren«, sagte ich, »und das wäre meine zweite Bitte. Sagen Sie Remzije, sagen Sie ihr bitte, daß, sagen Sie ihr...«

»Ich werde es ihr erklären«, sagte der alte Mann.

»Sagen Sie ihr, ich komme zurück. So schnell als möglich. Sagen Sie ihr, es mußte sein. Leider.«

»Das war alles?«

Der alte Mann sah mich mit seinen kleinen, wachen Augen abwartend an.

»Nein. Sagen Sie ihr, daß ich sie mag.«

»Es wird schwer sein, das ins Albanische zu übersetzen«, sagte der alte Mann lächelnd, »diese Sprache ist in gewissen Dingen sehr präzise.«

»Daß ich sie liebe. Sagen Sie ihr das.«

Der alte Mann nickte. »Gute Reise«, sagte er, »und viel Glück.«

Stand im Schneesturm und zitterte. Wischte schmelzende Flocken von den Augenbrauen. Versuchte, zu Atem zu kommen. Hörte, wie das Wasser in den neuen Schuhen quietschte. Wartete und verfluchte die Kälte.

Berta ruft Tschenett, hatte die Durchsage im Truckerprogramm gelautet, *Berta ruft Tschenett. Totò braucht dich. Melde dich.*

Und ich hatte gewußt, daß es nicht damit getan sein konnte, mich zu melden. Hatte mich in den nächsten Zug geschmissen, war die Halbinsel hochgefahren bis an die Grenze des Landes und hatte mich unversehens mitten im Winter wiedergefunden.

Dunkler Nachmittag, tiefer Winter. Und ein eisigkalter Wind. Ein Taxifahrer, der sich ewig lang geweigert hatte, mich von Sterzing nach Pflersch zu fahren. Da ist erst vor zwei Tagen eine Lawine heruntergekommen, hatte er gesagt, hat die Straße verschüttet an einer Stelle, wo seit Jahrzehnten nichts mehr passiert ist, das Wetter spielt verrückt, zu Weihnachten nicht ein Zentimeter Schnee und jetzt versinkt alles darin, und dazu dieser Sturm.

Ich hatte ihm das Doppelte bezahlt. Zögernd zwar, aber immerhin. Hatte dann aber, hinterm Taleingang, zwei Kilometer vor Bertas Haus, seinen Mut schon wieder verloren und sich geweigert, weiterzufahren. Hatte mein Geld genommen und war wieder losgefahren, kaum hatte ich meine Füße auf die fünfzehn Zentimeter hoch beschneite Straße gesetzt. Ich war losgestapft und hatte für die ersten hundert Meter in den Sommerschuhen zehn Minuten gebraucht. Bis ich mich wieder etwas an die alpinen Verhältnisse gewöhnt hatte, an die schlechte Sicht und an den

Sturm. War von der Straße abgekommen, hatte sie wieder gefunden, versuchte mich an den Kurvenverlauf und die Lage der Brücke zu erinnern. Und stellte fest, daß es lange her war, daß ich hier im Tal herinnen gewesen war. Und Berta gesehen hatte.

»Berta!« rief ich und klopfte noch einmal.

Dann stand sie in der Tür, winkte mich wortlos hinein, ging durch ihre dunkle, kleine Bar in die Küche und setzte, noch immer wortlos, Wasser auf. Verschwand, kam mit einer Decke zurück, legte sie mir auf die Schultern, hielt mir einen Schnaps hin, wartete, bis ich ihn getrunken und das Glas wieder abgesetzt hatte, und umarmte mich dann. Sie war gut eineinhalb Kopf kleiner als ich. Ab sechzig, hatte sie einmal gesagt, schrumpft man. Damit man besser in den Sarg paßt. Sie war schon um einige Zentimeter geschrumpft.

»Was ist los, Berta?« sagte ich.

Sie hob nur stumm die Hand und verschwand wieder.

Sogar in dem fahlen Licht ihrer kleinen Küche und in der kurzen Zeit hatte ich sehen können, daß Berta in einem erbärmlichen Zustand war. *Totò braucht dich,* hatte die Meldung gelautet. Wenn Berta schon in diesem Zustand war, was war dann erst mit Totò los? Und wo war er?

Ich hatte mich an den Holzherd gestellt und mich an der Wärme, die noch von ihm ausstrahlte, zu wärmen versucht.

»Ich leg gleich nach«, sagte Berta mit leiser Stimme, stand hinter mir, ich hatte sie nicht kommen gehört auf ihren Filzpatschen, und hielt mir Hemd und Hose hin. »Das lag noch oben, ist dein, zieh das nasse Zeug aus, sonst liegst du morgen im Krankenhaus.«

Tatsächlich, eine Hose, die ich vor Jahren, als ich Bertas Bar neu geweißt hatte, benutzt und dann wohl hier vergessen hatte.

»Am besten wär's, wir würden uns alle drei ins Krankenhaus legen«, sagte Berta.

»Was ist los, Berta?«

»Siehst aus, als ob du im Urlaub gewesen wärst. Zieh das Zeug endlich aus. Ich will nicht, daß du mir auch noch stirbst.«

»Berta, Totò...«

»Alles der Reihe nach«, sagte sie.

Ich fügte mich. Zog mir die nasse Hose vom Leib, das T-Shirt, Socken, Unterhose. Trocknete mich mit einem von Bertas steinharten Handtüchern ab. Ließ mir von ihr den Brustkorb mit Schwarzgebranntem einreiben. Stieg dann in meine alten Klamotten und mußte feststellen, daß ich seit damals deutlich an Umfang zugenommen hatte. Daß mir langsam wieder warm wurde und gleichzeitig etwas schwindelig.

»Setz dich«, sagte Berta und zog den einzigen Stuhl, den es in ihrer Küche gab, vor den Herd. Goß das heiße Wasser in eine ihrer großen Kaffeeschalen, schüttete dieselbe Menge Schwarzgebrannten dazu und hielt mir die Schale unter die Nase. »Jetzt noch das trinken, ich schneid dir inzwischen eine Handvoll Speck auf. Dann bist wieder ein Mensch. Und den brauch ich hier.«

Ich hatte Bertas Befehle befolgt. Schnaps und heißes Wasser getrunken, Speck und Schwarzbrot gegessen und keine Fragen gestellt. Berta ließ sich selten von ihrem Weg abbringen. Und heute nacht war ich zu erschöpft dazu. Außerdem hatte Berta etwas an sich, das keine Widerrede duldete. Heute weniger noch als ohnehin. Sie war von einer grausam stillen und verzweifelten Entschlossenheit.

»Geht's wieder?« sagte sie.

»Ja«, sagte ich.

Und wartete. Wartete darauf, daß sie mir einige Dinge erklärte.

»Ich weiß mir nicht zu helfen«, sagte sie dann, endlich.

Offensichtlich hatte sie beschlossen, daß es jetzt an der Zeit war zu reden und daß ich inzwischen in der Lage war, ihr zuzuhören.

»Ich hab mir nicht mehr zu helfen gewußt«, sagte Berta.

So hatte ich sie nur einmal gesehen.

Vor Jahren. Nachdem man ihr ihre Hennen mit Hundernägeln an die Wände des Hennenstalls genagelt hatte. Einige zappelten noch, als wir sie fanden. An der Tragödie damals war ich nicht ganz unschuldig gewesen. Ich, meine neugierige Nase und mein vorlautes Maul. Und mein lächerlicher Versuch, den Detektiv zu spielen. Als ob ich, immerhin war ich damals auch schon ein ausgewachsener Mann, nicht hätte wissen können, daß Detektive eine Erfindung sind. Die sich vielleicht im Kino ganz gut macht, aber zu mehr nicht taugt.

»Berta«, sagte ich, »komm her.«

Sie hatte die ganze Zeit vor mir dagestanden, war schrittweise hin und her getrippelt, nervös, hatte ihre Finger aneinander gerieben und in den Taschen ihrer Küchenschürze gestochert.

»Komm her, Berta.«

Sie kam auf mich zu, ich nahm sie und setzte sie auf meinen Schoß. Sie ließ es geschehen.

»Erzähl mir alles, Berta«, sagte ich. »Jetzt bin ich da.«

Sie tat einen tiefen Schnaufer, sackte kurz nach vorne, atmete noch einmal durch und schob sich dann die weißen Haarsträhnen aus dem Gesicht.

»Mit dem Totò müssen wir etwas tun«, sagte sie, »ich weiß nicht mehr aus noch ein. Ich weiß nur, daß es so nicht weitergeht. Der stirbt uns, wenn wir nichts tun.«

Sie hatte halblaut, wie zu sich selbst gesprochen.

»Ich hab's versucht«, sagte sie, »aber es hat nichts genutzt. Ich weiß mir nicht mehr zu helfen.«

»Beruhig dich, Berta«, sagte ich, »und hör auf, dir Vorwürfe zu machen. Totò und ich, wir sind beide erwachsene Leute.«

»Schön wär's«, sagte Berta.

Zum ersten Mal heute hatte ich so etwas wie ein kleines Lächeln auf ihrem Gesicht gesehen. Berta, die sonst viel und gern lachte.

»Was hat er angestellt?«

»Nichts«, sagte Berta, »das ist es ja.«

Sie schüttelte den Kopf, langsam und mit einem leisen Seufzer.

»Und?«

»Also«, sagte Berta, holte noch einmal tief Luft und stand dann auf. »Vor zwei Wochen, ein paar Tage, nachdem du ihn am Brenner getroffen hast...«

»Du hast das gewußt...?«

»...und dich nicht bei mir hast sehen lassen...«

»Ich habe...«

Ich wollte sie nicht anlügen. Hatte auch keine Ausrede parat, und schon gar keine Begründung.

»...es ging nicht, Berta«, sagte ich, »und ich hab gedacht, es sei besser so.«

»In zwei Jahren nicht einmal eine Postkarte, nach dem, was du hier alles aufgeführt hast. Ich werd's nicht verstehn in meinem Leben.«

Berta ging zur Tür und sah kurz in den dunklen Barraum. Drehte sich dann wieder zurück.

»Nachdem ihr euch getroffen habt, am Brenner, der *ispettore* Totò und du, ein, zwei Tage später hat er, hat man mir erzählt, von ihm selber weiß ich's nicht, hat er bei einer Kontrolle an der Staatsgrenze im Kofferraum von einem Mercedes einen lang schon gesuchten Mafiaboß gefunden. Hat den Kofferraum wieder zugemacht, den Fahrer das Auto auf die Seite stellen lassen und ihn dann bis zum nächsten Tag verhört. Der Mafioso derweil weiter im Kofferraum auf dem Parkplatz, wo ihn keiner hören kann. Es war die Nacht, in der es plötzlich so kalt geworden ist, seither hält das Wetter an. Hat ein Protokoll geschrieben und den Fahrer ins Bezirksgefängnis bringen lassen. Das Auto weiter auf dem Parkplatz, inzwischen schon halb zugeschneit. Bis ein paar von der Spurensicherung gekommen sind und den halbtoten Mafioso in seinem Kofferraum gefunden haben. Am selben Tag noch ist Totò krank geschrieben worden. Ist zu mir in die Bar gekommen, hat sich ohne ein Wort an den Tisch ins Eck gesetzt und ist seither nicht mehr aufgestanden von dort.«

Ich erhob mich, wollte an die Tür zu Bar.

»Bleib sitzen, Tschenett. Erst erzähl ich zu End.«

Bertas Ton war so resolut, daß ich mich sofort wieder hinsetzte.

»Da sitzt er also, seit zehn Tagen. Hat nie ein Wort gesagt. Sitzt da und schaut auf die Tischplatte. Ich hab ihm Essen vorgesetzt und etwas zu trinken. Gegessen hat er seit zehn Tagen keinen einzigen Bissen. Getrunken schon, die erste Zeit. Aber nur Wein. Jede halbe Stunde einen halben Schluck, Tag und Nacht. Seit zwei Tagen trinkt er nicht einmal mehr. Sitzt da, sagt nichts, ißt nichts, trinkt nichts, läßt sich nicht anreden, wenn ihn abschüttelst, merkt er nichts. Sitzt, als ob er tot wär. Lang packt er das nicht mehr, dann stirbt er mir.«

Berta drehte sich um, schenkte sich von dem Schwarzgebrannten ein und trank das Glas in einem Zug aus.

»So«, sagte sie. »Jetzt weißt es. Und deswegen hab ich dich rufen lassen.«

Ich stand langsam auf. Diesmal hatte Berta nichts dagegen.

»Danke, Berta, daß mich gerufen hast.«

»Geh schon«, sagte sie und zeigte mit ihrem Kopf Richtung Bar. »Red du mit ihm. Vielleicht hört er auf dich. Bei euch Männern weiß man das ja nie. Figuren, komische.«

Totò saß hinter dem Ecktisch, ein zusammengesunkenes Häufchen Elend, grau, unbeweglich, riechend.

»Che fai, amico?« sagte ich, »was machst du für Geschichten?«

Keine Reaktion.

Sein Kopf hielt knappe zehn Zentimeter über der Tischplatte, schaukelte leicht vor und zurück, die Lungen gaben ein pfeifendes Geräusch von sich, zwei einzelne Schweißtropfen standen ihm auf der Stirn.

»Komm«, sagte ich, »steh auf, wir gehen.«

Keine Reaktion. Ich setzte mich neben ihn. Legte eine Hand auf seine Schulter und lehnte mich nach hinten. Die kalte Wand tat meinem Schädel gut.

»Es schneit immer noch«, sagte ich nach einer Weile, »der Sturm reißt die Bäume um. Wenn das so weitergeht, kommen wir in ein paar Tagen nicht mehr aus dem Tal raus.«

Bertas Schatten erschien in der Tür zur Küche.

»Da, wo ich herkomme, war Sommer«, sagte ich.

Er hört dich, dachte ich, red weiter.

»Und wie das so ist, im Sommer: Ich glaube, ich habe mich verliebt.«

Keine Reaktion.

»Lach nicht, Totò«, sagte ich, »sonst muß ich dir mit deiner Yuppie-Anwältin kommen. Weißt du noch?«

Wie kann ein Mensch in dieser Haltung Tage verbringen? Und wie lange hält man das aus?

»Wir werden«, sagte ich und hoffte, das Richtige zu sagen, »ein Stück fahren. Andiamo a casa tua, in Puglia.«

»Wohin willst du?« sagte Berta von der Tür her.

»Nach Apulien. Da hat er Verwandte.«

»Als ob das helfen würde. Nie übersteht der die Fahrt, nie.«

»Es ist warm da. Es ist...«

Keine Ahnung, ob Berta verstehen würde. Wenn nicht, würde sie zu leiden haben. Und das wollte ich eigentlich vermeiden. Aber ich hatte keine Wahl. Tätschelte Totòs Kopf und stand auf.

»Es ist nicht nur warm da, Berta«, sagte ich, »es ist anders. Und ich glaub, es wird ihm guttun. Er muß weg von hier. Zumindest eine Zeitlang.«

»Und du auch...«

Ich nickte, als ich an ihr vorbei ans Telefon ging.

»Gut«, sagte Berta, »laßt mich allein. Aber eines sag ich dir: Ich werde auch diesen Winter überleben.«

»Dabei wollt ich dir gerade vorschlagen, mitzukommen«, sagte ich, während ich die Nummer aus dem Telefonbuch raussuchte. »Ein paar Wochen weg von hier, wär das nichts?«

»Nicht für mich«, sagte Berta und schüttelte energisch den Kopf. »Zweimal in siebzig Jahren bin ich weiter als bis in die Stadt. Und beidesmal in einem Krankenwagen und auch nur, weil mich die Doktoren nicht gefragt haben. Nein, wenn mich von hier wegnimmst, bringst mich um.«

»Dem Totò geht's andersrum«, sagte ich.

»Bist dir sicher?«

»Nein. Aber mir fällt nichts Besseres ein.«

Ich hatte streiten müssen, daß man mir den Mietwagen vor Bertas Bar stellte. Hatte gelogen, bestochen, gebettelt. Das alles mit einem Auge auf den zusammengesunkenen Totò und mit einem Ohr bei Berta, die wortlos in die Küche gegangen war und dort herumwerkelte.

»Ich trag ihn jetzt ins Auto raus«, sagte ich, in der Küchentür stehend.

»Komm her«, sagte Berta.

Die Zeit nimmst du dir, Tschenett.

»Hier«, sagte Berta, »Tee für ihn, Brennessel, und Kaffee

für dich. Speckbrote. Und Kartoffelpüree von heut mittag für Totò. Ich hab's warm gemacht und eingewickelt. Müßt sich eine Zeitlang halten.«

Da stand sie, mit zwei Plastiktüten, und wartete, daß ich sie ihr abnahm. »Und bring mir die Thermoskannen zurück, Tschenett. Und nicht erst in drei Jahren.«

»Versprochen«, sagte ich und küßte sie auf die Stirn.

Bis Rovereto war die Fahrt ein Kampf mit dem Wetter und mir selbst gewesen.

Wieso hast du ihn nicht ins nächste Krankenhaus gebracht, Tschenett?

Weil sie ihm da nicht helfen können. Die stecken ihn höchstens in die Klapse.

Gehören wir da nicht alle hin?

Kann sein.

Ab in die Klapse mit der Synapse.

Was war das?

Nichts. Ein Einfall.

Reinfall. Du und deine Reinfälle, Tschenett.

Ich bete, daß es diesmal nicht so kommt.

Bete.

Als erst der Sturm, dann der Schnee, dann der Regen aufhörte, atmete ich beruhigt durch und suchte nach Sternen am Himmel. Auf einer Tankstelle bei Mantova sah ich die ersten.

Totò hatte ich auf den Rücksitz gesetzt, angeschnallt und im Rückspiegel beobachtet. Er hatte die ganze Zeit über unbeweglich dagesessen.

»Mantova«, sagte ich zu ihm, als ich von der Kasse zurückkam, und startete, ohne eine Antwort abzuwarten, den Motor.

Da hörte ich von hinten ein Geräusch. Noch eines. Drehte mich um. Und sah, wie Totò den Mund öffnete und sprach. Und weiter geradeaus starrte.

»Mantova«, sagte er.

»Ja«, sagte ich, atemlos vor Überraschung. »Los, weiter, Totò, sag mir was.«

»Miaßn, Hofer, tian mir gor nicht.«

»Wie?« sagte ich.

»Miaßn, Hofer, tian mir gor nicht.«

Als ich verstanden hatte, was er da gesagt hatte, fing ich an zu lachen. Schaltete den Motor wieder aus und lachte.

Es war lange Zeit her und in besseren Tagen Totòs Lieblingsspruch gewesen. Andreas Hofer, der berühmte Oberkommandant der Tiroler Aufständischen wider die bayerisch-französische Besatzung und die Aufklärung, hatte am Abend vor der letzten Schlacht am Bergisel die Chefs der Schützenkompanien zu einer taktischen Besprechung zu sich ins Gasthaus gerufen. Hatte Befehle gegeben. Die Kompanie muß dahin, die dorthin. Und die dritte muß... Da war einer aufgestanden, Bauer und Kommandant eines kleinen Haufens, und hatte gesagt: Miaßn, Hofer, tian mir gor nicht. Meint: Müssen tun wir überhaupt nichts. Die Schlacht übrigens ging verloren und brachte Hofer vor ein Militärgericht. In Mantova.

Irgendwann einmal, vor Jahren, war uns die Episode über den Weg gelaufen, und Totò hatte sie adoptiert. Sie hatte ihm gefallen. Er, der Sohn apulischer Kleinstbauern, die es in Gestalt seines Vaters als Carabiniere in den Norden verschlagen hatte, hatte Gefallen gefunden am Eigensinn von Tiroler Bauern.

Und eben seine ersten Worte gesprochen.

Von da an war es aufwärtsgegangen mit Totò Giurato. Er hatte Tee und Püree zu sich genommen und zwischendurch sogar einen Blick aus dem Fenster geworfen.

»Brindisi, Totò«, sagte ich und blinzelte mit müden Augen in die aufgehende Sonne, »in fünf, sechs Stunden sind wir in Brindisi. Ich hab auch schon einen Platz, wo wir schlafen können.«

»Miaßn tian mir gor nicht«, sagte er.

Aber immerhin hatte er genickt. Noch einen Schluck Tee getrunken. Und war dann eingeschlafen.

Es war heiß geworden, ich hatte das Seitenfenster heruntergekurbelt. In einer knappen Stunde würden wir in Brindisi sein. Totò sah von Stunde zu Stunde besser aus, hatte gegessen, sinnierend in die Landschaft geschaut, aber noch immer nichts gesagt. Ich hatte beschlossen, ihm erst einmal keine Fragen zu stellen. Und daß ich, bis wir eine Bleibe gefunden hatten, den Vorschlag des Alten annehmen würde. Mal sehen, wie er darauf reagierte, wenn ich mit Totò ankam. Und was Remzije davon halten würde.

»Ostuni«, sagte Totò.

»Wie bitte?«

Totò zeigte auf ein Straßenschild, an dem wir gerade vorbeifuhren.

»Fahr nach Ostuni.«

Ich bog nach rechts ab.

»Was willst du da?«

Totò antwortete nicht.

Mach bitte keine allzugroßen Umstände, Alter, dachte ich, ich bin knapp davor, am Steuer einzuschlafen. Ich will mich aufs Bett hauen. Und nicht in der Landschaft herumgurken. Andererseits: er hatte den Mund aufgemacht. Das war immerhin einen Umweg wert.

Wir fuhren durch silbrigblaue Artischockenfelder, dazwischen Olivenhaine.

Artischocken, dachte ich. Petersilie, Knoblauch, Essig, Öl, Pfeffer, Salz. Und Artischocken. Drei verschiedene Geschmäcker in einer Pflanze. Blatt. Herz. Stiel. Mir lief das Wasser im Mund zusammen, ich sah eine große Schüssel dampfender Artischocken vor mir und einen Berg abgegessener Blätter links von mir.

»Carciofi«, sagte ich, »Totò, andiamo a mangiar carciofi?« Wollte ihn mit Artischocken locken.

Er antwortete mir nicht.

An der nächsten Abzweigung wies er mir den Weg, an der übernächsten genauso. Er schien genau zu wissen, wo er hinwollte. Wir fuhren auf die weiß von einem Hügel strahlende Stadt zu, bis Totò uns nach links befahl, an ein paar Trulli vorbei, bis wir vor einem Friedhof standen.

Totò stieg aus und ging in den Friedhof. Ich ließ mir Zeit. Und kramte in meinem Hirn. Ostuni, die weiße Stadt … Und dann fiel es mir ein. Girolamo …

»Ostuni, la città bianca. Bellissima«, hatte Girolamo gesagt.

Girolamo aus Ostuni. Die *Uranus*. Schien Ewigkeiten

herzusein. Die letzten Tage vor dem Einlaufen in den Hafen hatten wir uns gegenseitig den Rücken gedeckt. Und dann hatte ich mich schwimmend von der *Uranus* an Land gerettet. Das letzte, was ich von Girolamo gehört hatte, war, daß er im Koma lag. Ich hatte mich mitschuldig gefühlt an seinem Tod und deswegen Jahre später den Großen in einer Hamburger Kneipe niedergeschlagen und war im Gegenzug hinter den Gittern von Santa Fu gelandet. Girolamo.

Ich folgte Totò auf den Friedhof. Sah ihn stehen und in die Luft schauen. Und dann kam ein Mann mit einer Schaufel auf mich zu.

Das, dachte ich, ist die Gelegenheit. Und sprach ihn an. Fragte nach Girolamos Grab. Er bot mir drei Girolamos zur Auswahl an. Schien ein beliebter Vorname zu sein. Girolamo, der Seemann, der vor zwanzig Jahren in Deutschland gearbeitet hat. Da schüttelte er den Kopf, lachte und schüttelte wieder den Kopf.

»Girolamo il marinaio«, sagte er, »fa il capo della cooperativa di pesca. Mica è morto quello.«

Sagte es, schüttelte noch einmal lachend den Kopf und ging.

Und ich stand da, schaute ihm hinterher und konnte es nicht fassen. Girolamo, den ich zwanzig Jahre lang für tot gehalten hatte, lebte. Und hatte es inzwischen zum Chef der Fischereigenossenschaft am Ort gebracht.

»Meine Tante«, sagte Totò, der hinter mir aufgetaucht war. »Meine Lieblingstante. Ich konnte damals nicht zu ihrer Beerdigung kommen.«

Er legte einen Arm auf meine Schulter.

»Sie hat die besten *orecchiette* gekocht. Los, fahren wir.«
Ich stand immer noch baff da.
»Was ist los, Tschenett?«
»Girolamo hat's überlebt.«
Totò sah mich ratlos an.
»Erklär ich dir auf dem Weg nach Brindisi«, sagte ich.

18

Die Frauen kreischten, als der Tod
über ihre Köpfe hinwegflog.
Ilias Venesis

»Signore, signore!« Benedetto lief aufgeregt hinter uns her. Aber ich ließ mich nicht aufhalten. Und Totò blieb dicht an mir dran.

»Signore!«

Der arme Benedetto würde sich bei dem Gelaufe und Geschreie noch die Lungen aus dem Leib husten. Remzijes Zimmer lag im dritten Stock. Eine halbe Treppe noch. Das vorletzte Zimmer im Gang, wenn ich mich noch richtig erinnerte. Ich klopfte. Keine Antwort. Klopfte wieder. Nichts. Benedetto versuchte erst einmal, zu Atem zu kommen.

»Dov'è Remzije?« sagte ich, »Wo ist Remzije?«

»Signore...«, sagte Benedetto und keuchte.

Ich wollte nicht warten, bis er wieder geordnet sprechen konnte, klopfte noch einmal an die Tür, dann an die nächste. Es öffnete ein Tourist in Unterhosen.

»Calma, Tschenett«, sagte Totò, der mir die ganze Zeit nicht von der Seite gewichen war. »Wer ist Remzije?«

Ich sah ihn nur kurz an.

»Ho capito«, sagte Totò, »ich habe verstanden. Trotzdem, beruhige dich.«

Er hatte recht. Ich atmete einmal tief durch. Benedetto nutzte seine Chance.

»Signore«, sagte er, »il vecchio signore desidera veder-La.«

Der alte Herr wünschte mich zu sehen. Jetzt, wo er den Satz und die Aufgabe losgeworden war, lächelte Benedetto glückselig. Oder lachte er über mich?

Il vecchio signore. *Il puparo.* Richtig, wahrscheinlich war sie bei ihm. Ich machte kehrtum, Totò mit mir, Benedetto ließ uns mit einer Handbewegung ziehen.

Der Alte saß an seinem Schreibtisch.

»Schön, daß Sie wieder da sind«, sagte er, »ich hab schon sehnlichst auf Sie gewartet.«

Dann schien er Totò bemerkt zu haben. Er nickte ihm kurz zu.

»Ich nehme an, Sie sind eben angekommen«, sagte der alte Mann und musterte mich, »trotzdem, ich muß Sie um einen großen Gefallen bitten. Auch für den Fall, daß Sie sich noch nicht entscheiden konnten, mein Mitarbeiter zu werden.«

Der Reihe nach, dachte ich.

»Das ist Totò Giurato«, sagte ich, »der Freund, wegen dem ich weggefahren bin. Wir werden uns hier in der Stadt etwas suchen, aber bis dahin würde ich gern...«

»Sie wollen also nicht für mich...«

»Nein. Ich werde nicht für Sie arbeiten. Tut mir leid. Es hat nichts mit Ihnen zu tun, ich halte Sie für einen höchst interessanten, unterhaltsamen und gastfreundlichen Mann. Aber ich brauche einfach für eine Weile meine Ruhe.«

Der alte Mann wiegte seinen schmalen Kopf.

»Gut«, sagte er, »ich will Sie nicht mehr als schicklich bedrängen. Aber bitte, setzen Sie sich.«

»Ich wollte eigentlich nur wissen, wo ich Remzije finden kann«, sagte ich.

»Das habe ich mir schon gedacht, junger Mann. Ich bin alt, aber nicht dumm. Und ich habe Augen im Kopf.«

Er stand auf und lächelte.

»Trotzdem, setzen Sie sich erst einmal. Und lassen Sie mich Ihren Freund begrüßen.«

Ich wartete auf Remzije. Der alte Mann hatte, wie beiläufig, erwähnt, daß sie vorbeikommen werde. Seither litt ich unter leichten Konzentrationsschwächen.

Unser Gastgeber hatte von Benedetto *linguine alle vongole e carciofi* und eine Flasche *Gravina* auftragen lassen. Mir war nicht nach Essen. So lange nicht, bis ich eine Gabel probiert hatte.

»Um diese Jahreszeit mein Lieblingsgericht«, sagte der alte Mann, »das Beste, was Land und Meer zu bieten haben, Venusmuscheln und Artischocken.«

»Wir sind an den silbernen Feldern vorbeigefahren«, sagte ich. »Mit der rechten Hand konnte man in die *carciofi* greifen, mit der linken ins Meer.«

Und dann ließ ich mir von dem alten Mann das Rezept erklären.

»Sie nehmen ein halbes Kilo Venusmuscheln, spülen sie und legen sie für ein paar Stunden in leicht gesalzenes, lauwarmes Wasser. Vier kleine, zarte Artischocken, denen Sie die äußeren Blätter abziehen, die Spitzen abschneiden und den Teil des Bodens, der zu hart ist. Sparen Sie nicht. Dann halbieren Sie die Artischocken, entfernen, falls vorhanden, das Heu, schließlich schneiden Sie die Artischocken in schmale Spalten und legen sie in Zitronenwasser. In kochendem, gesalzenem und mit Zitrone gesäuertem Wasser zwei bis drei Minuten lang al dente kochen. Eine zerdrückte Knoblauchzehe in Olivenöl leicht anbraten, die abgetropften Venusmuscheln dazugeben, die Flamme höher drehen, Deckel auf die Pfanne, einige Minuten kochen lassen, so lange, bis sich alle Muscheln geöffnet haben. Mit dem Schaumlöffel die Venusmuscheln aus der Pfanne holen und schälen. Vorsichtig den Muschelsud in eine Pfanne umfüllen, ohne den Bodensatz aufzurühren, das Fleisch der Venusmuscheln dazugeben, pfeffern, nicht salzen. Die *linguine* al dente kochen, mit den Artischocken bei kleinster Flamme in die Pfanne zu den Venusmuscheln geben, einige Minuten ziehen lassen. Auf dem Teller kommt dann noch etwas feingehackte Petersilie dazu. Das war's.«

»Ich werd's mir merken«, sagte ich, »und an Sie denken, wenn ich das Rezept nachkoche.«

»An mich?«

Er hatte mich wieder einmal erwischt. Rezept hin, *linguine* her, Remzije ging mir nicht aus dem Kopf. Der alte Mann ließ mich mit meinen Gedanken allein und wandte sich an Totò.

»Ich hoffe, Sie hatten eine gute Reise«, sagte der alte Mann.

»Je näher wir dem Süden kamen, um so besser wurde sie«, sagte Totò.

»Sie stammen aus Apulien?«

»Naja«, sagte Totò, »zur Hälfte. Ich bin nicht hier aufgewachsen. Aber es wurde Zeit, daß ich wieder hierherkomme.«

»Sehnsucht?«

Ich bemerkte eine leichte Irritation in Totò. Die nur bemerken konnte, wer ihn lange kannte.

»Doch«, sagte Totò dann, »ich denke, eigentlich war es das.« Dann sprach er etwas leiser weiter, ganz so, als rede er mit sich selbst. »Sie hätte mich beinahe umgebracht, diese Gegend da oben in den Bergen. Irgendwann fing es an, langsam und unauffällig. Und wurde jeden Tag schlimmer. Es sind die Menschen. Es geht ihnen jedes Jahr besser, und sie werden mit jedem Monat kaputter. Es ist, als ob überall Tod in der Luft läge. Und Irrsein. Ich glaube nicht, daß das hier sehr viel anders ist. Aber die Sonne scheint länger.«

Ich hatte nicht vor, mich an dem Gespräch zu beteiligen. Von außen besehen waren wir eine Runde ansteigend alter Männer, die in Ledersesseln saßen und sich einen angenehm zurückgelehnten Nachmittag machten. Nur daß ich dazu nicht die innere Ruhe hatte.

»Es hat sich viel getan hier, die letzten Jahre«, sagte der alte Mann. »Das Meer ist schmäler geworden. Esodo e controesodo. Exodus und Gegenexodus.«

Mir war nicht nach politischen Gesprächen.

»Der große Exodus begann '92, die italienische Industrie, das italienische Geld zogen nach Albanien. Dann Resteuropa. Die slawischen Staaten, die Türkei. Dagegen fallen die albanischen Flüchtlinge, die 1991 hier ankamen, nicht ins Gewicht. Deswegen nenne ich das, was wir die kommenden Monate erleben werden, den Gegenexodus.«

»Wissen Sie, wo sie jetzt ist?« sagte ich. Mir war der Geduldsfaden gerissen.

»Ja«, sagte der alte Mann. Und sonst nichts.

»Ich werde Ihnen dazu eine Geschichte erzählen«, sagte er dann, zu Totò gewandt, »eine der vielen Geschichten, die es über Nastradin Chotzas gibt.«

Ich leerte mein Weinglas.

»Sie wird kommen«, sagte der alte Mann, jetzt wieder zu mir. »Haben Sie etwas Geduld. Bitte. Nastradin Chotzas, müssen Sie wissen, ist so etwas wie ein griechischer *arlecchino.*«

Ich ergab mich. Lehnte mich zurück und schloß die Augen.

»Also«, sagte der alte Mann, »Nastradin Chotzas wollte in seinem Haus ein Fest geben. Er wußte, daß sein Nachbar eine schöne, große Silberplatte besaß. Er ging zu dem Nachbarn und bat ihn, sie ihm für einen Tag zu leihen, damit er auf der großen Silberplatte seine Speisen festlich anrichten könne. Der Nachbar lieh sie ihm. Am nächsten Tag ging Nastradin Chotzas zu seinem Nachbarn und sagte: Ich habe gute Neuigkeiten für dich. Die silberne Platte, die du mir geliehen hast, hat in der Nacht ein Junges bekommen. Hier hast du die Mutter und das Kind. Und gab dem Nachbarn seine Platte zurück und eine winzige, ebenfalls silberne Platte. Der Nachbar nahm beide Platten, schloß die Tür und brach in lautes Lachen aus. Und erzählte in den folgenden Tagen im ganzen Dorf, was für ein Dummkopf Nastradin Chotzas sei. Wochen später stand Nastradin Chotzas wieder vor seiner Tür und wollte sich wieder seine große silberne Platte leihen. Der Nachbar gab sie ihm gern.

Am nächsten Tag wartete er ungeduldig auf Nastradin Chotzas, der nicht kam, und am darauffolgenden Tag auch nicht. Da hielt er es nicht länger aus und klopfte an Nastradin Chotzas Tür. Lieber Freund, sagte Nastradin, es tut mir in der Seele weh, du kommst wegen der Platte, ich weiß, aber ich muß dir etwas Schreckliches berichten. Die große, silberne Platte, die du mir geliehen hast, ist gestorben. Nastradin Chotzas, sagte da der Nachbar, und er war sehr erzürnt, wir wissen alle, daß du nicht ganz bei Trost bist. Aber seit wann können Platten sterben? Und Nastradin Chotzas sagte: Warum sollten sie nicht sterben? Als ich dir, mein Freund, gesagt habe, daß Platten Junge bekommen, hast du es ja auch geglaubt. Und kennst du etwas, was Junge bekommt und nicht sterben kann?«

Wir lachten noch, als die Tür aufging und … Ich traute meinen Augen nicht.

»Ich bin soweit«, sagte sie.

Drehte sich wieder um und verließ den Raum.

War das Remzije gewesen? Dieser junge Mensch mit den kurzgeschorenen Haaren, dem schwarzen, etwas zu weiten Anzug, dem Hemd, der Krawatte. Und den ernsten Gesichtszügen. War das …?

»Ist das …?« sagte ich.

»Ja«, sagte der alte Mann. »Vielleicht hätte ich Sie darauf vorbereiten sollen. Aber ich habe dann entschieden, daß es so besser ist.«

»Ich verstehe nicht«, sagte ich.

Sie hatte mich keine einzige Sekunde lang angesehen. Sie hatte sich ihre langen, schwarzen Locken schneiden lassen. Sie sah so anders aus. Und sie lächelte nicht mehr.

»Möchten Sie, daß ich es Ihnen erkläre?« sagte der alte Mann.

Ich antwortete nicht.

»Sie hat mich gebeten, es zu tun.«

»Kann sie es mir nicht selbst sagen?«

»Nein«, sagte der alte Mann, »und Sie werden gleich verstehen, warum. Sie müssen mir nur zuhören.«

»Ich höre.«

»Wir haben heute nacht eine traurige Nachricht erhalten, Remzije und ich. Ihr Vater ist vorletzte Nacht gestorben. Wie es aussieht, durch eine der albanischen Kugeln, die, in die Luft geschossen, irgendwann einmal wieder auf die Erde zurückkehren.«

Ich schenkte mir etwas Weißwein ein und nahm mir einen Zigarillo.

»So traurig das auch sein mag«, sagte der alte Mann, »das ist nicht der Grund für ihre Verwandlung, es ist nur die Voraussetzung. Außerdem müssen Sie wissen, daß Remzije die älteste von vier Schwestern ist. Und daß ihre Familie, die jetzt in Rexhepaje wohnt, ursprünglich aus dem albanischen Norden stammt und katholisch ist.«

Schön und gut, dachte ich, und?

»Haben Sie schon von den Babeloks gehört?« sagte der alte Mann.

Ich schüttelte den Kopf, die Gedanken ganz woanders.

»Remzije ist mit dem Tod ihres Vaters eine Babelok geworden. Und sie hat vor, es auch zu sein«, sagte der alte Mann. »Wir haben die ganze Nacht lang darüber gesprochen. Sie will es. Und ich werde sie nicht davon abhalten.«

Mir riß der Faden.

»Und was ist das, eine Babelok? Und wovon reden Sie überhaupt?«

Totò griff sich meine Hand und zog mich wieder in den Sessel zurück. Ich hatte geschrien. Jetzt ließ ich mich zurücksinken.

Wir hatten einen halben Tag und eine halbe Nacht für uns gehabt. Und wir hatten es nicht eilig gehabt. Weil wir wußten, daß uns alle Zeit der Welt gehörte. Und jetzt stieg langsam und grau die Ahnung in mir auf, daß wir keine Zeit mehr hatten. Ich sah ihre Augen nah vor mir, in denen Grün durch Blau und Grau blitzte. Besonders, wenn sie lachte. Sie hatte oft gelacht, an dem halben Tag und in der halben Nacht.

»Eine Babelok«, sagte der alte Mann, nachdem er abgewartet hatte, bis ich mich beruhigt hatte, »eine Babelok ist in der Tradition ihres Stammes eine wichtige Figur. Wenn der Vater stirbt und keine Söhne da sind, übernimmt die älteste Tochter die Rolle des Vaters. Eine Babelok kleidet sich als Mann, arbeitet wie ein Mann, trinkt wie ein Mann, bleibt Jungfrau und hat die Rechte und die Pflichten eines Mannes und Familienoberhauptes. Sie ist der Mann der Familie. Und sie genießt Respekt. Das ist eine Babelok. Remzije ist seit heute nacht auch eine.«

Ich hatte gehört und ich hatte verstanden. Aber noch nicht ganz begriffen.

»Hat sie es gern getan?« fragte ich.

»Das ist keine Kategorie, in der sie jetzt denkt«, sagte der alte Mann. »Sie ist eine Babelok. Sie nimmt diese alte Tradition sehr ernst. Und ihre Familie wartet auf sie.«

»Wann?«

»Heute nacht«, sagte der alte Mann. »Über Freunde habe ich ein Schnellboot organisiert. Es fährt heute nacht nach Vlora und wieder zurück.«

»Das ist gefährlich.«

»Wir wissen das, aber wir haben alles so gut wie möglich vorbereitet. Es wäre allerdings ganz gut, wenn jemand zu ihrem Schutz mitfahren würde.«

»Sie meinen, sie wäre einverstanden, wenn ich...«

»Sie hat es sich gewünscht«, sagte der alte Mann.

»Ich fahre.«

»Du kannst nicht schwimmen«, sagte Totò.

»Kann kein Seemann.«

»In Vlora wird sie erwartet«, sagte der alte Mann, »die Fahrt nach Rexhepaje ist dann ohne Gefahr für sie.«

»Ich fahre.«

»Sie wird in einem Haus erwartet, das in einer Seitenstraße liegt, gleich hinter dem *Hotel Shqiperi,* das Sie ja kennen. Vor dem Haus wird ein Panzer stehen. Das Schnellboot legt um zwei Uhr ab. Sie sind dann vor dem Morgengrauen in Vlora.«

»Gut«, sagte ich.

»Sie werden fünf vor zwei an der Anlegestelle der Hafenfähre sein, Tschenett«, sagte der alte Mann, »Remzije ist dann schon da. Das Boot legt kurz an und nimmt Sie auf.«

In Ordnung, Tschenett, dachte ich. Du wirst jetzt also auf dein Zimmer gehen und dich hinlegen. Dann wirst du eine Babelok übers Meer fahren und nicht in ihre graugrünblauen Augen sehen.

Ich stand auf, und Totò mit mir. Plötzlich fühlte ich schmerzende Müdigkeit in meinen Knochen.

»Gut«, sagte ich, »könnten Sie dafür sorgen, daß ich geweckt werde?«

»Selbstverständlich«, sagte der alte Mann. »Ihr Freund kann in dem Zimmer neben dem Ihren schlafen. Und ist, wenn Sie beide möchten, Gast wie Sie, solange Sie möchten.«

»Wir werden sehen«, sagte ich. »Was heißt übrigens *Viel Glück* auf albanisch?«

»Shumë fat«, sagte der alte Mann. »Und noch was. Einen schönen Gruß vom *capitano* soll ich Ihnen sagen. Ihr Seesack liegt in Ihrem Zimmer.«

19

Nella valigia lacrime e amarezze.
Sud Sound System

»Freund«, sagte Totò, »überleg es dir. Ich würde mich freuen.«

Ich schüttelte nur kurz den Kopf, ohne aufzusehen.

»Ich kann dich nicht halten?« sagte Totò.

»Nicht heute«, sagte ich. »Nicht nach dem, was geschehen ist. Scusami, tut mir leid. Ich werde auf diesen Frachter gehen.«

Der alte Mann hatte mir eine kleine Wohnung direkt am Hafen von Thessaloniki angeboten. Ich hatte angenommen. Es wurde Zeit, mir Zeit zu lassen. Und ein paar Gedanken zu ordnen. Und wie ging das besser, als an einem Fenster stehend auf einen Hafen zu blicken. Und auf das Mittelmeer. Neben einem der Seesack.

Die Überfahrt nach Vlora war reibungslos verlaufen. Remzije hatte still im Boot gesessen in ihren Männergewändern und mit dem Männerernst im Gesicht, hatte sich an den Gurten festgehalten und die ganze Zeit nach vorne geschaut. Wir waren in Vlora an Land gegangen, die *Sadik Zotaj* hinauf, am *Shqiperi* vorbei, hatten den Panzer und das Haus gefunden. Sie hatte sich, im Dunkel des Hauseingangs, noch einmal umgedreht.

»Shumë fat«, hatte ich gesagt.

»Viel Glück«, hatte sie geantwortet.

Und mir einen leisen Kuß auf die Stirn gedrückt. Dann war sie in dem Haus verschwunden.

Vor dem *Hotel Shqiperi* hatte ich einen Augenblick lang gezögert. War dann doch hineingegangen. Hatte nach Mesenhol gefragt und war immer noch am Zweifeln, ob ich ihn wirklich sehen wollte. Dann hatte der Nachtportier mir die Entscheidung abgenommen. Mesenhol, hatte er gesagt, ist gestern erschossen aufgefunden worden. Und die Kugel ist von hinten gekommen, nicht von oben.

Noch hundert Meter, noch fünfzig.

»Azzurro, quel pomeriggio è troppo azzurro e lungo per me«, sang ich, leise und in mich hinein.

Nichts war wahrer und nichts war falscher an diesem Nachmittag. Totò, der neben mir ging, mußte mich gehört haben. Summte mit.

»Ich werde ein, zwei Monate hierbleiben«, sagte er. »Verwandte besuchen, essen, ans Meer gehen. Dann überleg ich mir, ob ich weiter Polizist am Brenner sein will.«

»Und?« sagte ich.

»Ich hoffe schon«, sagte Totò. »Und ich hoffe, du meldest dich bald. Vecchia patacca. Altes Huhn.«

»Versprochen«, sagte ich.

»Mein Großvater hat einen ganz eigenen Trick gehabt, mir zu drohen«, sagte Totò. »In schönstem *brindisinu* sagte er: *Uarda lu mari comu si sta confia, sta rriva la burrascka.*«

»Und das heißt?«

»Schau, wie das Meer sich bläht. Es kommt ein Sturm auf.«

Als ich auf den Frachter ging, der mich nach Thessaloniki bringen sollte, stand die Sonne tief über dem Meer.

Η καρδιά του σκορπιού βασίλεψε, hatte der alte Mann, dessen richtigen Namen ich immer noch nicht kannte, zum Abschied gesagt:

Das Herz des Skorpions geht im Meer unter.

Glossar

S. 13 *drei Glasen:* Diese seemännische Zeitangabe aus vergangenen Tagen ist nicht ernst zu nehmen. Um so mehr, als sie vom Bestmann stammt, der mit diesem auch schon in den siebziger Jahren nicht mehr gebräuchlichen Seglerbegriff niedrige Mannschaftsränge zu erschrecken pflegte.

S. 13 *Itaker:* Ist nicht uncharmant, was dem Duden Version 2.0, Abteilung »Sinn- und sachverwandte Wörter«, zum Stichwort *Italiener* einfällt und was nicht (ungekürzter Auszug): »Italiener, Itaker *(abwertend),* Katzelmacher *(abwertend),* Tschinkele *(österr., schweiz., abwertend),* Spaghetti *(abwertend),* Makkaroni *(abwertend),* Maiser *(schweiz.)*«. Wir bedanken uns, mille grazie, kleine grappa vielleichte?

S. 14 *Dohrn-Bank:* Eines der ergiebigsten Fanggebiete im Nordmeer. Wurde in den siebziger Jahren durch Fabrikschiffe leergefischt.

S. 16 *pulizia, polizia:* Zur Verwandtschaft der Begriffe (Reinigung, Polizei) vergleiche den Kurzfilm *Der Gelati Killer* (I 1985).

S. 20 *christliche Weltmeere:* Nannte man jene ausgedehnten Wasserflächen, auf denen sich unsere Vorfahren besonders unchristlich benommen haben.

S. 24 *Zossen, Speigatten:* Begriffe aus der Seemannssprache, die genauso am Aussterben sind wie der Seemann selbst. Zossen meint einen Dampfer, sprich: ein Schiff, Speigatten sind Öffnungen in der Bordwand, durch die überkommende See wieder ablaufen kann.

S. 25 *Portugiesen:* Zeitweise wurden die besonders finsteren und luftlosen Mannschaftsquartiere an Bord der Fischdampfer als *Portugiesendeck* bezeichnet. Eine Hommage an den Beitrag der zynisch *Gastarbeiter* genannten Seeleute, die mithalfen, die deutsche Hochseefischerei aufzubauen, bevor sie wieder unterging.

S. 28 *Prozentpunkte:* Die genaue Verteilung der Anteile am Fangerlös regelte der Heuertarifvertrag für Frischfischschiffe der deutschen Hochseefischerei, der u.a. auch festlegte, daß dem Koch eine Backzulage von 8,50 DM zustand, falls er das Brot selbst herstellte.

S. 29 *Hoxha:* albanischer Familienname (aber auch: geistlicher Lehrer), sprich: Hodscha.

S. 32 *Rotbarsch:* Der in der Küche beliebte Fisch wird auf See sogar von den Möwen verschmäht.

S. 37 *Arbëresh:* Die albanische Emigration nach Süditalien (und in das venezianische Herrschaftsgebiet) fand zwischen der Mitte des 15. und der Mitte des 18. Jahrhunderts statt. Äußerer Anlaß war das Vordringen der Türken, die Türkenherrschaft und mißglückte Aufstände. Die Albaner gründeten an die hundert Ortschaften, die meisten in Kalabrien. Heute existieren – verteilt auf die Regionen Abruzzo, Molise, Campania, Puglia, Basilicata, Calabria und Sicilia – 41 Gemeinden, in denen *arbëresh* gesprochen wird. Hier leben ungefähr 90 000 Menschen albanischer Muttersprache. Zählt man die in die Zentren des Südens und vor allem des Nordens (und ins Ausland) Abgewanderten dazu, dürfte man an die 200 000 kommen (die letzte offizielle Erhebung stammt aus dem Jahr 1921!). Wie auch anderen Sprachminderheiten gegenüber hat der italienische Zentralstaat den *Arbëresh* wesentliche Minderheitenrechte bis heute verweigert.

Sprichwort aus Apulien: Se ncontri nu 'gheghiu e nu lupu, spara prima u gheghiu e lassa u lupu. Wenn du einen Albaner triffst und einen Wolf, schieß auf den Albaner und laß den Wolf laufen. Im Gegenzug ein *arbëresh*-Sprichwort: Dirq e lëti mos i këllit mbë shpi se të çajnë pocë edhe kusi. Laß Schweine und Italiener nicht ins Haus, sie zerbrechen dir Topf und Herd.

S. 38 *Hiev up:* Plattdeutsch für »Zieh an, heb ab!« – Zur Regelung der Arbeitszeiten (1977) an Bord eines Fangschiffes laut Manteltarifvertrag für die deutsche Hochseefischerei (§ 12, 2): »Auf

Frischfischschiffen muß dem Besatzungsmitglied innerhalb von 24 Stunden 8 Stunden Ruhezeit gewährt werden. Von dieser Ruhezeit *sollen* 6 Stunden zusammenhängend sein.«

S. 39 *Steuerbord:* Tip an Landratten: Steuerbord ist da, wo beim Auto der Beifahrer sitzt.

S. 41 *Schlickrutscher:* (Seemannssprache, siehe auch unter *Zossen, Speigatten,* S. 24) Mit diesem Ausdruck verspottet der im Nordmeer fahrende Seemann die in sicherer Küstennähe – und damit im Schlick – herumgurkenden Pötte.

S. 44 *Tálknafjördur:* Einer der als Gammelhafen verschrienen Fjorde Westislands. Gammelhafen deshalb, weil schlechtes Wetter (Windstärken also, die die Schleppfahrt unmöglich machten) die Seitenfänger in die Fjorde zwang und zur Untätigkeit verurteilte. Im übrigen liegt ganz in der Nähe von Tálknafjördur ein Fanggebiet, das als »Rosengarten« bezeichnet wurde. Höchstwahrscheinlich wegen des hohen Rotbarsch-Aufkommens.

S. 48 *Christliche Seefahrt:* Ergebnis seemännischen Tuns auf den »christlichen Weltmeeren« (siehe dort).

S. 49 *Seitenfänger:* Standen Mitte der siebziger Jahre noch an die 30 westdeutsche Seitenfänger in Dienst, gab es 1981 noch 12 davon (darunter auch die *Uranus*). Ein paar Jahre später waren die Seitenfänger, auf denen der Seemann im Gegensatz zu den Fabrikschiffen noch nicht zum Fließbandarbeiter degradiert wurde, ausgestorben. Die westdeutschen Dampfer wurden verschrottet und verkauft. Der letzte heute zu besichtigende Seitenfänger, die *Gera,* die in Bremerhaven als Museumsschiff liegt, stammt aus der Hochseefischerei der ehemaligen DDR. Und wird an Festtagen mit Luftballons und bunten Wimpeln beflaggt, ein unwürdiges Schauspiel für einen Seitenfänger. Ein pensionierter Kapitän, der das Schiff betreut, beklagte sich zu Recht mit einem traurigen Blick und einem Kopfschütteln darüber.

S. 65 *Dr. Glowacz:* Wie kam Dr. Glowacz in den Knast? Vgl. dazu die Kurzgeschichte »Miseria« in: »Der Bär schießt los.«, Ullstein TB 1998.

S. 70 *minderjährige Junkiebraut:* Vgl. den Tschenett-Roman »Grobes Foul«, detebe 23149.

S. 70 *Massenmörder ihrer Hennen:* Vgl. den Tschenett-Roman »Der Tote im Fels«, detebe 23130.

S. 72 *Lasciate ogni speranza:* Wie es die Zeilen aus Dantes »Inferno« bis in eine verlorene Polizeistation am Brenner geschafft haben, ist nicht mehr zu rekonstruieren. Verwundert aber doch.

S. 81 *Ich komme gerade von zwei Leichen:* Genaue Tathergangsbeschreibung unter: »Niemandsland ist Feindesland« in: »treffpunkt niemandsland«. p.t.t.red 1998.

S. 94 *Dossier der Digos:* Nachzulesen in Auszügen, nebst einem psychiatrischen Gutachten zu Tschenett, unter: http://www.provincia.bz.it/sav/lanthaler.htm.

S. 94 *Hesamandl:* Volkstümlicher Tiroler Name für den Ameisenlöwen, Lieblingshaustier von Erich Sinner, Freund und Denker. Weitere Details im Glossar zu »Grobes Foul«, a.a.O.

S. 103 *Carabiniere-Brigadier Johann Tschenett:* Vgl. »Der Carabiniere«. http://www.provincia.bz.it/sav/lanthaler.htm.

S. 104 *Na sëra sarëna:* ladinisches Lied, 1872, Text und Musik von Jepele Frontull. Übersetzen lassen sich die zwei Liedzeilen in etwa so: »Eine klare, schöne Nacht im Mai, draußen scheint ein Mond, der bald voll ist.«

S. 106 *Sud Sound System:* Rap-Truppe aus Lecce (Apulien), die mit »Soul Train« nach der unmaßgeblichen Meinung des Autors einen Klassiker eingespielt hat.

S. 166 *Moin, moin:* Im platten Deutschland (sprich: im flachen Norden) morgens wie mittags wie abends wie spätnachts gleich beliebte Grußformel, deren ursprünglicher Bedeutungszusammenhang (Guten Morgen) in der Marsch verlorengegangen ist.

S. 170 *Ku shkojmë* (alb.): Sprich: Ku schkòim. – Einige der albanischen Ausspracheregeln:

c wie tz in Hitze
ç wie tsch in Matsch
dh wie im englischen mother

ë unbetontes e, ähnlich dem französischen e in ce
gj wie dsch in James
nj wie gn im italienischen lasagne
q weiches dsch
sh wie sch in Fisch
th wie th im englischen health
v wie v in Vase
x stimmhafte Entsprechung zu tz, am ehesten mit tsch wiederzugeben
xh genau zwischen tsch und dsch
y wie ü
z wie s in Hase
zh wie das französische g in courage

Der Entwicklung einer einheitlichen albanischen Sprache stand jahrhundertelang die Zersplitterung in verschiedene Clans *(fis)* entgegen; nördlich des Flusses Shkumbin gruppierten sich die Dialekte zum *ghega,* südlich zum *tosca.* Erst als die Unabhängigkeitsbestrebungen des späten 19. Jahrhunderts dazu führten, daß sich die Clanchefs zusammensetzten (Liga von Prizren, 1878), wurde es möglich und notwendig, die albanische Sprache zu vereinheitlichen und vor allem zu verschriftlichen. Um sich dem Einfluß der umliegenden Staaten und Machtzentren möglichst deutlich zu entziehen, wurde beschlossen, weder das kyrillische noch das türkisch/arabische oder das griechische Alphabet heranzuziehen, sondern das lateinische, in dem übrigens 1462 die ersten Worte der albanischen Sprache niedergeschrieben worden waren.

Die Liga von Prizren verlagerte ihre Tätigkeit nach politischen Mißerfolgen und dem Verbot durch die türkische Regierung gänzlich auf den Bereich der Kultur und der Traditionspflege. Getragen wurde die nationale Bewegung in erster Linie von Albanern, die aus ihrer engeren Heimat ausgewandert waren. So erschien die erste albanische Zeitschrift *Drita* (»Das Licht«) 1884 in Konstantinopel. Besonders aktiv waren die in Italien lebenden Albaner, die eine »Albanische Nationalgesellschaft« gründeten und ihre Bestrebungen durchaus auf die alte Heimat ausdehnten. Ihrer Initiative ist die Gründung der ersten albanischen Schule in Korçë (1887) zu verdanken.

S. 170 *Prapa* (alb.): zurück!

S. 171 *Italienische Kolonie Albanien:* Ein kleiner Ausflug in die Geschichte: Seit dem ausgehenden 15. Jahrhundert gehörte das Siedlungsgebiet der albanischen Stämme (Skipetaren, wie sie sich selbst nennen) zum Osmanischen Reich. Im Zuge des allmählichen Verfalls der türkischen Macht am Balkan kommt es auch hier zu Aufstandsbewegungen und Partisanenkämpfen. Ein Hilferuf an den Berliner Kongreß von 1878 war jedoch vergebens. Bismarck wollte von einem eigenen Volk der Albaner nichts wissen. Weitgehende Aufteilungspläne zur Zeit der Neuordnung am Balkan um 1900 können jedoch von einer erstarkten nationalen Bewegung, die von einigen Clanführern und Intellektuellen (Liga von Prizren), nicht zuletzt jedoch von Auslandalbanern getragen wird, verhindert werden. 1912 tritt in Vlora erstmals eine »Albanische Nationalversammlung« zusammen, die einen unabhängigen albanischen Staat zu einem Zeitpunkt ausruft, als bereits serbische, montenegrinische und griechische Truppen im Land stehen. Österreich und Italien stellen sich auf die Seite des neuen Staates, vor allem um Serbien den Zugang zur Adria zu verwehren. Und Italien hat eigene Pläne...

Nach dem Ende des Zweiten Balkankrieges (1913) wird die Unabhängigkeit Albaniens allgemein anerkannt, doch muß der neue Staat die großteils von Albanern bewohnte Provinz Kosova an Serbien abtreten, das vor allem historische Ansprüche auf das »Amselfeld« (kosovo polje) geltend macht. Im Juni 1913 verlassen die letzten türkischen Truppen das Land, das zunächst mit Zustimmung der Großmächte (und wohl auch auf deren Wunsch) einen deutschen Prinzen zum Staatsoberhaupt beruft. Dieser kann sich jedoch trotz der Unterstützung durch die reichen und mächtigen albanischen Feudalherren nicht im Lande halten und muß vor einem Volksaufstand fliehen. Nur kurze Zeit sind daraufhin die Albaner sich selbst überlassen. Schon kurz nach Ausbruch des Ersten Weltkriegs besetzen im Oktober 1914 Truppen des neutralen Italien den Hafen Vlora und die diesem vorgelagerte Insel Sazan. In den folgenden Jahren wird der Norden von den Mittelmächten Österreich/Deutschland, der Süden von den inzwischen zu Österreichs Gegnern übergetretenen Italienern okkupiert. Die albanische Regierung wird von der Entente auf der Insel Korfu (gr.: Kerkira) in Sicherheit gebracht.

Nach dem Weltkrieg soll Albanien wieder einmal unter den Nachbarn aufgeteilt werden, doch kommt es wegen der unterschiedlichen Interessen der Großmächte nicht dazu. Im Süden zwingt ein bewaffneter Aufstand die italienischen Besatzer zum Abzug. Albaniens Selbständigkeit wird schließlich in den Grenzen von 1913 bestätigt, die demokratische Regierung tritt dem Völkerbund bei. Bald folgen interne Machtkämpfe, aus denen Ahmed Zogu als starker Mann hervorgeht. Seit 1925 ist er Ministerpräsident und Staatspräsident zugleich, etabliert eine autoritäre Verfassung und läßt sich 1929 zum König ausrufen. Außenpolitisch gerät König Zogu in völlige Abhängigkeit des faschistischen Italien, das auch die Wirtschaft Albaniens zunehmend unter seine Kontrolle bringt. Versuche Zogus, sich und sein Land aus diesem halbkolonialen Status zu befreien, kommen zu spät. Im April 1939, also Monate vor Ausbruch des Zweiten Weltkriegs, macht Mussolini mit Albanien dasselbe, was Hitler mit Österreich vorexerziert hat, er besetzt das Land und läßt – nach der Flucht König Zogus – von der albanischen Nationalversammlung die Personalunion der beiden Königreiche ausrufen. Die Welt schaut zu.

Im Verlauf des Zweiten Weltkriegs gründet Italien das »Protektorat Großalbanien«, dem Teile Westmazedoniens, Nordgriechenlands und das Kosova angegliedert werden. Nach dem Sturz Mussolinis und dem Bündniswechsel Italiens rücken deutsche Truppen ein und stellen formell die Unabhängigkeit Albaniens wieder her. Der von den Besatzern eingesetzte Regentschaftsrat kann sich jedoch nicht durchsetzen. Dagegen gewinnen die verschiedenen Partisanengruppen immer mehr militärisches und politisches Gewicht, vor allem die von der neugegründeten, noch moskautreuen Kommunistischen Partei beherrschte »Nationale Befreiungsfront«. Diese erobert im November 1944 Tirana und gibt auch nach dem Rückzug der Deutschen die Macht nicht mehr aus der Hand. Ihr Führer ist Enver Hoxha, der später der Reihe nach mit allen kommunistischen »Bruderstaaten« bricht. Das Ende des kommunistischen Systems in Europa macht es möglich, daß am 31. März 1991 erstmals seit den zwanziger Jahren demokratische Wahlen stattfinden.

Eher kurioses Echo aus der Zwischenkriegszeit: Am 6. März 1997, in den Tagen, als Tschenett sich in Vlora aufhält, veröffentlicht der im südafrikanischen Exil lebende »König Leka von Albanien«, der Sohn Zogus, eine Proklamation an »sein Volk«. Auszug: »Ich als König von Albanien kann euch nicht euer Geld zurückgeben, aber euer Land.«

S. 192 *Rattengesicht:* Zu Berlusconi als Regierungschef, Präsident des AC *Milan* und Unternehmer mit dubiosen Geldquellen vergleiche die Glossare zu »Grobes Foul« und »Herzsprung« (a.a.O.). Waren damals gerichtliche Untersuchungen im Gange, gibt es inzwischen die ersten Gerichtsurteile und deren teilweise Revision in zweiter Instanz (meist formaljuridisch mit »Verjährung« begründet). Berlusconi wurde in den ersten Monaten des Jahres 1998 in drei Gerichtsverfahren in erster Instanz zu a) einer Freiheitsstrafe von 16 Monaten, b) einer Freiheitsstrafe von 28 Monaten und 5,145 Millionen Euro und c) einer Freiheitsstrafe von 33 Monaten verurteilt. Wegen Vergehen wie Bestechung von Finanzbeamten, illegalen Parteispenden, Bilanzfälschung usw. Weitere Verfahren stehen Herrn Berlusconi, der von einer »Hetzkampagne der Kommunisten« spricht, noch bevor.

Im langwierigen Prozeß wegen Bestechung der Finanzpolizei durch seine Fininvest-Gruppe wurde Berlusconi Mitte 1999 vom Berufungsgericht Mailand im zentralen Anklagepunkt (der Fall des Pay-TV-Senders Telepiù) freigesprochen. Danach sollen die Buchhalter bestochen haben und nicht der Chef. In den anderen drei Anklagepunkten wurde Berlusconi für schuldig befunden, höchstpersönlich Order erteilt zu haben, Bestechungsgelder an die Finanzpolizei zu zahlen, die ihre Nase in die Bücher der Fininvest-Unternehmen Mondadori (Verlagswesen), Mediolanum (Versicherung) und Videotime (TV-Produktion) steckte. Doch ist die Straftat nach Ansicht der Berufungsrichter verjährt.

Ein Gutes hatte der Prozeß, gegen den von beiden Seiten rekurriert wurde, dann doch: Die Beziehungen zwischen Fininvest und Finanzpolizei lassen sich jetzt deutlich rekonstruieren. Tatsächlich sind Schmiergelder an die Steuerfahnder geflossen – die Anklage geht von insgesamt 380 Millionen Lire (knapp 200 000 Euro) aus. Der Steuerdirektor der Fininvest, Salvatore Sciascia, wurde zu zwei Jahren Haft verurteilt, weil er nach Ansicht der Richter 25 Millionen Lire (13 000 Euro) an einen Finanzbeamten gezahlt und weitere 25 Millionen versprochen habe. Schon die erste Instanz hatte festgestellt, daß Silvio Berlusconi 1994, als er Ministerpräsident war, persönlich intervenierte, um zu verhindern, daß die Ermittler des Mailänder Richterpools »Mani Pulite« (Saubere Hände) das Geschäftsgebaren der Fininvest untersuchten. Sein Anwalt Massimo Maria Berruti, heute Abgeordneter von Forza Italia, ist auch in zweiter Instanz zu acht Monaten Haft verurteilt worden, weil er versucht hatte, den Oberst der Finanzpolizei Angelo Tanca zum Schweigen zu überreden; anschließend habe er Berlusconi an seinem Ministerpräsidentensitz von dieser Überzeugungsaktion Bericht erstattet.

Ob irgendwann vor Gericht noch bewiesen werden kann, daß Berlusconi den Start seiner unvergleichlichen Karriere illegalen Geldern zu verdanken hat, bleibt abzuwarten. In der Zwischenzeit lohnt es, in einem 120-seitigen Gutachten der italienischen Notenbank zu blättern, das einem palermischen Gericht vorliegt, vor dem Berlusconis rechter Hand Dell' Utri wegen Unterstützung einer mafiösen Vereinigung der Prozeß gemacht wird. Die

Beamten der Notenbank haben die Herkunft unzähliger Milliarden Lire untersucht, die der junge Berlusconi in den 70er Jahren durch seine Baufirma schleuste. Zitat: »Die Provenienz der Gelder (heutiger Wert ca. 200 Millionen Euro) war nicht feststellbar.« Die Gelder flossen, soviel ist allerdings feststellbar, zeitlich parallel zu Berlusconis Eintritt in die illegale Loge »P2« und Kontakten seiner Vertrauten zur Mafia.

Sicher ist für die Experten der Banca d'Italia, daß die meisten Gelder nicht von Berlusconi selbst stammen – die Bauindustrie befand sich damals, Mitte der 70er Jahre, in einer schweren Krise. Im Frühjahr 1977 aber erhöhte Berlusconi unvermittelt das Kapital seiner Firma Fininvest GmbH um acht Milliarden Lire (heutiger Wert: 12,2 Millionen Euro), die in bar eingezahlt wurden, und begann dann in rascher Folge, Zeitungen und Fernsehkanäle zu kaufen. Die Prüfer konnten jedoch »keinerlei Hinweise darauf finden, woher diese acht Milliarden stammten«. Im Dezember 1977 erhielt die Firma weitere 8,4 Millionen Euro »aus unbekannter Quelle«. Bei weiteren Überweisungen in Höhe von 14 Millionen Euro seitens der Holding-Italia-Gesellschaften an eine weitere Berlusconi-Firma, die Fininvest Roma, bleibt den Prüfern auch rätselhaft, »an welchen Endverwender diese Gelder gingen«. Ein Mikrofilm aus der damaligen Zeit erwies sich ausgerechnet an jenen Tagen geschwärzt, an denen die Transaktionen stattfanden.

Anfang Mai 2001 gewinnt Berlusconi die Wahlen zum italienischen Parlament. Es ist *sein* Sieg, *er* hat eine Millionenauflage seiner Hagiographie im Zeitschriftenformat in Hochglanz ins Volk geworfen und seine langjährige rechte Hand, Marcello Dell' Utri (mehrere Prozesse, mehrere Verurteilungen, u. a. wegen Mafiaverbindungen), durfte wenige Tage vor der Wahl zu Recht sagen: »Sì, avvete nell'aria l'idea che siamo tutti alla vigilia di qualcosa di grande.« Oder, etwas prosaischer: »Es ist etwas in der Luft, das uns sagt, daß wir alle am Anbeginn von etwas Großem stehen.«

S. 198 *Skanderbeg:* albanischer Nationalheld. Der Sohn eines albanischen Fürsten verbrachte seine Jugend als Geisel am Hofe des

Sultans in Istanbul und machte im türkischen Heer Karriere (›Skanderbeg‹ ist ein türkischer Ehrentitel). 1443 floh er in seine Heimat und organisierte dort den Widerstand gegen die anrükkenden Türken. Er vereinigte unter seiner Führung kurzfristig die albanischen Stämme und Fürsten in der Liga von Lezha. Obwohl er die Verteidigung des Christentums gegen den Islam als sein Ziel erklärte, erhielt er vom christlichen Westen kaum Unterstützung, ja die Venezianer bekämpften ihn offen als Rivalen um den Besitz dieses wichtigen Abschnitts der Adriaküste. Die Ausbreitung des Osmanischen Reichs hätte Skanderbeg, der 1468 starb, aber auf keinen Fall verhindern können. Um 1500 war das gesamte Siedlungsgebiet der Albaner in der Hand des Sultans. Der nationale Mythos rund um die Gestalt Skanderbegs ist ein Produkt des 19. Jahrhunderts.

S. 198 *dietrologia, fantapolitica* (ital.): Das erste ein Begriff, mit dem der Italiener die Wissenschaft bezeichnet, hinter (it. *dietro*) allem und jedem ein (politisches) Komplott zu vermuten bzw. entdecken; das zweite der italienische Zentralbegriff für eine Wissenschaft, die die Beschreibung politischer Abläufe und ihrer Hintergründe überhaupt erst möglich und sinnvoll macht. Kompositum der höheren Art, bestehend aus *fanta*scienza (Science Fiction) und *politica*.

S. 211 *Tempel des Chaos:* Wie alle Menschen, die sich um komplexere Theorien zur Aufdeckung der politisch-kriminellen Verschwörung bemühen, hortet Mesenhol in seinem Archiv die Beweise dazu. Einfache Gemüter wie Tschonnie Tschenett mißverstehen das als Chaos.

S. 255 *das größte Zimmer des Hotels:* Versuchen Sie nicht, das Zimmer für sich zu buchen. Es ist bereits vergeben und erscheint auf dem Belegungsplan des »Hotel Internazionale« (Tel. +39/0831/523473) gar nicht.

S. 263 *cavatieddi con la ruta:* Nudeln mit Raute. Die Raute, auch Weinraute *(Ruta graveolens)*, ein unterschätztes, wenn auch nicht unkompliziertes Gewürz, wird außer in Italien eigentlich nur noch in Äthiopiens Küche verwendet, dort als Bestandteil der scharfen Gewürzmischung *berebere.* In Mengen verwendet, die das Küchenübliche weit überschreiten, kann sie evtl. vergiftend wirken. Extreme Überdosierungen des ätherischen Weinrautenöls sollen sogar zu Fehlgeburten führen. Um die vorletzte Jahrhundertwende herum mußten alle Rautepflanzen aus dem Zürcher Botanischen Garten entfernt werden: Zu oft stiegen Unbekannte nächtens über den Zaun, trampelten die Beete nieder und verschwanden mit ganzen Rautebüschen. Der Volksmund ging davon aus, daß es sich bei den nächtlichen Besuchern um in Verlegenheit geratene Dienstmädchen handelte, denen der Dienstherr in diesem speziellen Falle sicher bereitwillig Ausgang genehmigt hatte. Das in Frage kommende ätherische Öl ist in der Raute mit maximal 1% vorhanden und enthält in der Hauptsache 2-Hendecanon (2-Undecanon, Methylnonylketon, »Rautenketon«, bis zu 60%) und 2-Nonanon (Methylheptylketon); weiters Anethylglycol und Methylanthranilat.

S. 263 *Locorotondo:* Bis vor einem Jahrzehnt war dieser apulische Wein vor allem als Ausgangsprodukt für die Vermouth-Fabriken im Piemont bekannt. Inzwischen haben einheimische Winzer den *Locorotondo* zum charakteristischsten Weißwein Apuliens gemacht. Wird überwiegend in den Gemeinden Locorotondo, Cisternino und Fasano angebaut. Kellereien: Borgo Canale, Fasano. Cantina Sociale Cooperativa di Locorotondo, Cant. Cardone und Cant. I Pastini, Locorotondo.

S. 267 *puparo* (sizilianisch): Puppenspieler. Der *onorevole* (ehrenwerte) Senator Giulio Andreotti hat sich den Beinamen *puparo* in 50 Jahren politischer Tätigkeit hart erarbeitet. Andreotti, Spitzenexponent der weiland *Democrazia Cristiana,* ging nicht nur jeden Tag zur Messe und saß 30 Jahre lang in den verschiedensten Funktionen in der Regierung. Andreotti war in dieser Zeit auch der politische Referent jenes Teils der USA, der Italien unter Mißachtung seiner Souveränität als einen riesigen Flugzeugträger für die eigenen politischen Interessen mißbrauchte. Darüber hinaus, und damit hat sich Andreotti den Beinamen *puparo* endgültig verdient, war er, glaubt man der palermischen Staatsanwaltschaft, der Statthalter und Strippenzieher der *Cosa Nostra* im politischen System Italiens. Die Anklageschrift warf Andreotti etwas hölzern vor, »über Jahrzehnte willentlich und nicht zufällig die Interessen der Cosa Nostra vertreten und deren Ziele gefördert zu haben [...]. Erschwerend kommt hinzu, daß es sich bei der Cosa Nostra um eine bewaffnete Bande handelt, deren Ziele das Begehen von Verbrechen und die Übernahme und Kontrolle wirtschaftlicher Unternehmungen durch die Investition illegaler Gelder sind [...].« *(Procura della Repubblica presso il Tribunale di Palermo; Direzione distrettuale antimafia, 27 marzo 1993)*

Bis zur Urteilsfindung ging Andreotti weiterhin regelmäßig in die Kirche. Inzwischen hat das Gericht nach 250 Verhandlungstagen und der Anhörung von 350 Zeugen den »Senator auf Lebenszeit« Andreotti in erster Instanz vom Vorwurf der »Bildung einer kriminellen Vereinigung« freigesprochen.

S. 274 *eine Schnittfassung erstellen:* De facto ging, man erinnert sich vielleicht an die Nachrichtenbilder mit den gekaperten Fregatten und den Maskierten, eine gesäuberte Fassung durch die TV-Sendungen. Gekürzt wurden (auf Veranlassung des alten Mannes, wie wir inzwischen wissen) jene Teile von Schedels Filmmaterial, in denen der militärisch-präzise Anmarsch der Truppe und das Kapern der Fregatte zu sehen waren. Übriggeblieben für die Fernsehzuschauer in aller Welt sind die Bilder, in denen die Militärs sich bemühen, wie verrückte Aufständische blind in den Himmel zu schießen. Der alte Mann versteht sein Geschäft. Und wir glauben, was wir sehen. – Daß auch die wilde *action* in Mesenhols Zimmer mit der gestandenen Geschichte der umgeleiteten medizinischen Geräte »höheren Interessen« zuliebe geheim bleiben mußte, versteht sich fast schon von selbst.

S. 274 *Remzije* (alb.): sprich: Rémdsche.

S. 291 *Miaßn, Hofer, tian mir gor nicht:* Beweist, daß der Tiroler früher einmal ein vernünftiger Mensch war.

S. 293 *Trulli:* Der *trullo* ist eine für Apulien typische Variante, Steine so zu Kegeln zu stapeln, daß man darin wohnen kann.

S. 294 *cooperativa di pesca:* Diese Fischergenossenschaft führt auch ein kleines, exzellentes Speiselokal. Die Adresse des Lokals können Sie beim Verlag nicht erfragen, auch nicht, wenn Sie Rückporto beilegen. Das Lokal ist zu klein, um es schadlos den Massen zu verraten.

S. 298 *Gravina:* Ein weiterer hervorragender apulischer Weißwein, bestehend aus Malvasier, bombino bianco, trebbiano e verde, greco e bianco d'Alessano. Bestens geeignet zu Fischgerichten und Käse. Wird am besten einjährig getrunken (Kellerei Botromagno, Gravina in Puglia).

S. 300 *die kommenden Monate:* Der alte Mann hat mit den Voraussagen für das Jahr 1997 recht behalten. Die Entwicklung im Kosovo führte im Sommer 1998 allerdings dazu, daß die Presse den Blick auf Albanien vergaß. Was, wenn Mesenhols Theorien auch nur zur Hälfte zutreffen, einigen Leuten nur recht sein konnte. Die, sollte die Aufmerksamkeit Richtung Kosovo zurückgehen, alles tun werden, um weiter von sich abzulenken. Denkbar ist zum Beispiel, daß die montenegrinische Karte ins Spiel gebracht wird. Oder die makedonische.

S. 306 *Shumë fat* (alb.): sprich: schiúm fat. Viel Glück also.

Motti

S. 7 Sprichwort im Dialekt von Brindisi, Übersetzung auf Seite 308

S. 9 Matsuo Bashô. Hundertelf Haiku. Zürich 1985

S. 23 Rexhep Qosja. In solchen Augen liegt der Tod. Innsbruck 1995

S. 51 Erich Kästner. Emil und die Detektive. Hamburg 1976

S. 68 Udo Bölts (Wasserträger) während der Tour de France 1997 auf einem Berganstieg zu seinem Mannschaftschef Jan Ullrich (Träger des gelben Trikots)

S. 90 Humphrey Bogart in »Wem gehört die Stadt?«, USA 1936

S. 99 Shirley Brown in »Leftover love« auf der LP »Diva of Soul« (Text: Rich Cason)

S. 115 Konstantinos Kavafis. Das Gesamtwerk. Zürich 1997

S. 134 Gianna Nannini auf ihrer LP »America«

S. 141 Konstantinos Kavafis. Das Gesamtwerk. Zürich, 1997

S. 157 Aus: Alvin Jackson, Examining the Records. New York 1994

S. 169 Galileo Galilei. In seinem letzten Verhör vor der Inquisition, 21. Juni 1633. Schriften, Briefe, Dokumente. Bd. 2. Berlin 1987

S. 185 Luis Buñuel. Mein letzter Seufzer. Königstein/Ts. 1983

S. 211 Aus: Thomas Hauser, Muhammad Ali. His Life and Times. London 1991

S. 230 Jannis Ritsos. A.B.C. In: Griechenland. Hamburg 1988

S. 243 Konstantinos Kavafis. Das Gesamtwerk. Zürich 1997

S. 279 Lothar Feix. Last scream of the missing neighbours. Sklaven, Heft 45, April 1998

S. 296 Ilias Venesis. Äolische Erde. Frankfurt a. M. 1992

S. 307 Sud Sound System, eine Rap-Truppe aus Lecce, in ihrem Song »Soul Train«

Kurt Lanthaler im Diogenes Verlag

Der Tote im Fels

Ein Tschonnie-Tschenett-Roman

Bei Bauarbeiten für einen Eisenbahntunnel am Brenner wird eine nur wenige Tage alte Leiche aus dem massiven Fels freigesprengt. Keiner kann sich erklären, wie sie dorthin gekommen ist. Die einzigen Hinweise liegen im Aktenkoffer des Toten. Und den hat Tschonnie Tschenett, Ex-Matrose und Aushilfs-LKW-Fahrer mit der fatalen Neigung, seine Nase in obskure Dinge zu stecken. So macht er unfreiwillig die Bekanntschaft mit skrupellosen Grundstückspekulanten, alten und neuen Nazis und ähnlich üblen Subjekten. Tschenett entdeckt, daß große Bauvorhaben lange Schatten vorauswerfen.

»Noch ist der Brennerbasistunnel, dieses Jahrhundertprojekt, nur ein kühner Plan. Den Reißer um die dazugehörigen Spekulationen hat Lanthaler schon jetzt geschrieben.« *Der Standard, Wien*

Grobes Foul

Ein Tschonnie-Tschenett-Roman

Um ein Uhr nachts, dreißig Kilometer vor Sterzing, merkt Tschonnie Tschenett, daß ihm der Sprit ausgeht. In diesem Moment hat ihm der Typ, der ihm um ein Haar vor die Zugmaschine gesprungen wäre, gerade noch gefehlt. Es handelt sich um den bekifften Fahrer eines Ferraris, der auf dem Seitenstreifen liegengeblieben ist. Sein Name: Paolo Canaccia, Stürmerstar des Serie-A-Spitzenreiters AS ROMA, der seinen *ferragosto*-Trainingsaufenthalt in Sterzing verbringt. Dies erfährt Tschenett am nächsten Tag – von der Polizei. Denn am

Schauplatz seiner Zufallsbekanntschaft mit Canaccia wird in der gleichen Nacht eine Leiche gefunden. Tschenett hat damit ein Problem am Hals. Aber nicht nur er. Canaccia ist tief in den Fall verstrickt und bittet den Amateurdetektiv um seine Hilfe.

»Inzwischen eine Kultfigur im Genre – genaue Milieuschilderungen, feine Gedankenspiele, sauber durchgestaltete Dramaturgie.« *Buchkultur, Wien*

Herzsprung

Ein Tschonnie-Tschenett-Roman

Sein Freund Totò von der italienischen Grenzpolizei hatte ihn ja gewarnt. Aber Tschonnie Tschenett steckt tief in einer Sinnkrise und ist bereit, den nächstbesten LKW-Auftrag anzunehmen, Hauptsache, er bringt ihn weit weg. Das erreicht er auf Anhieb. Denn gleich beim ersten Job hat er die Bullen am Hals und muß über die grüne Grenze. Für eine dubiose Schweizer Firma übernimmt Tschenett Fahrten nach Berlin und nach Herzsprung bei Wittstock. Dort trifft er einen alten Kumpel wieder, der für dieselbe Firma arbeitet und Tschenett mit leicht zu verdienendem Geld lockt. Wie schmutzig der Job in Wirklichkeit ist, begreift der Amateurdetektiv erst, als er im Fernsehen das Bild eines toten Vietnamesen sieht. Mit dem er vor kurzem noch Geschäfte gemacht hat. Ein sozialkritischer Thriller und atemberaubender ›road-movie‹.

»Ein Roman, der schon kurz nach seinem Erscheinen von der Realität eingeholt wurde. Ein trauriger Beweis für das brillante Gespür Lanthalers, realistische und spannende Stoffe für seine Romane zu finden. Ein fesselndes Lesevergnügen der besonderen Art.«
Deutsche Welle, Köln

»Der Roman geht mit seiner Episodenstruktur kühn neue Krimi-Wege.« *Frankfurter Rundschau*

Alfred Komarek

Polt muß weinen

Roman

In Brunndorf, einem niederösterreichischen Weinbauerndorf, gehen die Uhren noch anders. Der sympathische Gendarmerie-Inspektor Simon Polt, Junggeselle und Halter eines eigenwilligen Katers, hat mit seinen Weinbauern schon so manche Nacht durchzecht. Polt gehört dazu. Dann aber steht er vor der Leiche Albert Hahns, der in seinem Weinkeller durch Gärgas umgekommen ist. So etwas passiert in einer Winzergegend, doch diesmal, sagt der Gemeindearzt, »hat es den Richtigen erwischt«. Er spricht aus, was fast alle im Dorf denken, und tatsächlich hätte auch so gut wie jeder ein Motiv für diese Tat gehabt.
Polt muß ermitteln, ob es den Weinbauern paßt oder nicht. Doch der Inspektor verhört die Leute nicht, er plauscht mit ihnen, dort, wo er sich sowieso am liebsten aufhält: in ihren Preßhäusern und Weinkellern. Das löst die Zungen, und Polt erfährt haarsträubende Dinge.

»Mit Simon Polt, dem gutmütigen, aber beharrlichen Gendarmerie-Inspektor, betritt ein Krimiheld die Bühne, von dem man sich wünscht, daß er mit seiner stillen, schüchternen und schlichten Art noch viele Fälle zu lösen haben wird. Polt ist kein cooler Krimiheld. Er ist ein Landmensch, tief verwurzelt im Alltag des kleinen, an der tschechischen Grenze gelegenen Weinbauerndorfes.« *Salzburger Nachrichten*

»Eine einmalige Milieustudie!«
Österreichischer Rundfunk, Wien

Ausgezeichnet mit dem Glauser 1999.

Jakob Arjouni im Diogenes Verlag

Happy birthday, Türke!

Ein Kayankaya-Roman

»Privatdetektiv Kemal Kayankaya ist der deutsch-türkische Doppelgänger von Phil Marlowe, dem großen, traurigen Kollegen von der Westcoast. Nur weniger elegisch und immerhin so genial abgemalt, daß man kaum aufhören kann zu lesen, bis man endlich weiß, wer nun wen erstochen hat und warum und überhaupt.
Daß *Happy birthday, Türke!* trotzdem mehr ist als ein Remake, liegt nicht nur am eindeutig hessischen Großstadtmilieu, sondern auch an den bunteren Bildern, den ganz eigenen Gedankensaltos und der Besonderheit der Geschichte. Wer nur nachschreibt, kann nicht so spannend und prall erzählen.«
Hamburger Rundschau

Verfilmt von Doris Dörrie, mit Hansa Czypionka, Özay Fecht, Doris Kunstmann, Lambert Hamel, Ömer Simsek und Emine Sevgi Özdamar in den Hauptrollen.

Mehr Bier

Ein Kayankaya-Roman

Vier Mitglieder der ›Ökologischen Front‹ sind wegen Mordes an dem Vorstandsvorsitzenden der ›Rheinmainfarben-Werke‹ angeklagt. Zwar geben die vier zu, in der fraglichen Nacht einen Sprengstoffanschlag verübt zu haben, sie bestreiten aber jegliche Verbindung mit dem Mord. Nach Zeugenaussagen waren an dem Anschlag fünf Personen beteiligt, aber von dem fünften Mann fehlt jede Spur. Der Verteidiger der Angeklagten beauftragt den Privatdetektiv Kemal Kayankaya mit der Suche nach dem fünften Mann …

Ein Mann, ein Mord

Ein Kayankaya-Roman

Ein neuer Fall für Kayankaya. Schauplatz: die (noch immer) einzige deutsche Großstadt: Frankfurt. Kayankaya sucht Sri Dao, ein Mädchen aus Thailand. Was Kayankaya – Türke von Geburt und Aussehen, Deutscher gemäß Sozialisation und Paß – dabei über den Weg und in die Quere läuft, von den heimlichen Herren Frankfurts über die korrupten Bullen und die fremdenfeindlichen Beamten auf den Ausländerbehörden bis zu den Parteigängern der Republikaner mit ihrer alltäglichen Hetze gegen alles Fremde und Andere, erzählt Arjouni klar, ohne Sentimentalität, witzig, souverän.

»Jakob Arjouni ist von den jungen Kriminalschriftstellern deutscher Zunge mit Abstand der beste.«
Wolfram Knorr/Die Weltwoche, Zürich

Kismet

Ein Kayankaya-Roman

Mit einem Freundschaftsdienst fängt alles an. Eigentlich wollen Kayankaya und Slibulsky dem Gastwirt Romario nur helfen, zwei Schutzgelderpresser zu vertreiben. Doch dann liegen auf einmal zwei merkwürdig weiß gepuderte Leichen in Romarios Restaurant. Die Toten lassen Kayankaya keine Ruhe, und er macht sich auf die Suche nach ihrer Identität – bis er selbst gesucht wird. Von einer Mafia, von der niemand weiß, woher sie kommt und wer ihr Chef ist. Sicher ist nur, daß es sich um die brutalste und kompromißloseste Gangstertruppe handelt, die sich über das Frankfurter Bahnhofsviertel je hergemacht hat. Und schließlich bekommt Kayankaya noch einen richtigen, das heißt: bezahlten Auftrag. Er soll eine Frau finden, die er in einem Videofilm sieht. Und die ihn, wie er glaubt, vom Bildschirm aus anblickt …

Jonathan Latimer im Diogenes Verlag

Wettlauf mit der Zeit

Roman. Aus dem Amerikanischen von Nikolaus Stingl

Nur noch sechs Tage trennen Robert Westland vom elektrischen Stuhl, als er beschließt, daß er nicht sterben will für eine Tat, die er gar nicht begangen hat. Acht Personen, allesamt aus Westlands engstem Bekanntenkreis, kommen als Mörder seiner Frau Joan in Frage. Detektiv Crane tut sein Möglichstes, aber alle Spuren weisen immer wieder auf Westland. Bis Crane eines Tages eine sensationelle Entdeckung macht... Ein Thriller voller Tempo, Spannung und Action, Latimer ›at his best‹.

»Latimer mundet so viel besser als das Zeug, das man üblicherweise an Hard-boiled-Krimis aufgetischt bekommt. Der Autor hat sich perfide Fälle ausgedacht und zu deren Lösung die Figur des William Crane, einen distinguierten Detektiv mit – wenn's drauf ankommt – drastischen Sauf- und Raufallüren. Auch alles übrige an Personal und Arsenal ist geschmackssicher ausgewählt und wird von Latimer mit dramaturgischem Scharfsinn eingesetzt, der den abgebrühten Drehbuchschreiber verrät. Die wenigen Handlungsfäden, mit denen er auskommt, bleiben von vorne bis hinten klar überschaubar, obwohl Latimer sie labyrinthisch drapiert.«
Andreas Schäfler/Kowalski, Hamburg

»Jonathan Latimer steht zu Unrecht im Schatten Chandlers und Hammetts.«
Klaus Bittermann/Frankfurter Rundschau

1937 von Christy Cabanne mit Preston Foster, Frank Jenks, Theodore Von Eltz und Carolyn Hughes unter dem Titel *The Westland Case* verfilmt.

Leiche auf Abwegen

Roman. Deutsch von Ulrike Wasel und Klaus Timmermann

William Crane, Latimers etwas verkommener, oft auch etwas betrunkener und durchaus lebensfroher Privatdetektiv, verfolgt auf einer halsbrecherischen Jagd durch die Hinterzimmer des swingenden Harlem die umworbene Leiche einer jungen Nachtclubsängerin, die sich auf merkwürdige Weise das Leben genommen hat.

»Latimers parodistische Thriller aus den düsteren vierziger Jahren gehören zu den amüsantesten der Hard-boiled-Kultur. Nichts ist ihm heilig, alles zieht er durch den Kakao und erzählt gleichwohl immer spannend.« *Wolfram Knorr/Die Weltwoche, Zürich*

1938 von Otis M. Garrett mit Preston Foster, Frank Jenks und Patricia Ellis unter dem Titel *The Lady in the Morgue* verfilmt.

Mord bei Vollmond

Roman. Deutsch von Kurt Brachartz

William Crane läßt sich freiwillig in eine psychiatrische Privatklinik einweisen, um dort eine alte Dame zu beschützen und ihre gestohlene Geldschatulle zu suchen. Crane richtet sich in der komfortablen Klinik erst mal gemütlich ein. Aber als sich der erste Mordfall ereignet, beginnen für ihn die Schwierigkeiten: Für die örtliche Polizei ist er nichts anderes als ein Verrückter, der behauptet, Privatdetektiv zu sein…

»Jonathan Latimers verantwortungslose Fröhlichkeit läßt seine Bücher aus den üblichen guten ›Hard-boiled‹-Krimis herausragen.« *Julian Symons*

»Cranes feuchtfröhliche Berufsauffassung ist selbst unter Kollegen nicht unumstritten, aber er hatte schon

immer dem hedonistischen Flügel der Privatdetektive angehört. Wer seine Lektüre nach dem Lustprinzip auswählt, ist also bei Crane an der richtigen Adresse.«
Bernd Eilert/Die Welt, Berlin

Rote Gardenien

Roman. Deutsch von Walter Kolbenhoff

In der Industriellenfamilie March sind ein paar seltsame Mordfälle passiert, denen William Crane zusammen mit der Nichte seines Chefs nachgehen soll. Crane findet bald Gefallen an der Nichte, aber auch die elegante Lady March zieht ihn in ihren Bann. Vielleicht ging es aber auch anderen so, denn es zeigt sich, daß die Leichen der ermordeten Männer alle nach dem Gardenienparfum der schönen Lady March riechen...

»Ein munteres, leichtfertiges Buch, das von ›verantwortungsloser Fröhlichkeit‹ (Julian Symons) regiert wird und in der Treffsicherheit seiner Dialoge fast an Dashiell Hammetts ›Dünnen Mann‹ heranreicht.«
Jochen Schmidt/Basler Zeitung

»Der Kriminalroman *Rote Gardenien* von Jonathan Latimer gehört zweifelsohne zu den klassischen Meisterwerken seines Genres.«
Peter M. Hetzel/Schweizer Illustrierte, Zürich

Philippe Djian im Diogenes Verlag

»Djians Sprache und Rhythmus verschlagen einem den Atem und ziehen einen in die Geschichten, als wäre Literatur nicht Folge, sondern Strudel.«
Göttinger Woche

»Djian schreibt glasklar und in einem Tempo, dem ältere Herren wie Grass und Walser schon längst durch Herzinfarkt erlegen wären.« *Plärrer, Nürnberg*

Philippe Djian, geboren 1949, lebt in Lausanne. Pierre Le Pape über Djians Stil: »Die Puristen mögen getrost grinsen; morgen werden die Schulkinder, sofern sie dann noch lesen, bei Djian lernen, was viele der besten jungen Autoren längst von ihm erhalten haben: eine Lektion in Stilkunde.«

Betty Blue
37,2° am Morgen
Roman. Aus dem Französischen von Michael Mosblech

Erogene Zone
Roman. Deutsch von Michael Mosblech

Verraten und verkauft
Roman. Deutsch von Michael Mosblech

Blau wie die Hölle
Roman. Deutsch von Michael Mosblech

Rückgrat
Roman. Deutsch von Michael Mosblech

Krokodile
Sechs Geschichten. Deutsch von Michael Mosblech

Pas de deux
Roman. Deutsch von Michael Mosblech

Matador
Roman. Deutsch von Ulrich Hartmann

Mörder
Roman. Deutsch von Ulrich Hartmann
(vormals: *Ich arbeitete für einen Mörder*)

Kriminelle
Roman. Deutsch von Ulrich Hartmann

Heißer Herbst
Roman. Deutsch von Ulrich Hartmann

Liaty Pisani im Diogenes Verlag

Mit Ogden hat Liaty Pisani einen Spion geschaffen, der eine fatale Schwäche hat: Er hat ein Gewissen. Dennoch wird er mit seiner Intelligenz und Schnelligkeit bei den heikelsten Missionen eingesetzt. Für Ogden ist der Dienst seine Familie: als Ziehsohn eines Geheimdienstbosses ist er mit den Umgangsformen in der Welt der Top-Secret-Informationen vertraut. Was ihm nicht jede böse Überraschung erspart.

»Wenn es sich nicht noch herausstellt, daß es sich bei Liaty Pisani um John le Carrés Sekretärin handelt, die ihm die Manuskripte maust, dann haben wir endlich eine weibliche Spionage-Autorin. Noch dazu eine mit literarischem Schreibgefühl.«
Martina I. Kischke/Frankfurter Rundschau

»Ein bemerkenswertes literarisches Talent, das außerhalb der italienischen Tradition, nämlich zwischen Chandler und le Carré, eingereiht werden muß und durch seine versteckten Zitate an Nabokov erinnert.«
La Stampa, Turin

Der Spion und der Analytiker
Roman. Aus dem Italienischen von Linde Birk

Der Spion und der Dichter
Roman. Deutsch von Ulrich Hartmann

Der Spion und der Bankier
Roman. Deutsch von Ulrich Hartmann

Schweigen ist Silber
Ogden und der Schauspieler
Roman. Deutsch von Ulrich Hartmann